U0044943

胡桃與影

張祖銘 著

① 胡桃夾子之死

1

胡桃夾子死了。

並不是自殺，也沒有遭人陷害，只是死了。徹徹底底地死了。

我躺在家中不甚豪華的彈簧單人床上，數著天花板上黑色的黴斑。自己無論如何也無法安然入睡，這全然拜胡桃夾子所賜。可笑的是，我甚至沒法兒知道，當她在醫院的病床上度過人生的最後一刻時，是否真的想起過我的存在。

我試圖在眼前的朦朧中描繪出她年輕時候的模樣，卻無從下筆，就連眼角的曲線都不能恰當地勾勒出來。想來奇怪，當時的我與她相處的時光雖談不上有多漫長，卻也不算短暫，可自己都在關注些什麼呢？

正當我如此懊悔之時，她從天堂的階梯上緩步走來，手搖鈴鐺，以此對我表示譴責。

運貨的卡車在我喉頭發出轟鳴，我將被子蓋過頭頂，意欲切斷不懷好意的鈴聲。可興許是因為我的罪惡過深，以至於鈴聲不會輕易停止。我只好掀起被子，爬下「嘎吱嘎吱」嘲弄我的彈簧床。我跨過地板上宿醉的時尚雜誌，順手拿起床頭櫃上的白色陶瓷杯，朝黏稠的嘴裡灌進一口帶有鐵銹味的紅茶。

鈴聲仍未放棄，且似乎顯得過於持久了，好似自己帶著命令而來，不等到我就誓不甘休。

我推開臥室房門，走到客廳一角的木桌前停下。淡黃色座機一動不動躺在上面，單看樣子倒完全瞧不出是它在發出聲響。我將陶瓷杯放到桌前，一手接起電話聽筒。

「在幹什麼？」聽筒那頭傳來如剛削好的鉛筆般尖銳的嗓音。

「睡覺。」我回答。

電話那頭的聲音消失了一陣，隨後又披荊斬棘般朝這頭湧來。「下午三點，睡的什麼覺？」

「欲睡難眠的覺。」

女人對著話筒吸氣，「晚上怎麼見面？」

「見面？」

「對啊，不是你約我的嗎？」女人說。

沒錯，人的確是我約的。「你已經到了？」

「到了，早上的航班。」

她用——不知為何——略帶責備的語氣說。

「並不是什麼著急的事情，你這麼快就趕過來，弄得我怪不好意思的。」

「有什麼不好意思的？」她用鉛筆頭紮我的鼓膜，「好歹也是個男人，別這麼婆婆媽媽——到底想好了沒有？」

「想好什麼？」我將聽筒換到左耳。

「想好什麼？當然是晚上去哪兒！」

我彷彿聽到有誰在自己身後，用戒尺敲擊黑板。「去哪兒隨你——你可有什麼想去的地方？」

女人咳嗽兩聲，隨後吸了吸鼻子。「不怕你笑話，我可是初次來上海，怎會知道要去哪裡好呢？」

「這倒也是。」我用右手食指撓了撓下巴，一面看著陶瓷杯中棕紅色的水面。「不如這樣，你把住所地址留給我，我直接找你去就好。」

她將下榻旅館的名稱和方位報給我，我拉開木桌的抽屜，從中取出一張某家連鎖酒店的便簽紙，以及一支從出版社順回來的藍色圓珠筆。我草草記下地址，奶白色的便簽紙上留下一串藍紫色的小蛇。

我掃視一眼，隨後說：「那兒附近正好有一家我常去的咖啡館，名字叫 *Lonesome Town*。L—O—N—E—S—O—M—E，T—O—W—N。應該還蠻好找的，到時就在那兒碰頭，你看可好？」

「我沒意見。」

「晚上六點，不會太晚？」我問。

「正正好好——晚飯怎麼辦？」

「要不然就直接在咖啡館解決好了，或者你想去吃些別的？」我邊說邊想，那附近還有一家蠻有名的豬扒麵館。實在不行，就領著她到那兒去。

她倒是沒我想像中那麼麻煩，「沒事，就在咖啡館吃。」

「那就晚上見？」

「晚上見。」

她掛斷電話，不給我道別的機會。

我放下聽筒，朝著它呆呆地望了一會兒，再也瞧不出什麼，便只好作罷，如被風卷起的塑膠袋一般飄回臥室。我撓了撓頗為淩亂的頭髮，隨即沉入軟塌塌的枕頭。

《糖果仙子舞曲》的旋律好似緊隨黃昏降臨的黑夜一樣籠罩大地。鋼片琴的聲音一個接一個地跳入我身處的空間，我坐在一張寬大的白松木茶几前，她踏著音樂的步點從遠處而來。

「胡桃夾子。」我用陳述事實的口氣呼喚出她的——近似於名字一類的——名字。

她拉開牛皮軟包椅，在我對面坐下。令人著迷的水霧擋住她的臉，我無法看清她的五官，也無從知曉她此刻的神情。

「許久不見。」她發出長笛般悅耳的嗓音。

「抱歉，」我在桌下止不住前後揉搓雙手的掌心，「沒能準備些好茶。」

「不要緊的。」她撩起一縷不長不短的淺黑色秀髮。

「可否還記得我？」我不帶期待地問。

「當然。」她說，「我這名字還是因你而起的呢。」

我苦笑。

她繼續說，一如老朋友的寒暄：「近來過得可好？」

「要看相對於何者，就我自己而言，過得還算不賴。」

「若是較之他人？」

「前途不甚明朗，過往未曾輝煌，不上不下，不進不退，生活寡淡如水，毫無亮點可言。」

「好似阿米巴蟲。」她笑道。

我搖頭，「阿米巴蟲才不會考慮這些，它們僅管活著就是。」

「活著就好，活著就是資本。」

就她來說，也許的確如此。

「怎麼死的？」我停下躁動的雙手，如此問道。

「病了。」

「什麼病？」

「不足掛齒，怕你不免心生憐憫。我可不需要你的同情。」

我只好不再多做過問。

少頃，我又問道：「死前這些年，是怎麼過的？」

「與你一樣，」她的聲音透過霧氣，在我面前散開，「無非就是拼了命從一個小圈子裡挪到另一個較大的圈子裡去。」

「沒能飛出去？」我問，料想她能聽得明白。

「沒有。」她似乎帶著笑顏，但我並不確定。「原本覺得自己就快要成功，卻總是被各種超出掌控的因素束縛在一處。你自以為在前進，其實則不然。這種滋味，你可否曉得？」

「多多少少。」我眯起眼睛。

她停頓一下，發出一聲宛如新生枝芽般嬌嫩的鼻息，隨即又道：「這種事情可由不得你——當然也沒必要對其多加追究，你也毋須糾結於我的過去，隨它去便是。」

「可是——」

她伸出一根纖細的手指，抵在面前的迷霧中。我一見那手指，便不忍再發出任何聲音，以免破壞了流淌於手指曲線間的美好。

「美好的事物多存留在夢裡，」她輕聲細語道，聲音顯然是朝著我的方向進行傳播，「現實究竟是怎樣，對你而言並不重要。」

「並不重要？」我念出聲來，話語在天花板與牆壁和地板之間彈來彈去。

我坐起身，輕撫自己的左胸，感受她的溫存。

下午三點，本就不該睡覺。

屋外有鳥在叫，不知是麻雀或是別的什麼。我頂著昏沉沉的腦袋，打開電腦，反復閱讀那封上周收到的電郵。發送日期是一月十一日，一個對普通人而言再尋常不過的日子。寄件者自稱是她的姐姐，也就是此前打來電話的女子。雖然我不曾聽聞她家中還有別的兄弟姐妹，但信業已收到，我也不願再對發信人的身份多做懷疑。這顯然是一封群發郵件，信中以毫無溫度可言的語句帶來她已死去的消息。

走時毫無痛苦，面帶笑容地長眠而去。

我不禁猜想，究竟是什麼樣的人才會寫出如此飽含距離感的文字。

從頭至尾讀罷三遍，我起身來到廚房，從被油煙熏黃的櫥櫃之中取出一個泛著寶石藍的磨砂玻璃杯，朝里加了兩勺可哥粉和一勺麥乳精，用半杯開水沖泡開，又往裡倒入半杯從冰箱裡取出的鮮牛奶。

手持玻璃杯，我在書房的紅木書櫃上選出一張柴可夫斯基的芭蕾舞曲唱片，是由羅斯托羅波維奇指揮柏林愛樂樂團所演奏。我將其一同帶回臥室，放入鐵三角的可攜式唱片機中。唱片機帶有歷史記憶功能，按下播放鍵，《天鵝湖》的終曲隨即響起。我淺嘗一口磨砂玻璃杯中的飲品，牛奶的冰冷恰到好處地將熱可哥的溫度中和下來，使其變得更加乖巧順服，不再如此前那般燙口。

斯人已去，我又何必再反復揪著不放呢？

我問自己，隨即又將郵件讀罷五遍、六遍。

舍妹已于一月十一日下午二時五十八分病逝。

女子在信中如此寫道。

得的是什麼病？我對此一概不知。不過在我的印象當中，她看樣子並不是什麼會遭受某種慢性疾病之苦的那一類人。莫非是什麼急性心臟病發作不成？可若是這樣一來，便不應該長期住在病房才對。

「還喜歡芭蕾？」她溫柔的話語輕撫我的耳根。

我點頭，「偶爾有機會就去看兩場。」

「自己沒去練？」

「練不成了，歲數不小了。」我說。

她來到我面前，如森林中的精靈般輕巧地坐上我的電腦桌，雙手放在桌沿，面對著我。「這和年齡有什麼關係？」

「大有關係，年紀大了，身體掰不過來了。」我朝她臉上的霧氣拋去自己勞累過後僅存的那一絲微笑。

「實在可惜，」她微微搖頭，帶動迷霧左右飄散。「那時耽誤了。」

「只能說是生不逢時。」

「或許——可若是生在當下，就能得償所願了？」

我看向她純白色裙擺下露出的宛如藝術品似的小腿，「你說的對，就算是現在，也並無多大改變。」

「你指的是人還是物？」

「是人亦是物，該變的不該變的，依舊維持著原樣。」

她輕笑，笑聲如同溫柔的小手安撫我的內心。

我看看她那近在咫尺卻遙不可及的身軀，又看向電腦螢幕中的電子郵件，隨即問道：「原先不知你還有個姐姐。」

誰料她聽後卻未及時作答，反而稍稍抬頷，說：「姐姐？不記得了。」

「不記得了？」我不無震驚，「這種事情，怎會不記得了？」

「不記得了就是不記得了，」她一左一右前後晃動起小腿，「這種事情可強求不得。」

我用鼻腔歎氣，隨後緊盯微微閃爍的螢幕。郵件沒有署名，筆者只稱自己為其姐。

「那若非是表姐一類的親戚不成？」

「也許？」她半問半答，「也許有，也許沒有，這又有何關聯呢？」

一曲終了，思緒尚未凝結成語言，絢麗的泡沫便在我眼前爆裂開來。樓下傳來兩條大型犬互相吠叫的惱人聲。

我再次從頭至尾將郵件細看一遍，不放過任何一個標點符號，就連滲透於文字間的縫隙也被我病態般的視線清掃得一乾二淨。

她——自稱為胡桃夾子之姐的女子——究竟是如何得來我的郵箱地址的？我一邊端起玻璃杯，一邊運作起大腦的齒輪。

我與她的相識，是在即將步入成年之前的、尚可稱之為前途無量且做夢之權利尚有富餘的青年時代的尾聲。可憐的尾聲。那時的我隨家人從城裡來到內地的一處小鎮安頓下來，我也順理成章地進入了鎮裡的一所中學。學校和城裡的相比的確略顯寒酸，一棟表面呈蠟黃色的六層教學樓孤單地被人遺忘在群山之中，教學樓腳邊被人清出一塊空地，空地兩頭各擺放一個生了鏽的鐵制籃球架。第一天上課時，眉目清秀的瘦臉男老師照例讓我上臺做自我介紹。我無路可退，只好順著掌聲的潮水流向講臺。說什麼好？自我介紹。

我最終還是一個字沒吐出來。

性格如此，誰也沒轍。臺上的我如同被人扔進了零下五十度的冰庫，勉強存活都無法保證，更何況操控自己的舌頭開口說話了。

總之，老師在一片哄笑中將我領下臺，讓我坐到最後排一個小個子女生的身邊。我記不起她的長相，可她作為一個整體所帶來的那種抽象的、無法化作言語表述的概念——代表「她」即「她」的概念——卻深深烙印在我渾身上下的每一處感官，並一路伴隨我到今天。那樣一種無論是路邊的濕泥，抑或教室的浮塵，還是天邊的炊煙以及人群的喧囂都無法掩蓋的氣質，使尚處於青春期的十六歲的我止不住在頭顱內燒起開水，從雙頰一直燒到耳根。

她問我的名字，我當然無法開口。於我而言，時間早已定格於此。

她向我拋來一個表示無妨的微笑，我用眼神將其接下，再小心翼翼地用油紙包裹起來，藏於某處。她從課桌抽屜裡抽出一本沒有封面的書，將其攤開，置於向一邊略微傾斜的課桌上。

我仍記得我注視著她的側顏，一時忘了還有聽課這麼一回事。當然，她似乎也並不在意講臺上那位一口方言的數學老師，自顧自翻著桌上的小說。興許因為我是城裡來的孩子——至於城裡來的孩子對其來說有何不同，我也弄不明白——老師並未對我的走神多加理睬。他也同樣對上課看閒書的她置之不理。

課後，我終於鼓起勇氣，用只有二人能聽見的聲音朝她搭話。

我問她的名字。

她禮貌地從書中跳出，將視線投向我，自然而然地展現出笑顏。「你的名字我都暫且不知，這不公平。」

「不公平？」

她點頭，向我伸來右手，「不公平，城裡人。」

「城裡人？」我盯著她的右手。

「從今往後，就叫你城裡人——」她上下晃了晃伸來的右手，「話說，你們城裡人見面不都興握手的嗎？」

我點頭，可卻一直不敢伸手，怕自己的怯弱弄髒了她的肌膚。

「也罷也罷，」她收回手，卻仍帶笑意，「奇怪的城裡人。」

我欣然收下她所賜予的這一稱呼。從那以後，我便以每天多磨出一句話的進度和她進行著交流，彼此也逐漸熟絡起來。她本就是鎮上的人，父親在鎮外有片不小的油菜花田，母親則在鎮上的紡織廠做工。她問我為何來此上學，我回答說自己的父親因工作而遷于此地，母親原本是上海一家劇團的芭蕾舞演員，自從嫁給我父親生下了我後，便放棄了自己的事業，主要負責全家三人的日常起居以及其他各類繁瑣家務。此次父親工作調度，我與母親也就毫無意外地隨父親一同來到鎮上。

「芭蕾舞？」她上身前傾，半倚在教學樓走廊貼著白色瓷磚的護牆上。

「沒聽過？」我站在她的一側，問道。

她用食指轉著髮絲，好似蜘蛛纏繞自己的獵物。「聽過，但沒見過。」

「我也沒見過。」我看向遠方，小聲嘟囔。

她饒有興致地看向我，「你也沒見過？」

我點頭。「我從未見過母親的舞姿，也不曾有機會欣賞劇團的演出。」

「有趣，」她用手掌輕拍了我，仿佛一片秋日的落葉一聲不響地落到我的肩頭。「城裡人，你可真是特別呢。」

「特別？」我不明白她言中之意，「到底哪裡特別？」

她用數學課本上的四十五度餘角那般向上抬頭，呈若有所思狀，食指搭在下巴上，隨後說：「單單你是城裡人這點就足夠特別了——對！白皙！你瞧你的臉，和我們的都大不一樣。」她說罷，便將下巴上的食指移向前方，朝樓下空地上打鬧的人們胡亂比劃一陣。

我低頭觀察自己的雙臂，從未覺著自己的皮膚有何特別之處。

在我看來，沒有人是不同於他人的特殊存在。甚至就連胡桃夾子本人，也絲毫不能稱其為特別之人。大家在本質上都別無二致。

「即使是她，對你來說也不是特別之人？」同伴蜷縮在旅館房間的紅絲絨貴妃椅中，一面問，一面將手中的細煙搭在玻璃茶几的陶瓷煙灰缸上。「我不明白。」

「也許她之於我的確算得上特別，」我坐在雙人床的床沿，面對同伴，「不然我們也就不會出現在此地。」

同伴聽後微微收頷，唯獨抬起自己的雙瞳，示意我接著往下講。

我繼續道：「但就她本人作為一名個體——即作為她本身——而言，就不能與特別這一屬性相關聯。」

同伴單手扶在雙腿上，對我說這解釋叫人更弄不明白。

我本就沒打算讓他人一時便能理解我所言之意，便擺擺手讓同伴不要在意。

我猜想，此時此刻，同伴應當能夠理解那時的我所傳達的意思。不過這些，就都是後話了。

我看著電腦螢幕，放下玻璃杯。

「為何要將郵件發給我呢？」我向自己的電腦問道。它沉默。

我在那所學校僅僅不過待了一年而已，在剛升入高二時就因為父親工作上的再次變動而離開了鎮裡，回到上海完成了高中剩餘的學業，遂又考了個平平無奇的師範大學，混了個好歹是個文憑的文憑。也就是說，自我離開鎮子以後，便再也沒有與鎮上的同學有過交集，他們也更不可能獲取到我現在的聯繫方式。

那麼，即便這是一封不知收件人有多少的群發郵件，又為何會專程將我包含在內呢？

我不明白。

又或許，莫非是她在這些年裡依舊還念著我不成？

如此一種對真相的渴望，驅使我主動向寄件者寫了一份簡短卻——自認為——有力的回復。

信已收到，且有要事相告，速回！！！

這短短幾字讀來雖奇怪，可要的便是這效果。再者說，若是平日裡收到這樣一封陌生來信，多半會認為是哪裡的高中生隨機發件惡作劇。可我的這封卻是那封群發郵件的直接回信，讓人不免心生好奇，多加重視。至少我自認為情況理應如此。

果不其然，不到半天，回信即來。

感謝您主動與我聯繫，不知可否勞煩您將具體聯繫方式告知於我，我將儘快與您聯繫，感激不盡。

我按她要求，將電話號碼連同家庭住址一併寄附於回信。她收到後，在第二天一早便打來了電話。

「您好。」以疲乏作內芯的鉛筆頭向我襲來。

「您好，請問您是？」

「我收到了您的郵件，聽說您有要事找我？」

我恍然大悟，「抱歉，沒想到您會這麼快就聯繫上我。」

「不必道歉，」她說，「能否冒昧問一句，您和舍妹的關係是？」

我用肩膀夾住聽筒，放下手中的法棍麵包，將它收進白色紙質包裝袋中，擱在一邊。又拍掉雙手沾上的麵包屑，再次手握聽筒。

「我和令妹曾是高中第一年的同班同學。」

「高中、第一年……」對方從我的回答中挑出幾個字眼，逐一品味其中的寓意。

「沒錯，」我繼續道，「事實上，我和她是同桌。」

「第一年？」

「第一年。」

沉默，彷彿給予她足夠時間重新削尖已有損耗的鉛筆。

「那後來呢？」

我早已備好接下來的回答，「高二時我隨家人去到了外地，便不再聯繫了。」

「不再聯繫？」

她似乎很擅長從別人的話語中分辨出哪些是重要的資訊，哪些是可以順手扔進垃圾簍的廢話。

「這也是我與您聯繫的原因之一。」

又是一陣突如其來的沉默，伴隨著由沉默深處不斷朝外擴散的耳鳴聲。

少頃，我的耳鳴又被那極有辨識度的音調所掩蓋。「您的確是收到了那封郵件，這沒錯吧？」

「沒錯。」

「可您也說了，自從您高中離開學校以後——如果我沒理解錯的話——就再也沒和她有過聯繫，對嗎？」

「您沒理解錯。不僅是和她，就連那所學校的其他人，我也再沒聯繫過，他們也一次沒有聯繫過我。我對於他們而言，說是已然從地球上消失的人也不為過。」

「可既然如此，」她的語氣也從對陌生人的客氣禮貌，轉變為屬於她本人的疑惑，「那您又是如何收到郵件的呢？」

「這也正是我想要打聽的事情。」我說。

「說來慚愧，她剛走那時大家都忙得不可開交，這郵件也不是我親手所發。」

我聽後微微點頭，卻猛然意識到正處於電話那頭的女子並瞧不見我對其話語的回應。「也就是說，這信是由他人負責？」

「信的內容本身確是我親自寫的，只不過具體的收件物件和實際發送郵件的事宜，都是他人代為操辦的。」

我用左手玩弄著電話線的線圈，「可否打聽一下，是誰負責此事？」

「是我一個家住海南的堂姐的兒子，年輕人對這些東西玩得比較順手。」

「那這收件人的名單？」

「也一併讓他代為操辦，」她說，「家中的親戚大多知曉此事，需要通知的也就是些上學時的同窗以及工作上的同事朋友一類，並不是什麼麻煩的事情。」

我聽後微微皺眉，輕哼一聲，問道：「我有一點尚存疑惑，不知可否向您多言幾句？」

「您說便是。」

「這段時間您和您的家人一定有許多事情要去處理，這我也大可理解。不過，這發送郵件一事，是如何落到您堂姐的兒子頭上的？莫非您堂姐一家曾經受過令妹許多關照不成？」

「那倒也不是，」鉛筆頭變得不再鋒利，像是再次出現磨損態勢，估計不多久後我又將迎來一陣不短的沉默，好讓她再次恢復原先的活力。「只不過我們家裡這事說來話長，不好解釋。我父親幾年前就已過世，母親記性又不好，話也說不清，這些年多是我來照顧。我也根本無暇顧及舍妹的生活。您或許還不知道，她老早就離開了家，獨自打拼。而這各色親戚中，也就堂姐一家與我們常有往來。我也不時會讓堂姐替我關切一下舍妹，問問她近來過得可好，生活上有無遇到困難，是否需要幫助。就連她患病這事兒，也是堂姐先發現馬腳，才知會於我。不然我也不知會被瞞到什麼時候。」

「我大體明白了，不過您堂姐的兒子又是如何找到我的？」

「興許是某個有心的高中同學專程保留著你們的資訊也說不定。」她說。

我搖頭，用指甲敲擊桌面，「不大可能，離開鎮上的那些年來，我一直輾轉於不同城市，地址也是一換再換，電話號碼更是如此。至於郵箱和手機號，都是近些年才有的事情。」

「實在是抱歉，這問題我倒是無論如何也回答不上來。」她說，「這個暫且不談，那您找我的另一個原因是？」

果真是個善於咬文嚼字的大師，我暗想。

「這另一個原因便是，我想瞭解瞭解她生前的這些日子過得如何，又為何會患病，得的是什麼病，在生與死的分界線上，她又是怎樣的一種心境。」

果不其然，另一陣沉默向我飄來。

這次的沉默來得要更為持久，夾雜於其間的，只有從遠方傳來的微弱到難以察覺的關門聲，以及陶瓷杯蓋碰上潔白杯壁的清脆響動。如此說來，也並不能稱此為純淨的沉默。

鉛筆頭摔下桌面，碰上地面的大理石瓷磚，發出如骨頭斷裂般的「哢嚓」聲。

「冒昧問下，這又是為何？」無頭的鉛筆說。

我額頭滲出汗水，卻又不想扯謊，只好從側面繞過根本原因。「一時半會兒說不明白，要是不方便的話那就罷了，畢竟本身也是個無理取鬧的請求。」

「不不不，」她連忙否定，「倒不是什麼無理取鬧，我只是出於好奇。」

秒針的腳步聲響徹房間——這頭的房間和那頭的房間。

她繼續道：「這樣，您若想知道，我便找天專程見您一面，將我所知的原原本本一一向您道來。」

「不麻煩？」我問。

「不麻煩，」她說，「您現在在哪兒？」

「上海。」我答。

「瞭解，到時再聯繫您。」

「真不麻煩？」

「一點兒不麻煩，倒不如說我本就打算事情辦完後找機會出去散散心咧。」

「那就好。」

「近期不搬家？」

「當然。」我想，自己也沒有被人追殺，倒不至於搬家如此勤快。

「到時還打這個電話？」

「沒錯。」

「那就這樣，還有什麼要事嗎？」她笑道。

我聽出其中的意味，不無抱歉地說：「沒了，抱歉打擾您了。」

她長舒一口氣，「沒有沒有，算不上打擾。改天見。」

「改天見。」我說。

她像是極其厭倦與我談話一樣趕著掛掉電話，我只好對著空氣說上一句「節哀順變」，再將聽筒放回屬於它的凹槽，重又拿起裝進紙袋的法棍麵包，出於本能地咀嚼起來。

「屬實蹊蹺。」她說。

我看向出現在視線左下方的她的腳踝，「什麼蹊蹺？」

「你見到我，屬實蹊蹺。」她又說。

「我倒不覺得蹊蹺，反而感覺像是命中註定一樣。」

她曲腰，用迷霧後的鼻子聞了聞我手中的水杯，「你是說，我倆命中註定要再次相見不成？」

「正是，我想。」

「可惜選錯了方式。」

沉默。

「喂，城裡人，你真覺得有命運這東西存在？」

「不好說。」我好不容易咽下口中好似汪洋的唾沫後，勉強擠出聲音。

「若是命運真的存在，」她直起腰，繞到我的身後，「那我就是命裡如此，要死在三十六歲的年紀。」

「我命中註定要是個男的。」

「也許。」

我笑了。

2

我始終沒能等到對方的出現。

自從玻璃窗外馬路對面那所小學開始播放薩克斯曲歡送勞累一天的學生回家開始，我便一直坐在咖啡館角落的綠皮沙發上，用目光不停掃視店內來往的顧客。

我點了一杯溫熱的香草拿鐵，儘管此時，自己並不想喝過於甜膩的東西。

六點剛過時，店裡來了位身穿一身黑色皮衣的二十多歲小姑娘。她右耳耳垂上掛著個如白織燈下被人壓扁的易開罐般閃閃發光的銀色鐵片，左手手腕套了串不知從哪兒撿來的佛珠，額頭上頂著時下流行的好似濕手摸電門後直愣愣的劉海。

店內的廣播向席間人們的頭上灑下馬文・蓋伊的歌聲。

她徑直走到位於店門正對面的櫃檯，不顧店內的客人用大嗓門和紮著高馬尾的年輕女店員爭執起來。

她說自己昨日來此消費，吃了份單價二十一的提拉米蘇，隨即回家便鬧了肚子。店家要賠償，她大叫。

長得頗像奧森・威爾斯的老闆——事實上，我也因此直呼其為奧胖子——系著黑色圍裙擋在女店員身前，苦口婆心地在女孩身上浪費一通口水，又低三下四地讓人從收銀台中取出五十塊錢，交到她手上。

「看在店裡其他客人的份上，您就回去吧。」奧胖子說。

「區區五十塊錢就想把我打發走？」她說。

「並不是打發您走，」奧胖子說，「而是給您的賠償。當然我也清楚，光是這五十塊錢也彌補不了什麼。這肚子裡的東西既然已經排了出去，也就沒了挽回的餘地，總不能再原封不動咽進肚裡吧，您說是不？」

女孩眉頭向外腫脹，她用腳上的黑色皮靴踢向櫃檯底部，轉身離去。臨走前瞪著天花板某處，說：「什麼破爛音響，放什麼破爛音樂。」

馬文・蓋伊停止了歌唱。

六點十五分，秒針剛剛走過掛鐘上的羅馬數字V，一位慈眉善目的優雅老太攙一位二十出頭的年輕少年走進店內，坐到我視野正前方的方台。

Well, that' all right, mama
That's all right for you
That's all right mama,
just anyway you do
Well, that's all right, that's all right

店裡的廣播又開始唱道。

老太手戴金色鐲子，前胸掛著一條海藍色寶石吊飾，身著一件蓬鬆的瑪瑙綠塔夫綢長裙，銀白色的頭髮有條不紊地向不同方向卷起。

年輕男子與她同坐一側的雅座上。他梳著一頭與當下年輕人所不同的復古油頭，其絲滑度絲毫不輸阿爾卑斯的滑雪場。他鼻樑高挺，眼眶深邃，面頰消瘦，像極了被惡鬼吸幹渾身鮮血的乾屍，又像是每晚躺在床上抽大煙的癮君子。他上身一件印有鳳梨花紋的白襯衫，領口隨意地向外敞開；下著一條深藍色緊身牛仔褲，右邊的褲腿被單獨卷起四個手指併攏的高度。

她點了份康寶藍，他要了杯卡布奇諾。

他一手挽著她的胳膊，一手用金色小勺切下一塊抹茶蛋糕，送進她的口中。她含蓄地半張開口，將蛋糕含進嘴裡，細細品味。他滿意地點頭，小抿一口卡布奇諾。她看著他，寵溺地掏出奶黃色手帕，擦拭他的嘴角。他們有說有笑。

母子關係多麼和睦，我心想。

我低頭，看向桌前的香草拿鐵，已半涼。

我同我的母親，雖沒有鬧到老死不相往來，卻也談不上有多親切。總感覺在我和她二人之間，豎立著一道由牢不可破的材料建造而成的不及五釐米厚的透明幕牆。我能清楚地瞧見她，她也能將我的一切完整地收入視野。但她所看見的我，僅僅只是她所能看見的我。而至於那些藏於幕後的，即她所無法瞧見的我，她是無論如何也弄不明白的。對我而言，她也是如此。我與她便是這樣，在隔著這樣一道幕牆的前提下，不停向彼此提供力所能及的關懷。人們稱其為親情。

從我與母親的往事跳脫出來，我重新看回眼前的母子。

他不知何時已將右手伸向她的後背，小心翼翼地摟抱住她的腰。她給予回應，用雙手撫上他無肉的面龐。他看著她，好似在道出前世的情緣。她望向他，好似在訴說過往的離愁。

他們相擁，他們激吻。

巨大的黑洞出現在我的眉骨上方，將我臉上的一切都吞噬進奇點。

五分鐘，店內的一切連同我自己都變成了他們耳邊的風，毋須在意。

我低頭，好似生吞一隻飛來的蜜蜂，不停大口咽著口水。我重新捧起手中的書，直至他們手挽手離開。

不是母子，甚似母子，可仍舊不是母子。

我無言，端起陶瓷杯，就連平日裡喝著甜膩的香草拿鐵，也突然變得沁人心脾。

她仍未出現。

六點四十二分，我的對面坐下一名三七開黑髮、一副黑邊厚框眼鏡的方臉男人。男人穿一件中山裝款式的土灰色上裝，下身一條藍黑底白條紋的直筒褲。

他端來一杯加了冰的黑咖啡，又攤開一份當日的早報，將面部三分之二藏在新聞之後，僅留出一雙鏡片下的細長柳葉眼。他的鼻翼呈雞爪狀向嘴唇伸展，右側顴骨的位置長有一顆芝麻大小的黑痣。

我繼續看書，卻總感覺被人監視，渾身如被羽毛騷弄般發癢。

沒過多久，他合上報紙，發出秋風吹拂路邊落葉的聲音。

「小夥子，儂長得蠻清爽的嘛。」他對我說，喉嚨聽著像是被老鼠夾夾住一樣。

我放下書，朝他微微一笑，以表禮貌。

「本地人？」他又問。

我點頭，「算是。」

「倒是完全聽不出來。」這一次，他開始正大光明地在合法的範圍內將我從頭到腳打量一遍，「上海話會講不啦？」

我用兩個手指捏在一起，「一點點。」

他繼而問我的年齡。

「七二年生。」我答。

他將左腿搭在右膝上方，「蠻年輕的嘛，怪不得皮膚老好啦。」

我不回答，重新拿起書。

又來一個，我心想。

不過二十七年人生的羅伯特・詹森開始唱起他的*Sweet Home Chicago*。

他四肢保持原來的姿勢，僅將上身往前靠來，眼睛越過鏡框上方的縫隙，向我拋來一個我早已見怪不怪的眼神。

「男人嘗試過不啦？」

他將音量鍵轉到最小，向我問道。

我將視線停留在書頁上的一行行文字，假裝沒有聽見他的聲音。

「哎呦，怎麼還害羞上啦？」他繼續說，「我跟儂講，這種事情沒什麼好害羞的好伐。社會都是可以接受的啦。」

我抬頭，看向他身後那桌上的復古小檯燈，儘量表現得滿是惆悵。

「的確是可以接受，」我緩緩開口道，「不過，恐怕就算是我想要嘗試，也沒有這個機會。」

「怎麼會沒有機會的啦？」

他挑了挑眉。

「怪只怪褲襠裡面起了紅疹，又生滿了蝨子，弄得自己好生難受。」我一邊說，一邊搖頭，遂又深吸一口氣，再沉重地呼出。

他走了，我繼續看書。

時針挪步到七點，我再次環顧店內，尚未發現目標人物。等了一個小時，看來她是不會來了。至於原因，我猜不出。我只能憑自己的直覺，主觀判斷對方不會露面。直覺的確是個十分邪乎的東西。

正當我準備起身離開之時，又一位客人坐進了我面前的沙發。

夜幕早已將地上的人們拖入飄渺卻靜謐的黑暗，咖啡店內閃爍著星星點點微弱的暖色燈光，人們或靠枕休息，或埋頭辦公，或淺嘗一口咖啡，安靜地閱讀。奧胖子倚在櫃檯的一側，左手在圍裙上前後擦拭。女店員獨自站在收銀台前，進行著可有可無的整理工作。她將促銷立牌從這頭移到那頭，又將咖啡豆展示盒從那端擺到這端。貓王普雷斯利從世界的某個角落帶來溫柔的音符。

Love me tonight

我在心中隨之輕輕哼唱道。

她渾身只一件純白色棉絨長浴袍，腰帶被緊緊系在一起，唯獨腳上穿著一雙黑色馬丁靴。這身打扮最先吸引了我的注意。我打消了起身的念頭。

她顯然在看我。

我也抬頭看她。

她瞳孔呈淺藍色，雙眉濃郁，鼻樑高高聳起，不像大多數東亞人的長相。她雙唇深紅，向外翹起，一頭烏黑的波浪長髮，耳朵形似玉墜。極具異域風情。

她將雙腿蜷上沙發，像古籍中出現的王妃那樣側臥其間，用右手撐著腦袋。

她依舊在看我。

「在等人？」她問我，聲音如海邊的細沙般柔軟，卻很是陌生。

「在等人。」我回答。

「沒等到？」

「大概是等不到了。」

「不敢相信。」她說罷，便從浴袍唯一一個口袋中——甚至就連這唯一一個口袋的存在都著實叫我震驚——翻出一包白色軟盒，又從裡面取出一根細煙。「抱歉，能借下火機嗎？」

「火機沒有，火柴怎樣？」我問她，又從大衣內側口袋中取出一盒尚未使用的火柴。我不抽煙，帶火柴只是覺得有此必要，若是碰上什麼緊急情況，說不定就會派上用場。

「也好，感謝。」她如餓狼見著生肉一般奪過我遞去的火柴盒。

她頗為熟練地劃開火柴，火光在店內的空氣中微微搖曳。

女店員見狀，趕忙從櫃檯處跑來。

「抱歉，女士，我們這兒不讓吸煙。」

女店員說。

她只好草草甩滅手中的火柴，像小孩犯了錯似的偷偷摸摸把細煙收回煙盒。

我沖她做了個表示無奈同情的微笑，她也同樣沖我一笑。我和她就這樣，像踢皮球一樣將微笑在彼此間踢來踢去。

「剛剛說到哪兒了？」

女店員走後，她對我說。

「不敢相信。」

「對，不敢相信。」

「為何不敢相信？」我問。

「像你這樣精緻的男人，竟然會被人晾在這兒一個小時。」

「你又怎知我被人晾了一個小時？」

「你來之前，我就一直坐在那張臺上。」她指了指遙遠的咖啡店的另一側，那兒有張靠近衛生間的孤單的小方桌。

我無言。

她不語。

「那麼，」我率先開口，驅散走沉默，「找我有事？」

「有。」她說著，便再次習慣性地取出一支細煙，拿在手上。我伸出手掌，示意她放下煙捲，不然那可憐的女店員必定又要再跑來一趟。

「抱歉，習慣了，改不了。」她這次乾脆將細煙放上桌面。

「沒事。」我說。

「不抽煙？」

「不抽。」

「不抽好。」她說，「等的是男人？」

「女人。」

「女友？」

「未曾謀面的人。」

「有意思。」她看了看我，又看了看桌上的細煙，隨即再次看了看我，「像你這種長相的人，被一個素未謀面的女子晾在一家咖啡店的角落整整一個小時，實在是有意思。」

「我可不覺得多有意思，畢竟被晾的人是我。」

她認真地點頭，「也是，不過——剛剛被那人搭訕了吧？」

「完全不知此事。」

「我看得出來，」她說，「我大多看得出來。不過我倒是好奇，你是通過什麼理由拒絕他的？」

「這種事情，還是別打聽為好。」

「也對，」她在與我對話的時間裡勉強擠出一秒，再次偷偷瞥向桌面，但那眼神在一秒過後又及時回到了對話者——即我自己——身上。「你經常碰上這種事吧？」

「倒不是經常——不過你為何要一一打探這些事情呢？」

「有意思，你是個有意思的人物。」她說。

有意思的人物？我不明所以。

「就算你瞭解了這些，又能怎樣呢？」我問。

「我就是幹這個的，所以才要瞭解你。不知你可否介意和我聊聊？」

她的馬丁靴在沙發表面蹭來蹭去。

我閉眼，冥想片刻。

「聊是無妨，只不過——」

「只不過什麼？」

我睜眼。「若是只由你來發問，我來回答，那便成了單方面的訪談，稱不上聊天。」

「說的在理。」她閒置的左手伸向桌面，用食指和中指半搭在桌沿。「那你的意思是？」

「我問一句，你答一句。隨後再由你來發問，我做回答。怎樣，公平吧？」

「公平至極。」她的左手繼而在桌沿擺出彈琴的架勢。「那麼，誰先開始？」

「你此前已經問得夠多了。」

「的確。」她繳械投降。「你想知道些什麼？」

「首先，是你的長相。」

她嘴角上揚，眯起眼縫，鼻腔發出「嗯哼」一聲。

「其次，是你的裝束。」

她收回左手，順勢撩起擋住側顏的卷髮。

「我父親是法國人。」她說。

「法國人？那你母親是？」

「母親是土生土長的上海人。」

「原來如此。」

我喊來服務員，重新點了兩杯熱咖啡。

「那你的姓便是隨父親？」我又問。

「當然，」她笑道，「母系氏族社會早就成為歷史的浮塵了。」

「中文說得不錯。」

「謝謝。不過，我雖然確有一半法國血統，但還從未真正去過法國。」

「這是為何？」

「我父親是個廚子，早就定居於此。幾十年前因機緣巧合結識了我母親，便有了我。」

她說罷，服務員便半舉託盤將兩杯咖啡送了過來。

我們道謝，她將咖啡擺到一旁，我則捧至嘴邊，輕聞其香。

「那你的姓氏是？」我開口問道，隨後讓咖啡流入唇齒之間。

「Laurent，不是什麼了不起的姓。」

我試著模仿她的發音將其念出聲來。「若是譯成中文，該叫什麼好？」

「洛朗也好，羅蘭也罷，這個隨你。不過書面上，我個人傾向于羅蘭。」

我點頭，「也對，羅蘭要更加適合你。」

「是吧？」她發出爽朗的笑聲，拿回被擱到一邊的屬於她的那杯咖啡，喝上一口，放回原處，再拿起桌上的細煙盒，在手中把玩。

「那名字呢？是中文名不成？」

「Clara，讓你失望了。」

「克拉拉？」

「沒錯。」

「克拉拉・羅蘭。」

「正是。」

「克拉拉。」

「怎麼？」

「胡桃夾子。」

她停下手上的動作，倒出一根細煙。

「怎麼會突然想到胡桃夾子？」她說罷，將細煙遞到雙唇之間。

「沒事，只是想起了而已。」我揉了揉前胸。

含糊不清的話語傳了過來，「奇怪的人——正好。」

「正好什麼？」我問。

她不再銜煙，而是用細煙的前端指向我。「你。」

我不明白。

「第一個問題到此為止，」我說，「為何是這副打扮？」

「因為要遮體。」她答，「總不能一絲不掛地坐在這裡和你聊天吧？」

「不，我是說，為何只穿一件浴袍出來？」

——況且這浴袍之下是否還有別的衣物都不得而知，不過這話我並未問出口。

她將指間的那根細煙舉至與視線平行的位置，遂又好似這細煙長出了一對水汪汪的大眼睛一樣，與它對視良久。

「因為只此一件衣服。」她一邊說。

「只此一件？」

好歹也是同生活在二十一世紀的人類，本不該如此才對。

她這次將細煙橫放到上唇的上方，閉眼細嗅一陣，隨後才說：「別的衣物都讓酒店拿去洗了，所以乾淨衣服只此一件。」

「不是家在上海？怎麼住在酒店？」

「沒錯，家的確是在上海，我也的確住在酒店。」她說。

「家裡鬧不和？」

「沒有的事。」她摸出火柴盒，取出火柴。

我正擔心她又要點燃火柴的時候，自己口袋中的手機響了。

我向她做了個手勢，一是為了向她致歉，二是為了制止她接下去可能的舉動。

我掏出手機——一款去年剛上市的觸控式螢幕智慧手機，史蒂文・約伯斯的明星產品——螢幕上顯示的是一個陌生的座機號碼。

我劃開接通鍵。「您好。」

「抱歉，讓你等了那麼久。」鉛筆頭大舉入侵這曼妙舒適的咖啡店夜晚。

「你在哪兒？」我問。

視線捕捉到克拉拉劃開火柴的瞬間。那火光宛如啟發人類智慧的使者一般，剎那間便照亮了世間人們空洞死板缺乏想像力的腦袋。

「臨時遇上了急事，只好立馬離開上海。」

「發生什麼了？」我皺眉。

克拉拉用燃燒的火柴點燃了那根已被把玩得有些癱軟的細煙。她吸上一口，隨即又緩緩將煙霧吐出，好似天堂的精靈在製造雲朵。

我不禁咳嗽兩聲。

「家裡事，不是什麼人命關天的事情，不過還是需要我去處理一下。」電話那頭說，「之前一直沒找到機會通知你，實在是不好意思。」

紮著高馬尾的女店員狼狽地拽著她的圍裙角朝這邊跑來。她戴著副要哭了的面具和克拉拉說著什麼，至於說了些什麼，我單憑一隻耳朵，完全沒法兒聽清。

我對電話那頭說：「我這邊你不用擔心，畢竟也說了不是什麼要緊事，下次找機會再談也行。」

在我面前，克拉拉如同列車即將發動時站在月臺上的乘客那樣猛吸兩口煙，隨後用咖啡的託盤掐滅剩下的半支。她雙手合十，向女店員連連點頭。

「那就下次再約。」電話那頭全然不知我眼前的景象，自顧自說。

「嗯，下次再約。」

電話那頭傳來斷線提示音。

「節哀順變。」

我對自己說。

女店員用手背擦拭額頭的汗水，離開了我們的座位。

「怎麼？」克拉拉問，「女伴不來了？」

「來不了了，如我所言。」

「可憐。」

「不足為奇。」我說，「煙還不錯？」

「十分了得。」

「那麼，剛剛說到哪了？」

「衣服。」

「酒店。」我說，「既然家中沒有不和，又為何要在上海住什麼酒店？」

「工作需要。」

「旅行指南？」

「差不多吧。」她將腦袋枕到沙發扶手上。「幹的便是這個，體驗生活。」

「到酒店體驗生活？奇怪，你更奇怪。」

「彼此彼此。」

她左手高高舉起，筆直地指向天花板。

「這咖啡館放的音樂倒不像是咖啡館。」她對我說。

Johnny B. Goode。

「贊成。」我附和道。「咖啡館不像咖啡館，更像是酒館。」

實際上，我早已就這個問題與奧胖子進行過一番討論。

「要的便是這樣的效果。」奧胖子當時這樣對我說。

我對此感到十分納悶，「這效果指的是？」

「若是來到這兒的客人都能像光臨酒館那樣消費咖啡，那我就再高興不過了。」他說罷，發出一連串望不到頭的渾厚笑聲。

我身後的一對情侶緩緩起身，發出椅子摩擦地板的惱人聲。他們手挽著手走出店門。

「你的問題，我回答的差不多了吧？」克拉拉收回手，輕輕揉動左邊的臉頰。

我不再開口，以示默認。

「那麼，現在又輪到我了嘍？」

「請。」

她稍稍坐起身。「你說你和女伴此前素未謀面，對嗎？」

「我甚至不知她的長相，僅僅只聽過她的聲音而已。」

「那此次見面的目的是什麼？」她用淺藍色的瞳孔將我死死束縛在自己的座位上。

「私事。」我如實相告。

「不方便透露？」

我抬眉，「所謂私事，指的就是那些不願對外公佈的私人事務。」

「瞭解。」她說，「請見諒，畢竟我只能算半個中國人。」

「這時候就只算半個了？」

她沒有理會我的玩笑，繼續問道：「你們是怎麼認識的？」

「通過郵件。」

「筆友？」

「姑且算是。」

「有趣。」

「這世上有趣的事情多了，我根本就排不上號。」

「若是倒著數呢？」她的長髮向前垂落，擋住她的左眼。

「我在中間，你還是數不到我。我便是如此，既不算拔尖，又不至於太差，最終便只落得個平庸而已。」

她重新撥開眼前的長髮，順到耳後。「事實就是，百分之九十的人都在中間，所以你所言根本毫無意義。」

「或許。」我前後左右扭動起因久坐而有些酸痛的腰部。

「就算處於中間位置，人也各有不同。你我都有著不同的過往，經歷過迥異的人生，造就出不同的性格特點，陰差陽錯地產生出獨立於他人的思想。也正因如此，人們才會如此有趣。」

「我還以為對你來說，只有我最有趣。」

「當然，還是你更為有趣。」她又不知怎麼變出一根細煙，鬼鬼祟祟地夾在手指間。「不然我也就不會自找上門來了。」

「我還是不知，你到底為何主動找我。恕我冒昧，你今年多大？」

「二十七。」她毫不遮掩地說。

我歎氣，隨即又道：「你二十七，我三十六，你與我相差將近十歲。我從一個與我同樣名不見經傳的師範大學畢業，進入社會後，在一所高中當一名普普通通可有可無的音樂老師。高中生那個年紀的孩子，有哪個會把一位元長相毫無威懾的音樂老師放在眼裡？再者說，因為不算考試科目，就連學校也毫不重視。今天被數學老師占了去，明天又被哪個生物老師借走做試卷。我的這一職位就好像根本不存在一樣。我至今未婚，是有著本質上的原因，這點我希望你能清楚。所以也別希求從我身上獲得些什麼只屬於年輕人的東西。那些東西，早就被我在設法淌過時間的長流時弄丟到不知什麼地方去了。」

「你的意思是，我想和你認識的原因，是希求和你談情說愛？」她看著我，好似看著一隻長了毛的海豚。

我的頸椎發出機械般的咯噔聲。「上前和異性搭話的，多半是如此吧？」

「合情合理，」她抬起下巴，「不過我對你，可是一丁點兒那種想法都沒有。」

「當真？」

「畢竟我對你的全部瞭解，僅限於一個被陌生女伴甩在咖啡店一個多小時的三十六歲單身高中音樂教師。」她邊說邊笑，我似乎成了此時此刻全世界最成功的笑話。

「也不單只是個音樂教師，偶爾也會自己寫些東西。」

我有個不能完全稱其為朋友的朋友在一家中小型出版社當編輯，他有時會請我去辦公室喝茶，順道慫恿我將平日裡寫的瑣碎送去投稿。不過沒一次成功便是。

「如此一來，那我們就是同行了。」

她說。原本存在於其指間的細煙已消失不見。

「寫廢料的音樂教師？」

她諷刺地點頭，「你怎麼說隨你。我本是一家雜誌社的簽約撰稿人，某日在家洗衣服時突發奇想，半夜去街頭撿了個喝得酩酊大醉的小姑娘，讓她借宿一宿，和她聊了聊過往的故事，遂又洋洋灑灑寫了篇紀實性的文章，興致勃勃地寄給了與我常來往的出版社，和編輯定下了一個以這篇文章為基礎的系列作品，要求明年年初完稿。可說來容易，自那以後，就再難尋覓合適的物件。也總不能老是逮些醉鬼回家，你說是吧？讀者也不傻，他們需要的是新奇，而不是一味的重複。」

「的確。」我似懂非懂地肯定道。

她開始以不協調的方式扭動起大腿根部。「所以我遇到了瓶頸，靈感已經枯竭。」

「可這和出來住酒店有什麼關係？」

「住酒店是為了換個環境，好讓我的大腦能夠繼續工作。」

我點頭，「所以這才找上所謂有趣的我？」

「正是。」

「但最後卻發現我只是個遠未達到你預期的三十六歲音樂教師。」

「還寫東西。」

「還寫東西。」我重複道。

「已經足夠有趣了，」她依舊在沙發上不明所以地小幅度挪動，「不知你可否願意，成為我的採訪對象？」

「可我認為，我對你來說已經沒什麼可採訪的了。」

「不對，在你平平無奇的音樂教師外表下，還隱藏著太多太多值得我深掘的東西。」

「那東西是什麼？」

「問你自己，」她不再扭動，用本應夾著細煙的手指指向我。「那些是超脫於平庸的現實性的東西，這你可否明白？」

現實性。

我輕咬下唇，又說：「這麼說的話，我的存在是有多麼渺小，才會如此缺乏現實性。」

「不是缺乏，是超脫。」

「不甚理解。」我說，「那你又是否依附於現實性這一概念而存在呢？」

「當然，我們大多數人都是如此——唯獨你不是。」

「那如你所言，我可否將現實性理解為反映你和大多數人之存在的座標，有了這一座標，你們的存在才得以被證明？」

「可以這麼說。」她的瞳孔裡，反射出我們上方幾盞微弱的黃色燈光。

「那我的存在豈不就如同孤獨的幽魂一樣虛無縹緲？」

「人們稱其為自由。」

我低頭，看向棕色高幫靴的鞋尖。「那麼，以現實性而存在的你，又是如何感知到我的非現實性——暫且稱其為此——的呢？」

「直覺。」她說。

我重又抬頭，看向桌面。沒有火柴盒，沒有細煙。「直覺這東西，該將它歸結於現實性還是非現實性？」

「基於現實性的非現實性。」

「謬論。」

我反駁道。

她又一次開始蠕動起來，黑色馬丁靴的表面閃出亮晶晶的光。「怎麼就是謬論了？」

「基於現實性的非現實性，歸根結底還是非現實性，難道不是嗎？」我有些失禮地看著她來回挪動的部位，問道。

「嗯……」她思考，「的確如此。」

「你說你的直覺是基於現實性的非現實性，也就是說，你的直覺歸根結底屬於非現實性一類的東西。」

她像個孩子似的點頭，連身體都忘了繼續原先的動作。

我接著說：「你的直覺是非現實性的東西，可否代表你也或多或少擁有非現實性的東西？」

「我的直覺被我所擁有。」她將我的話分解開來，平鋪在眼前，確認後又再三點頭。

「所以人人都具有非現實性這一特點，對嗎？」

「你果然是個理想的目標。」她說。

「回答我的問題。」

我趁勢追擊，卻沒想她竟著手展開反攻。

「實則不然，」她泰然自若，「我擁有非現實性的直覺，並不表示我與我的直覺是相同的東西。有一點你要明白，我的直覺與我之間的關係是，我擁有它，但我並不一定要等同於它。所以說，現實性的我當然可以擁有非現實性的直覺，就和有生命的我擁有無生命的電視機是一個道理。」

我無言以對。

她以勝利者的姿態坐起身，雙腳總算重新回到大地的懷抱。「怎樣，願意與我合作嗎？」

她問我。

「請容我再考慮考慮，我害怕因為自己而耽誤了你的工作。」

「這點完全不用擔心，就今天晚上的交談而言，簡直是精彩至極。」她說完，從萬能的浴袍口袋裡掏出一張白色硬紙名片，伸到我面前。

我雙手接過名片，她站起來，對我說：「若是考慮好了，就儘快聯繫我。」

我點頭，她揮手向我告別，臨走前她又問：「還是想打聽一句，真不喜歡同性？」

「從某種意義上講，並不喜歡。」

她疑惑地偏頭，隨後擺手表示無妨。

我們互道晚安。她朝店門走去，沒走幾步，一根已被碾碎的細煙從她的浴袍之下掉落在咖啡店的木質地板上。

目送她離去後，我翻看手中名片的正反兩面。名片正面用新羅馬字體印著CLARA LAURENT，反面則是她的電話號碼、傳真號，以及電子郵箱位址。

我喝完自己的咖啡，叫來服務員結帳。臨走前，我拾起地上的細煙，扔進垃圾簍，又找到櫃檯後坐著的奧胖子，對他說：「最近店裡來的怎麼全是些怪人？」

「也不能全賴我的店，」他摘下圍裙，「這個社會就是如此。」

「好藉口。」我說。

他的兩瓣嘴唇朝相反的方向撐開，發出被人摁下遙控器靜音鍵的大笑。「你不也是個怪人？」

我用指關節敲了敲櫃檯表面，同他道別，轉身離去。

3

自那天離開咖啡店後，我便再也沒和對方取得過聯繫。一轉眼，二月的影子就已到達人們的頭頂，催促著一月夾著尾巴向後逃去，成為歷史的一根汗毛。

冷。

我曾照著通話記錄，向對方打過幾次電話，不是處在占線中，就是等到太陽膨脹坍縮也無人接聽。數次嘗試未果後，我也就只好作罷。

春節已過，學校重新開學。我試圖按照往日的方式生活。工作日照舊去學校帶課，工作結束後便駕車去超市購物，主要是蔬菜生鮮和其他日用品一類。這輛海藍色帶尾翼的馬自達323，是去年用自己幾年的積蓄購置下來的。車身雖是國產，發動機卻是日本原裝，馬力足夠，開著也快樂。唯獨就是車內隔音較差，一跑高速就吵得耳朵疼，更別指望能聽到音響裡放的音樂了。但不管怎樣，我愛它。畢竟是用自己掙來的錢買來的屬於自己的車。我愛它，勝過愛自己。

買完菜後，回到家中，用書房的可攜式跑步機跑上五公里，隨即去廚房做晚飯。飯菜做好，端到客廳的茶几上，用音響放上勃拉姆斯的交響曲。勃拉姆斯的四部交響曲，我最愛第三。用完餐，洗好碗筷，洗澡刷牙，隨後一頭躺上床，看一小會兒書，直至睡意來襲，便將書擱到一邊，閉上雙眼，靜待夢境襲擾我的意識。

這本是我理想的狀態。

只可惜，自打收到了那封郵件後，我的生活就好似被人用沾了膠水的木棍攪在一起，完全亂了節奏。我無心看書，忘記了勃三唱片的擺放位置；炒菜總是放過了鹽，在超市貨架裡無論如何也挑不出上好的番茄；時常會在綠燈亮起時依舊停在原地，引得身後車輛無不鳴笛辱罵，好歹踩下油門，卻忘了鬆開手剎。

亂了套了，一切都亂了套了。

對方的失聯讓我心急如焚，焦燥不堪。

週三時，一個高二的小個子男生逃了我的課，跑去操場打籃球，不知怎的雙手掛上籃筐，又因為前幾日一直下雨，手一滑，結果就莫名其妙摔斷了腿。家長找上門來，認為他們孩子摔斷腿，是我的失責。我不解。

「在你的課上出了事，不是你的責任是誰的責任？」穿一件淺綠色蝴蝶花紋上衣的蘑菇頭中年婦女指著我說。

我沒吭聲。

班主任在一旁好言相勸，相應的賠償肯定會得以落實，孩子近期的學業也不會落下，頂多是生活上會有些不便，也沒必要對我多加指責。

中年婦女依舊不依不饒，聲稱孩子他爸是市里領導，這事屬於學校的過失，甚至危及學生的生命安全。一定要對我加以懲罰。

我心想，又不是我把她孩子掛上籃筐的，怎麼偏偏要死死咬住我不放呢？

我緘口不語。

班主任讓我先回避一下，把我支到自己所屬的音樂教室，整座學校只剩此處尚留有屬於我的空氣。

我獨自一人在教室裡唱著*Sweet Caroline*。

後來班主任找上我，說家長已經離開學校，叫我找天專程去探望一下骨折的同學。

我說好。

週五的時候，主任叫我過去，向我告知了這件事的種種不良影響。

我點頭。

他問我這事的後果我可否明白。

我說我明白。

他說好，讓我在家休息一陣。學校決定，將我停職三個月，三個月後再來上班。

我沉默，只得接受。

週六起來，我打開冰箱，發現裡面空空如也，只有兩個雞蛋歪著身子面對著我。我換好衣服，披上一件純白色長款羽絨服，帶上鑰匙和錢包來到車庫。我朝小藍問好——我管它叫小藍——它不善言辭，只好閃燈兩下以示回應。我打開車門，坐進駕駛座，雙手輕撫方向盤的兩邊。

「最近生活不易。」我對它說。

它靜靜傾聽。

我轉動鑰匙，引擎開始興奮地低吼。我微笑，打開副駕駛前的收納箱，挑出一張DG公司1996年發行的俄羅斯音樂合集。

驅車來到附近的一家美國連鎖超市，我停好車，走進超市大門。挑了一打百威啤酒，往手推車裡放入兩盒一升的澳洲進口常溫奶，選了半打包裝完整的生食雞蛋，又拿了三包真空袋裝的哈爾濱紅腸。我推著這些來到蔬果區，水果保鮮櫃的面前擺著一個裝滿捲心菜的貨架。我挑了其中一個，拿在手裡。

「這個看著如何？」

她的聲音從身後飄來。

「又見面了。」我回頭，看向那一層迷霧。

她用春日裡才偶爾聽到的小鳥叫般的聲音繼續說：「是呀，又見面了。」

「這次也是命中註定？」

「估計是的。」她笑道，「這幾天過得如何？」

「怎一個慘字了得！」我叫苦。

「這是為何？」

我想了想，「這都得怪你。」

「我？」她指了指自己霧氣後的臉，隨即消失不見。

再一回頭，身旁同樣在挑選捲心菜的大媽正一臉不滿地盯著我看。

我放下手中的捲心菜，推著購物車離開這裡，從保鮮櫃中拿來兩個形似橄欖球的檸檬，放進手推車內，隨後來到收銀台結帳。

我將購物袋放在後座，給它系上安全帶，接著自己也坐進駕駛座。駕車上路，音響裡放著卡拉揚指揮的《荒山之夜》。

「見到我姐了？」她出現在副駕駛的位置，身體側向我的方向。

我用餘光看她，「沒有，臨時有事來不了了，就沒見著。」

「實在可惜，」她說，「我也正好奇我姐姐是什麼樣子呢。」

「真不知道你姐長什麼樣子？」

「不是跟你說過嘛，記不得了。」她將後腦枕進織布座椅靠背的凹槽裡。

「這麼想來，難道不覺得可疑嗎？」

她抬頭，似乎在觀察上面的遮陽板。「可疑也好，不可疑也罷，都沒什麼關係。」

我不語。

「喂，城裡人，」她突然開口，「我需要你。」

路上的喧囂聲和樂器的演奏聲一齊被來自地獄的魔鬼所吞噬，周圍一片死寂，仿佛空氣也隨之消失，只剩我一人。

這是哪兒？

我額頭不斷冒汗，慌忙地環顧四周。

枯草，枯草，全是枯草。山丘，山丘，一個又一個山丘。

我低頭看向自己，卻全然不見原本的身軀。那額頭的汗水又是怎麼一回事？

我試圖用手擦拭額頭，可既沒有手，也無額頭，只留有其殘存的知覺。

一陣淒涼的悲哀湧上我心頭。

我失去了自我的肉體。

但我並沒有被束縛。我試著向前移動，周遭景物的變換證明我成功了。我以浮靈般的狀態離開我出現的地點，找尋——

找尋什麼？

我到底在找些什麼？

我迷茫，加速向前沖去。

沉悶的撞擊聲，我被扔進一個漆黑的房間。房間中央隱約閃爍出藍色的光。我迎著光向前移動，這是個玻璃制的水晶球。水晶球裡躺著個遍體淩傷的人。

仔細一瞧，那正是我的軀體。

我被迫與自身的軀體隔離開來。

我試圖敲擊水晶球的表面，卻沒有手，只能感受到那不存在的拳頭所傳來的似火燒灼的疼痛。

我大喊，世界如昏死般沉寂。

我假裝閉眼，視線卻突然一片泛白。空白與虛無化作實體，佔據這一切。

空白就意味著失去了座標，而一旦失去了座標，我便無從得知自己的方位，也無法知曉此時的狀態。或是前行，或是倒退，抑或停滯原地，我都不得而知。至於「前」指何處，「後」是哪裡，我也弄不明白。

我等待。

等待什麼？

等待時間的盡頭。

時間到底有沒有盡頭？

或許有，或許沒有。若是有，我便能從這一片空白中解脫出來；若是沒有，我就會被永遠困在虛無之中。

我還活著嗎？或者說，我還算是活著嗎？若是永世都要在虛無中度過，這又與死有何差別呢？

我想是有的。死去的人，無法意識到這空虛的存在。而我則不同。但這樣的意識，又能持續多久呢？

自我認知正在一毫米一毫米地消退。

我到底是誰呢？一個被停職三個月的高中音樂教師，一個擁有一輛海藍色馬自達323的高中音樂教師，一個三十六歲依然單身的高中音樂教師。一個高中音樂教師。可是，在這樣的一片空白中，高中音樂教師這一角色到底還有無存在的必要呢？

我開始數羊。

我想像一隻又一隻渾身披著卷毛的綿羊出現在眼前的空白中。它們有的抬頭看我，有的低頭冥想，有的歡快地轉動耳朵。

一隻羊，兩隻羊，三隻羊⋯⋯

不行，在這空白之中，一時半會兒難以分辨出同樣白色的羊身。

塗黑，塗黑。我喊道。

眼前的羊們如肥皂泡般「砰」地一聲爆裂開，隨即又換上一身純黑的羊毛，再次完好無損地出現在原來的位置。它們有的抬頭看我，有的低頭冥想，有的歡快地轉動耳朵。

一隻黑羊，兩隻黑羊，三隻黑羊⋯⋯

覺得累了，我便不再去數。

枯燥，無趣，沒想到保持清醒竟是一項如此乏味的作業。怪不得釀酒業如此經久不衰。

Waiting for the summer rain

我哼唱道。

羊們自由自在。它們的小腦袋裡，都在思考著些什麼呢？

或許它們什麼也不想，什麼也不用想。它們就只管埋頭吃草、填飽肚子就好。管它什麼被人年復一年地扒光身上的羊毛，管它什麼最終要淪為以不同部位不同形式登上不同家庭餐桌的命運。只管埋頭吃草就是。

它們也全然不用考慮此時的空白，它們不需要座標，不需要方位，甚至不需要存在的意義——

等等，它們的確需要存在的意義。否則又為何會存在於此？

有人在呼喚我。

是誰？到底是誰在呼喚我？到底是誰在用輕柔的話語招我過去？

我重新開始移動，追尋聲音傳來的方向。

多虧了羊們的存在，我才得以曉得自己的確是在前進。

這便是它們存在的意義，我想。

我睜眼，逃離這片空白。

自己漂浮在空中，身下是一座小鎮。小鎮的中央是個華麗的天主教堂，七八條石板路以教堂為中心向四處散開。小鎮的房屋大多是木質，少數人家的窗臺上掛著深藍色的旗幟。小鎮外有個小山包，山包底下用柵欄圈出一塊用來養雞的土地。

沒見到居民的身影。

教堂那兒傳來樂曲的聲音。是勃拉姆斯第一交響曲的第一樂章。興許是鎮上的人們都去欣賞演出了也說不定。

我聽見了女人的哭泣聲。

我加快移動的速度，來到山包的頂上。哭泣聲便是打從這兒來。

女人雙膝跪地，面前有數十個大大小小豎立著的黑色石頭。至於這石頭究竟是什麼，這一點我暫且不知。女人在哭，只有這一點我十分篤定。

*你在為誰而流淚？*我問。

她無動於衷，全然沒有察覺到我的存在。

也對，此時的我沒有肉體，只有意識。

我在她的身後，看著她哭。

她似乎是在為石頭而哭泣。

我湊近了瞧——沒錯，是她。

胡桃夾子在為石頭而哭泣。與狂風驟雨般的撕心裂肺不同，她的哭聲更容易讓人聯想起凜冽的寒冬，那讓人失去對生的渴望的凜冽的、荒蕪的寒冬。

我坐到——近似於坐一類的停留在遐想中的動作——她的身旁，看向其中一塊石頭。並沒有刻字，也沒有任何奇特之處，只是一塊普普通通的石頭，僅此而已。

我看回她，迷霧仍舊停留在她的臉上。

這十九年間，胡桃夾子究竟都經歷了些什麼呢？她是否也會向我身邊的其他人那樣結婚生子呢？她是否也曾為了房貸而發愁過呢？娶她為妻的那個男人，又是否一心一意地對她好呢？他們第一次約會的時候，她究竟是怎樣的一副打扮呢？成年的她，是喜歡裙子多一些，還是偏中性化的打扮多一些？她究竟是在工作中，還是在大學的課堂上與他相識的呢？她是否與我一樣，選擇了並不適合自己的專業呢？她是否又真的考上了自己中意的大學呢？在我離開後的那兩年高中時光裡，她與班級的關係是否有所改善？她又可曾在日復一日的生活中撥出過哪怕一秒的時間來思念我呢？

我不知道。

她依舊在哭泣。淚水如珍珠般彈落在地，濕潤了黃色的土壤。

我需要你。

她似乎對我說。

但是在哪裡？她究竟是在什麼場合對我說出的這句話？

我想不起來。記憶如一鍋水放少了的濃粥，完全無法從中分辨出什麼。

她需要我。

我看著她，眼前這個哭泣的她需要我。而我又能做些什麼？

我試著將她攬入懷中，可是我做不到。

我只是一個無處可歸的意識。

Impotent。

這便是我。

我猛地坐起，好似剛從海底浮出水面，回歸的軀體貪婪地大口吞食著空氣。自己身處公寓臥室的單人床上。

我雙手撫摸濕潤的臉頰。我在流淚。

我為何而流淚？我不知道。

如此一想，只覺更加淒涼，乾脆哭出聲來，像孩子那樣歇斯底里、嚎啕大哭，哭到上氣不接下氣，哭到氣管開始發痛，哭到再次筋疲力竭。

眼淚流盡，再也哭不出什麼，我便走下床，來到廚房，打開冰箱。

一打百威啤酒，兩盒澳洲牛奶，半打生食雞蛋，三包哈爾濱紅腸，以及兩個新鮮檸檬。

奇怪。

我打開一罐啤酒，獨自喝起來。

既然不是做夢，那麼從超市出來一直到歸家的這段時間裡，我究竟去了哪裡？而我又是如何能夠平安歸來的呢？

空氣好似冰塊一般凝固起來，公寓裡的所有東西都變得如此陌生。我抬起手，看了看兩側手臂上如玩具士兵般站立的汗毛。這副軀殼到底是否真的屬於我？

亂了套了，一切都亂了套了。

我癱坐在沙發上，一口喝光易開罐裡所有的液體。

啤酒罐碰上茶几表面的廉價噪音傳入我的腦中。

我盯著電視櫃下的雅馬哈功放機，感受著大氣中散發的異樣。

隔壁陽臺的洗衣機發出「嗶、嗶」的提示音。

第二天上午，我早早起床，跑出家門，來到地下車庫。小藍完好無損地停在它該在的位置。

我坐上去，發動引擎，上路兜風。

開車有助於我思考。

一路上，我不時看向副駕駛的座位，一切正常。

不知不覺，我便習慣性地駕車來到教書的學校。

我搖下車窗，與崗亭內的胖臉保安打聲招呼。他認得我。

他放我進去，我將車子停在固定的車位，下車一路走到上了鎖的音樂教室門前。

我沒帶鑰匙。

我折回停車場，路上遇到剛畢業的歷史老師小梁。小梁見到我，急匆匆地向我跑來，就好像我順手撿起他的錢包不打算歸還一樣。

「李老師——」

「羅老師。」我糾正道。

「啊，不好意思，羅老師——最近怎麼好久沒看到你？」他來到我身前，笑嘻嘻地問。

看見他，彷彿能立馬想像出世界和平的景象。

「被停職三個月，現在家賦閑中。」

「啊！怎麼就突然被停職了？您可是——沒有不敬的意思——一個音樂老師呀！若是就連音樂老師都會被停職的話，那我們這些教主科的老師不更得小心了！」

他一驚一乍，弄得我太陽穴發痛。

「把學生弄骨折了。」我說。

「啊？弄、弄、弄骨折了？」

「啊」似乎成了他的代名詞。

「沒錯，斷了腿了。」

「音樂課上？」

「音樂課上。」

他用一種在野外郊遊采野菜時看見毒蘑菇似的表情看我，隨後什麼也沒說，跟我擺擺手，便朝反方向快步離去，追尋另一位拾物不還的嫌疑犯去了。

我看著他的背影，以及白襯衫上顯出的形似水鱉的汗漬，無言。

我回到車上，離開學校。胖臉保安和我招手揮別，我很納悶。我一來不曾在工作上照顧過對方，二來在生活中也和他並無多少交集，他到底為何要對我如此親切熱情呢？

我弄不懂，人們的想法我什麼都弄不懂。

我開到一處路口，信號燈由綠變黃。距路口還有將近五百米的位置，我鬆開油門，讓汽車隨慣性向前移動。

黃燈即將變紅，我的直覺告訴我。

前面無車。

我盯著信號燈的三個圓圈，猛踩油門，掛檔，加速，再加速。

紅燈亮起。

我絲毫沒有減速的意思，強烈的推背感將我死死按在座椅靠背上。

橫向道路的車流開始如水壩洩洪般朝另一端湧動。

眼看即將一頭沖入湍急的車流，我踩下剎車，拉上手剎，安全帶將我拽回了原來的位置，胸口被其勒到呼吸不暢。

不過三秒，我又被強烈的衝擊撞向前方，褲腰帶的凸起硬生生插進我脊柱的空隙。頭暈目眩，耳鳴聲如警笛般環繞在我頭頂。我甚至一時無法分清這到底是現實的警笛，抑或我本身的耳鳴。

晃動停止，我打開車門，勉強從車內鑽出。車頭面朝道路偏左的方向，我再往後看，車屁股裡竟嵌入了另一輛白色轎車的車頭。

可憐的小藍！我心想。

從不見車頭的白色花冠上下來一名瘦胳膊瘦腿的眼鏡男，他下車時比我要困難不少，費了好大力氣才成功將略微變形的車門打開。

他來到我面前，二話沒說，便一拳打到我的左眼。

一片噪點。

我彷彿在這片噪點中，看到了一群長著黑毛的羊。

不久，戴著頭盔的交警騎著摩托趕來。我按他的指引將車開到路邊，那輛花冠則只好等待拖車的救援。

交警帶著我和眼鏡男翻過綠化帶，來到人行道上。

他問這是怎麼回事。

眼鏡男說，是我莫名其妙急剎車，才導致他躲閃不及，一頭撞上。他邊說，邊惡狠狠地盯著我看，如同碎紙機一般的眼神仿佛就要將我的身子攪碎成一地白紙不如的垃圾。

交警問我情況是否屬實。

我點頭，實話實說：「紅燈亮起，前面是行駛的車流，我當然要剎車。」

交警點頭，眼鏡男氣得鼻孔冒出青煙。

我不做表情，靜待接下來的一系列流程。

交警分別教育我們二人開車不要分心。他問我昨日休息怎樣，有無疲勞駕駛。我說沒有。他問我做何工作，我答高中音樂老師，現在因工作上的差錯被暫時停職。

「有沒有因為停職一事而受到精神上的影響？」他用冰冷的語氣問我。

我說沒有。

眼鏡男說他不信。

我和交警對此都沒做理會，交警又問我昨日做了些什麼。我將平日裡的生活作息和盤托出。

他聽後再次富有深意地點頭，好似我的供述重要到應當寫進十年後的高中歷史課本裡。

他繼而問我為何急剎，我說原本黃燈未滅，趕著回家解手，所以才臨時加速。後又轉念一想，即使是黃燈，也不應沖闖，便趕忙剎車，正好趕上紅燈亮起。

交警滿意地看我。

眼鏡男說我撒謊。

同樣誰也沒理他。

「現在還著急解手嗎？」交警問。

我搖頭，「嚇回去了。」

交警略微皺眉，但沒再說些什麼。他轉向眼鏡男，問他怎麼沒有保持好車距。

眼鏡男稱他以為我會無視紅燈，沖進車流，便沒來得及做出反應。

「就算他不想活，」交警指了指我，又對他說，「你也應該減速不是？怎麼，難道你也想沖闖紅燈不成？」

眼鏡男啞口。

在此期間，我一直低頭用鞋尖玩弄地上的塑膠瓶蓋。

交警又說，不管怎樣，眼鏡男動手打人就是他的不對。不管遇上多大的糾紛，也不應該通過暴力解決。眼鏡男還想開口狡辯，卻被交警大聲制止。他只得像個從樹上掉下的小松鼠一樣，委屈地縮著脖子。

實在是可憐，我心想。

交警隨後領著我們來到就近的交警崗亭，做了些必要的資訊登記，剩下的事便一股腦兒交給保險公司就好。

眼鏡男全責。

我還因此順帶得來三百塊錢的醫藥費。

事情解決完畢，交警便打發我們離開。眼鏡男故意避開我的視線，灰溜溜地跑出崗亭，消失在街道裡。

我也準備離開，交警拍了拍我的肩膀，好心問我怎麼回去。我說我毫無頭緒。他向我建議，可以坐拖車走。我問拖車要去哪裡。他說當然是拉著我的馬自達去修理廠。我思考，隨後問他，我到了修理廠後又該怎麼辦。他突然拍手，說他自己也沒想到這個問題。

「也罷，我還是直接打車為好。」我笑道。

他說也是。我告訴他，我可能還需要先去一趟醫院，處理一下我左眼的淤青，以及檢查一下我被強烈的衝擊弄傷的腰椎。

他贊同，說這十分必要，還誇獎我考慮得周全。

我不禁開始好奇，交警們是否也會隨身攜帶一整張卡通貼紙，在遇到表現良好的司機時，就往他們的額頭貼上一個大紅蘋果圖案的貼紙——白雪公主與七個小矮人的貼紙也說不定，我心想。

我站在原地，等待他往我頭上貼點什麼。不過看來他並無此習慣。

我略微失望地離開崗亭，站到路邊。

我伸手，半天不見來車。

奇怪。

我吸入這二月末的寒風，仔細分析其中的成分。

我嗅到了那座城鎮的味道。我想起了那個小山包，看見了那一個個豎立在地的漆黑的石頭。

汽車的呼嘯聲傳入我耳中。

我向路上看去，迎面駛來一輛墨綠色三菱帕傑羅，緊隨而來的是一輛淺灰色兩廂富豪。駕駛帕傑羅的是一名禿了頂的圓臉老男人，而富豪上坐著的則是個戴著深紅色墨鏡的潮流女士。兩人都不約而同地無視了路邊前伸著手的我，甚至連正眼都不瞧我一下。這讓我又一次開始懷疑自己在現實中的存在。

不知小藍現在是否成功搭上拖車的魔毯。

幾年前，我曾經在自己的課上放過迪士尼的《阿拉丁》，起因只是全班沒有一人願意聽我的音樂素養課。現在的高中生，除了像嚼麻繩一樣聽些榨不出一絲營養的流行歌曲以外，對真正的音樂可謂是避而遠之。他們就這樣與通往由人類文明精華所締造的天堂的大門失之交臂。

可悲。他們作為人類而言，簡直可悲。

不過轉念一想，什麼樣的音樂不曾流行一時？古典也好，搖滾也罷，哪個不受它們所處時代的推崇？說不定再過個幾百年，等我死後，那些個我現在瞧不上眼的流行音樂也會被後人們歸檔為藝術中的經典，偉大精神的結晶。

矛盾。對於包括我在內的人類而言，真是矛盾。

古時候的白，放在現在便是黑；而現在的黑，未來總有一天又會被漂成白。

可以想像，到那時，多半會有個不知來自何處的毛頭小子冒出來說：「這黑便是黑，怎麼還能變成白不成？倘若黑能變成白，那黑到底又是什麼？」

人們則會言之鑿鑿地對他說：「這變成白的黑本就不是黑，我們只不過是做了正確之事，將它歸為原樣而已。」

或許幾千年後，當人類——如果那時還存在人類這一物種的話——在遙遠的外太空遇上一個嶄新的文明時，便可向它們如此介紹：「我們人類最擅長的本領，就是自圓其說。」

「厲害厲害。」新文明的朋友們可能會通過它們獨特的表達方式如此恭維道。

於是人類便開始沾沾自喜，從此以後，每每遇上一個不同的文明，便要向其吹噓一番。

好一個偉大的人類文明！生而為人，我本就該驕傲自豪。

如此一番不著邊際的胡想，使我完美地錯過了從我面前駛去的並未載客的計程車。

我自歎一聲，寒風將我牢牢包裹起來，我儼然覺得自己就像個油紙裡的鮮肉月餅。

胡桃夾子。

我在內心呼喚她的名字。

你到底在為誰而哭泣呢？

我想見她。

我對自己說。

我到底在做些什麼？

我此前在路口時到底在想些什麼？

鼻腔吸入一大口空氣，寒冷如鋒利的寶劍一般直直刺入我的咽喉。我猛地咳嗽兩聲，一陣嘔吐感湧上大腦。

也許我已經死了。

如果我沒有踩下剎車，究竟又會發生什麼？

我不禁一陣顫慄。

空車來了。我重又抬手，計程車緩緩向我貼近，宛如即將靠岸的小舟。我待車停穩，打開後座的車門，司機是個皮膚黝黑的小夥子。

近來很少見到年輕的計程車司機。

他問我去哪兒，我將附近的醫院名稱報給他。他點頭，踩下油門。

車內收音機放著當日的廣播節目。

我拿出手機，撥通家中的座機號碼。

*Moon River*的旋律沒過五秒，電話就被人接起。

我猜想接電話的人到底是父親還是母親。

「喂？」中年女性的沙啞嗓音。

是母親。

「是我。」

「哦——」母親識出了我的聲音，「是兒啊……我還以為是你王嬸打來的電話呢。」

我陪襯地笑笑。

「近來過得如何？」

近來過得如何，怎麼最近所有人都要問我近來過得如何？就算我過得不好，她們又能怎樣？難道僅僅會為我分出她們身上低廉的憐憫不成？還是單單讓我成為她們生活中的笑柄罷了？

「被學校停職了。」我對母親說。

「停職了？為什麼？這事我和你爸都不曉得嘞！」

「有學生在我的課上摔斷了腿。」

「唱歌的時候從臺上摔下來的？」

「不是，打籃球的時候摔的。」

母親的鼻子發出常人難以察覺的「咕嚕」聲，隨即又問：「停到什麼時候？」

「期限是三個月。」

「那這三個月裡要做些什麼？」

「還沒想好——還有就是，剛剛車被人撞了，告知您和我爸一聲。」

母親尖叫一聲，「車被撞了？」

「追尾，不是擦碰，但也沒有那麼嚴重，車還能正常——」

「人有沒有受傷？」母親打斷我的話。

「倒沒怎麼受傷……」我摸了摸自己的左眼，斟酌該如何回答，「不過保險起見，現在正在去醫院檢查的路上。」

「對，對，」母親像是在自言自語，「還是檢查一下比較放心。」

「您這幾天身體可好？」我轉移話題。

「好著呢，不用掛念。你爸也好著呢，天天下樓和你李叔切磋棋藝呢。」

「挺好。」我說，接著便像思維的通道被人用口香糖堵上一般，不知該講些什麼好。

無話可講。

母親也同樣一陣沉默，隨後才小心翼翼地開口：「兒啊，最近要是遇上什麼事，可一定要說出來，千萬別憋在心裡，曉得伐？」

「明白，一切都好。」

「是啊，一切都好……」母親拉長語氣，「在你嘴裡就從來沒聽到過什麼不好，唯獨這一次，所以才叫媽擔心啊……」

「沒什麼好擔心的，只是覺得遇上這事有必要知會您一聲而已。這事也是對方全責，自己什麼也不用管。」

「那就是為了別的事。」

「什麼？」我問。

「想必一定是因為別的什麼，你才打來電話。」

「沒什麼。」我說。

「真的？」

「真的。」

「照顧好自己。」母親囑咐道。

我說我會的。

「那就先這樣？我還在等你王嬸電話呢。」

「嗯，」我說，「對不起。」

「對不起什麼？」母親問。

「沒什麼，您也注意身體。」

我說完，母親猶豫一陣，卻也沒再說什麼。她掛掉電話，我放下手機，朝窗外看去。

廣播裡，聒噪的女主持講了個不怎麼好笑的笑話，卻引得其他幾個嘉賓們哄堂大笑。

笑吧，笑吧，你們繼續沒頭沒腦地笑吧。

司機停下車，我付完錢，走到醫院大堂。我猛然想起，自己的學生也住在這家醫院。

我去給自己掛完號，隨後便來到諮詢台，向站在台後的小護士打聽學生的病房。

護士臉很小，塗著很濃的口紅，皮膚慘白，像是剛被人從水裡打撈上來。她原本在翻看手中的資料夾，我叫她，她便抬頭，與我對視，隨即眨了眨眼，半天沒有反應。

我懷疑自己臉上是否長出了星星。

她總算露出微笑，嘴角以十分恐怖的態勢朝外眼角方向靠攏。

諮詢台裡另一位微胖的護士剛剛掛掉牆上的電話。

我報出學生的姓名，她讓我稍等片刻，隨即在電腦前操作幾下，又抬頭告知我具體房號。

「3328，在二號樓。需要從這裡上五樓，從五樓的連廊過去，然後再下到三樓。每個樓梯口都有和這兒一樣的服務台，看到服務台後直接向左轉，一路走到盡頭，3328是最裡邊的房間。」她笑著說了如此一長串的話。

從這兒上五樓，通過連廊走到二號樓，再下到三樓，見到服務台後左轉，往裡一直走，走到盡頭。

我在心中默念道。

確認大致記住後，我點頭向她致謝，然後轉身離開。身後傳來竊竊私語聲。我沒有細聽，坐電梯上到五樓。

電梯裡和我並排站著一個大腹便便的蘿蔔頭男士。他不停發出咳痰的聲音，又自知不雅，便一手捏著喉結，一面轉頭看我，低頭致歉。

我向他微笑兩下，二人隨即默契地看回前方緊閉的電梯大門。

電梯裡的照明不知出了什麼問題，總是頗有節奏地閃爍著，好似有人在孤島上發出求救信號。我嘗試用摩斯電碼破譯電梯向我傳達的資訊，可我一來不會摩斯電碼，二來未等我記下照明閃爍的規律，電梯門就已打開。

五樓到了。

我和他互相讓出道路，結果誰都沒能出去。電梯似乎看不慣我們虛偽的謙讓，便擅自合上大門。我趕忙按下開門按鈕，關到一半的大門一個急剎，重又向兩側滑開。

這次由我先跨步走出，他緊隨其後。

電梯的正對面便是小護士所說的服務台。

男人向走廊的右側走去。

服務台後坐著一個風度翩翩的男護士，他頭頂一個類似浴帽的深藍色塑膠套，臉上戴著一張青綠色口罩，看不出完整的容貌。唯獨一雙丹鳳眼露在外面，看著頗有神氣。

我打算上前詢問連廊的位置，卻突然瞧見擺放在櫃檯表面的黑色物體。

一塊豎立著的黑色石頭。

陰森的寒氣從我身後吹來，電梯纜纜的聲音被不斷放大。

我想後退，可身體卻搶先一步，向前跑去。

男護士見狀，嚇得從突然滾燙的座椅上彈起，他急忙整了整自己的帽子，問我需要什麼說明。

我雙手抓住臺上的黑石，瞪大雙眼，在其表面反復掃視。只是一塊平平無奇的石頭。

——這才是問題所在。

「這石頭是從哪兒來的？」我問他，就連我都能察覺到自己的聲音在顫抖，而且完全忘了控制音量。

他有些不明所以，告誡我這裡是醫院，不要大吵大鬧。

我毫無誠意地向他道歉，又將問題複述一遍。

他看了看我的左眼，又看了看這石頭。我用手摸了摸臉上他視線落下的位置，感到一陣由內至外的軟塌塌的疼痛，這才意識到自己的左眼依舊帶著淤青。

「這……這得問我們護士長。這是她帶過來的。不過，這石頭和您到底有什麼關係呢？」他問。

「有！」我儘量控制住自己的情緒，「大有關係！」

有人在哭嚎，有人在呼救。

頭暈目眩。

「這裡是哪兒？」

我朝眼前被分裂成十幾個男護士的不知其中哪一個問道。

「這裡是醫院。」聲音變成氣泡，抑或我耳朵進了水。「先生，你還好嗎？」

*我需要你。*她帶著哭腔說。

你需要我，而我卻什麼都做不了。我們都是可憐無能又軟弱的人，你還需要我做什麼？你已經死了！既然死了，就老老實實地死去，為什麼還要說什麼你需要我？你到底在期待些什麼？

不，不是這樣的。

沒錯，我的確將你埋藏了起來，我不願觸碰埋藏在大地深處最為軟弱的部分，但那又能怎樣？我除了逃避，還能做些什麼？我說了，我一無是處。一無是處！你記著，這就是我。你是來恥笑我的嗎？你是來羞辱我的嗎？又或者，你是來埋怨我的嗎？

你聽我說——

輪不到你來埋怨我。瞧瞧你自己吧，你又如何呢？你不還是同我一樣毫無還手之力？你到底在為何而哭泣？又為何要讓我聽到？你到底在期待些什麼？我求求你，你放過我吧。我有罪，我懺悔，我向你道歉。我不該就那樣匆匆離去，又對你置若罔聞。我恨你，我對你恨之入骨。

我——

是你讓我意識到自己身處平庸卑微的穀底。我不倫不類。你也這麼覺得吧？我知道的，我當然知道。所以你才要看我的笑話，你比其他所有人都要更為惡毒，你的手腕比地獄的惡魔還要狠辣。而你卻獨自離開了人世，將我一人丟在這裡。這到底算什麼？我求求你！我求求你不要死……我恨的不是你，我恨的是自己。你可不可以不要這樣？我求求你……我求求你……

她在哭，我聽見她在哭。

「先生？先生！」

我抬頭，男護士滿臉擔憂地搖晃著癱坐在地的我。我往身邊看，原先抓在手裡的黑石竟被摔裂成兩半。

我無法呼吸，有什麼東西被困在我的身體裡，它正掙扎著想要從我的體內逃出。我感受到它的壓力從胸腔傳到整個面部，隨即如火山熔漿一般迸射而出。

男護士震驚到手足無措，他根本就無從曉得我為何哭泣，一如我無法知曉她為何哭泣一樣。

我靠他的攙扶站起身，不去管腳邊的石頭。

他問我需不需要休息一下，我擺手拒絕了他的建議。他再三詢問我的情況，我一再堅持離開，他便只好放我走人。

我四處兜圈，好不容易來到連廊。連廊兩側是大塊的全景玻璃幕牆，從上面可以看見樓下供病人散心的小花園。玻璃幕牆前橫擋著頗為嚴肅的鐵欄杆，防止有人不小心撞碎玻璃，從而掉落下去。

我扶著欄杆朝二號樓的主體走去。情緒已然緩和不少。

我到底在發什麼瘋？

我按照護士的說法下到二號樓的三樓，見到了一模一樣的服務台。沒有石頭。

我朝左側的長廊盡頭走去，自己的腳步聲回蕩於兩側牆壁之間。

病房的大門呈奶白色，上面用簡陋的鐵塊標記著3328字樣。

我輕敲三下門，裡面傳來尚不成熟的男聲：

「誰啊？」

我隔著門說自己是來探病的。

門裡邊顯然疑惑了一陣，不過很快還是讓我進去。

我擰開門把手，推門而入。

病房不大，一進門的左手邊是個設備齊全的衛生間。再往裡走，就能看見位於正中央位置的單人病床，病床雪白的床單上不見任何污漬。病床的一側擺了個同樣只容得下一人的淡黃色沙發，上面印有紅色小花圖案。沙發邊上擺了個小茶几，茶几上擺了一串青葡萄，以及一個玻璃茶杯。病房的窗簾被人拉開，露出兩扇玻璃窗。透過玻璃窗，能瞧見遠方漸漸下沉的夕陽。在病床對角方向的窗臺下的角落裡，放置了一台二十寸的電視機，裡面正放著嘰嘰喳喳的偶像劇。劇中的年輕演員們用毫無感情的鏗鏘語調念出極不自然的臺詞對白。我的學生一條腿被高高吊起，他半躺在床上看向電視的方向。

見我走進，他又轉頭看我。

「你是誰來著？」他緊皺眉頭，露出好似自然風景的參差不齊的上牙。

「我是你的老師。」

「老師？我怎麼沒印象？」他說話毫不客氣，絲毫不知禮貌二字長什麼樣子。「你是教什麼的？」

他用下巴指了指我。

我雙手撐著後腰，此前被撞擊的脊椎又開始隱隱作痛。「我是你的音樂老師。」

他抬頭想了一會兒，隨後長長地「哦」了一聲，才點頭說：「怪不得我記不起來。」

「怎樣？」我用眼神指了指他的傷腿。

「不怎麼樣，無聊的要死——」他說著，伸長脖子看了看我的下半身。「空著手來的？」

「什麼？」

「就沒帶點慰問品？」

「沒有。」

他哼唧一聲，「那你過來幹嗎？」

「來看你。」

「哦，謝謝，你可以走了。」他說。

我抬頭看向同樣雪白的天花板，突然覺得自己不該對她說出那樣的話。

我開始感到十分懊悔。

「那我走了。」我對他說。

他抿起嘴，鼻翼向外擴張，「奇怪的人——怎麼這個樣子？音樂老師也會挨揍？」他用手比劃起自己的眼眶。

「當然，音樂老師也有權利挨揍。」我扔下這句話，離開滿屋子滲著年輕氣盛的病房。

護士推著裝滿瓶瓶罐罐的手推車在走廊裡穿梭。我側過身，避開推車的道路。

我掛的號應該早就過了。我心想。

我走到公共衛生間，推開空著的隔間，走進去。地上扔著幾個紙團，牆上留有青黃色污漬。我拉開褲子前襟，小便。水聲讓我聯想起山中的溪流，我渾身放鬆下來。

有人敲門。

我一驚，尿液濺到外面。我趕忙關緊下半身的閥門，朝外面喊：「稍等！」

外面沒有回應。

奇怪，之前明明還有空隔間來著，這傢伙到底在搞什麼？

我拉好拉鍊，轉開門鎖，將門打開。

外面沒人。

我探出頭去，左右瞧了瞧，還是不見人影。我走出隔間，隔壁幾間同樣空著。

「有人嗎？」我問。

回答我的只有自己空泛的回聲。

我告訴自己不要多想。徑直走到洗手台洗手。我擠了擠放在一邊的消毒液，擠不出任何東西，便只好作罷。鏡子裡的那人右眼眶發紫，臉色就差趕上被嵌進水泥牆表面的壁虎。

這真的是我嗎？

待我走出醫院時，已經將近晚上六點。我沒有重新掛號，也不想在這家醫院多待一秒。總感覺有什麼不對。

我打車回到公寓，第一件事便是跑去淋浴，好讓熱水沖走一身的疲乏。淋浴間的水汽不時讓我想起她臉上的迷霧。

我穿好衣服，從冰箱裡拿出一罐啤酒和一包哈爾濱紅腸，將紅腸切好後放進盤中，端到茶几上。

一天沒怎麼吃東西，倒也不覺得有多餓。

我無心聽音樂，也不想看書，只想喝著啤酒吃紅腸。

咀嚼時，我思考起今天在醫院裡對她說過的話。

話說回來，那些瘋瘋癲癲的話語，真的是想要對她說的嗎？

她。

我情不自禁大笑起來。

簡直就是病入膏肓。再這麼下去，我整個人都要被送進精神病院了。

可是——

我將啤酒罐放到一邊，站起身，走進書房，來到書桌前。我撥開散落在上的稿紙和樂譜，最後從中翻出一張小小的白色硬質卡片。我將其放到檯燈的光照之下，再朝面上看去——

CLARA RAURENT

4

「您好？」

「是我。」

「嗯……」

「不記得我了？」

「當然記得，三十六歲的單身高中音樂老師嘛。」

「沒錯，沒想到竟然還記得我。」

「聽得出來，你的聲音我當然記得一清二楚。」

「謝謝。」

「實話實話，我這些天可是一直都在等你的電話哦！怎麼，想好要跟我合作了？」

「嗯……算是吧。」

「怎麼突然就想明白了？該不會是迷上我了吧？哈哈！」

「不開玩笑，我下決心找上你是另有其因。」

「哦？不妨說來聽聽？」

「當然會說，只不過，這事可不是在電話裡能說得清楚的。」

「可以理解。」

「有些事情，我想找你聊聊，不知你最近可有時間？」

「當然有——不過，有一點我需要確認。」

「請講。」

「只要我和你聊聊，你就願意做我的採訪對象，對嗎？」

「是的。」

「Parfait。」

「還有一點要求，這也算是我接受你採訪的其中一個條件。」

「你可真會提要求，莫不是在床上也如此？」

「什麼？」

「沒事，你繼續。」

「我希望你能陪我去一些地方，可能要花上不少時間——當然，也算是為了你的作品進行取材。」

「當然可以，反正我現在最不缺的就是時間——不過你呢？你不是高中老師嗎？雖然是音樂老師，但也不能就這麼一走了之吧？」

「我被停職了，三個月。」

「停職？有意思。」

「就不問我為什麼停職？」

「我想你會說。況且我也猜得到，多半是去勾引學生，或是和哪個學生家長搞在一起之類的吧？」

「我可沒有你想的那麼不檢點。」

「那是因為什麼？」

「學生在我課上摔斷腿了。」

「哦。」

「哦？」

「不稀奇，這事在你身上就不稀奇。」

「為什麼？」

「直覺。」

「那就這麼說好了，周日晚上六點，同一地點，怎樣？」

「不見不散。」

「不見不散——不要帶煙。」

「要求真多。」

「我和老闆是朋友，我可不想在那兒弄得難堪。」

「瞭解瞭解。」

「那就這樣。」

「就這樣。」

「再見。」

「Au revoir。」

「什麼？」

5

一直忘了介紹我自己。

我叫羅嫕，「女醫心」的嫕，與「易」字同音，是個生僻到不能再生僻的字。你若是不認識，我也不會將你當成個文盲傻瓜，畢竟就連我自己，也時常被這名字弄得手忙腳亂（當然是指年少時剛會寫字那會兒）。至於到底是誰為我想出來的這個名字，我也不曾問過我的父母。名字不名字的，與我關係不大。誠然，我倒是可以信心滿滿地拍著胸脯稱，這世上估計找不出第二個名叫「羅嫕」的人，就算有，我也不會遇到。若是這麼想來，這倒也算是個好名字。至少它的的確確是作為「我」自己的名字而存在，它不屬於另一個他，也不屬於另一個她，只屬於我——不過，若是有人將自家的小狗取名為「嫕」，那我可就要大傷腦筋了。

但這名字也有一個壞處，還是一個童年時期最容易變成污點的壞處。這污點一旦沾上你的身，便怎麼也甩不掉。

「你這名字裡，怎麼還帶個『女』字？」

十多歲的玩伴們總會這麼問。

我也不知該如何作答，只好垂著腦袋，悶聲不吭。

「哈哈！原來是個女的！」

他們指著我，笑得合不攏嘴，彷彿吃了什麼不該吃的東西，吃壞了腦子。

女的怎麼了？就算我是女的，不也挺好？

每當這個時候，我就會這麼想。

這是實話。

這名字的另一個缺點——同樣對於剛上學的我來說——便是筆劃繁雜，寫起來極為困難，且稍不注意，整個字就會像根基不穩的大廈一樣傾倒下去。幾年後，當我在課本裡見到比薩斜塔的插畫時，忽有一種失散十年的母子終於團聚的無言感動。原來真的有樓能歪成這個樣子，我不禁心想。

她當然也一樣，對我的名字倍感好奇。只不過她的好奇，完完全全是善意的好奇，不帶一絲別的意味。

「這個字，究竟是什麼意思？」

我們並排走在鎮子外的土路上，她一邊背過雙手向前跳，一邊這麼問我。

「可能顯得家裡比較有文化吧，」我猜測道，「大家都不認識，就覺得很厲害。」

「確實好厲害的，我就沒有這麼獨特的名字。」她轉頭看我。

「真這麼覺得？」

「當然，不過——」她笑著說，「還是城裡人叫著順口！」

「哪裡順口了？」我納悶道。

她抬頭望向遠處，沒有接我的話。我也順著看過去，宛如鹹蛋黃的太陽不知被誰放在了山頂，且正一點一點向下陷去。

說不定哪天，我也能從地裡挖到太陽。

那時的我這樣想著。

「喂，城裡人。」

她叫我，並沒有回頭。

「嗯？」

「你見過太陽嗎？」

「什麼？」

我疑惑地看著她的白色襯衫，後背隱約顯出裡面的白色條痕。不知那是什麼。

「你見過太陽嗎？」

「現在不也見著嗎？」

她抬手，指向那個下沉的蛋黃，「不，我的意思是，你見過太陽本身嗎？」

「我見到的太陽難道不是它本身嗎？」

「不要用問題回答我！」她假裝生氣，「當初認識的你可不是這樣的。」

我聳肩。

畢竟只和你認識，我心想。

「見過還是沒見過，我也不曉得。」

「過關。」她說，「那你說，太陽是什麼顏色的？」

「黃的？」我說出口，立馬覺得不妥，便趕忙改正，「黃的。」

「那現在呢？」

「現在？」我再次朝山頭看去，黃裡帶紅，看著愈發可口。「偏紅，像橘子。」

她突然停下，把我落在前方。

「那正午的太陽呢？」

她又問。

正午的太陽？

「沒見過。」

我答。

「我也沒見過。」她左搖右擺地重新趕上來。

「中午的太陽太刺眼了，可看不得。我媽是這麼說的。」

「為什麼？」她好奇地盯著我看，彷彿用眼神伸來尖尖的魚鉤，打算從我這裡釣走答案。

「不知道，反正很傷眼睛就是了。」

「等於沒問。」她失望地收回魚線。

「別看。」我大聲說。

「什麼別看？」

「就是別看，傷眼睛。」

「知道了，知道了。」她不知是在扇風還是在擺手。「那你說，正午的太陽是什麼顏色？」

「黃的。」

「那現在的呢？」

「黃裡偏紅——我們管它叫橙色。」

「那為什麼正午的太陽就要是黃的呢？」

她跳著趕超了我。

「不知道，類推。」

「會不會是白的？」她又問。

「誰知道呢！」

「幹嗎生氣？」

「沒生氣。」

「奇怪，城裡人就是脾氣不好，多半就是讓小轎車的煙給熏的。」

「真沒生氣。」

她又一次停下腳步，這次是在等我。

「我還沒見過小轎車呢。」她對我說，「只見過鎮外面什麼工廠的卡車，醜的要死，看著怪瘆人的。但是呢——」

「但是什麼？」

我走到她跟前，她帶著我繼續沿著土路往鎮子走。我們從平日裡常去的油菜花田旁的小溪邊散步回來，雙腳不知不覺已經有些累了，可她卻始終精力不減。

「但是一想到坐著卡車能走出鎮子，我就覺得很是高興，總是幻想自己藏在那又醜又髒的卡車後面，跑到另一個完全陌生的地方。」

她說著，就連聲音都流淌著歡快的旋律。

「我們剛剛不也在鎮子外面嘛。」

「那不一樣，」她甩了甩頭髮，「剛剛的小溪，就算在鎮子外面，實際上也還是屬於鎮子，它也算鎮子的一部分。我指的地方，是好遠好遠的地方，和這裡完全不同的地方。最好是到海的那頭去，再穿過一座座山，去到另一片海。我還沒見過海呢！」

「海有什麼稀奇的，從早到晚都是灰濛濛的。」

我對她說。

「是嗎⋯⋯」

我感覺自己戳破了不該戳破的氣球，突然很是愧疚。可就算我不戳破，待它飛到一定高度以後，也自然會爆裂開來。這可由不得誰。

「我不管，就算它是灰濛濛的，我也要去親眼看看。」她聽著倒沒受多大打擊，這著實讓我輕鬆不少。

不過下次還是要注意，我在內心告誡自己。

鎮子背上的麟角已經逐漸從由泥土匯成的固態海洋下浮出水面，鼻子不時可以嗅到誰家的柴火香。原本金黃的太陽變得火紅，將天邊如肥肉般一層層排列開來的雲彩染成與它同樣的顏色。

燕子在叫。微風吹過路邊的樹葉，發出宜人的沙沙聲。她的聲音也被刻畫進這般景象裡，仿佛與這黃昏時分融為一體：

「你說，海的另一邊，有什麼？」

「過去是日本，再過去就是美洲。」我照著印象中的地圖，如實向她解答。

「嗯，」她右手握拳，用看著極為可笑的樣子將拳頭砸向左手的掌心，做出一番下定決心的表情，隨後用充滿了嚴肅認真的語氣說：「那就先去日本！」

我完全提不起興致，只覺得她很是滑稽。

「日本有什麼好的？」我對其願望加以評論。

「你去過？」她像路上亂跑的母雞一樣，猛地轉過腦袋，再次放下魚鉤。

「沒去過，但聽我媽說過。日本人壞的要死，殺了多少無辜的百姓。」

「那都是多少年前的事情了？」

「四十多年前。」

「我知道！」她鼓起腮幫子，「我是在反問你！」

我用手指撓了撓鼻翼。

她繼續說：「我不管，我就要先去日本，再去美洲，然後再去美洲的另一端——是哪兒來著？」

「歐洲。」我說。

「對，歐洲。我再去歐洲！然後再繞回來，或者，要是路上碰到心儀的地方，我就乾脆直接住下。」

「果真這麼想？」

「沒錯！」

我有些傷心，便試圖打消她的這一不切實際的想法。

「日本可去不得，他們不喜歡中國人。」

「我不管，反正燒殺搶掠的又不是這一批日本人。你說對嗎？」

「雖然是這樣沒錯，但他們終歸還是日本人⋯⋯」

她揚起下巴，用右手的食指指向我，「我還說當兵打仗燒殺搶掠的都是男人呢！怎麼，難道說你們男人就都是殺人犯了？」

言之有理，我不知該如何反駁。

「那也不行。」我堅持己見。

「怎麼不行？」

「危險。」

「怎麼危險？」

「坐船危險。」我開始胡扯，「當年甲午海戰的時候，在海裡可是死了不少人的！」

「那我就坐火車過去！」

「海的對面，怎麼坐火車去？」

「那要是不坐船，就過不去了？」

「算是吧。」

「那可如何是好⋯⋯」

她原先興奮的眼神開始落寞下來。

我只好安慰兩句，「不過，也可以坐飛機。」

「對！我就坐飛機！」她大叫。

我嚇了一跳，隨後又補充道：「但飛機更危險。」

「你你你！」

「當年那個誰就是——」

「你閉嘴！」

行，我閉嘴，等她開口。

她也不言。

我心想自己是不是說過頭了。可我打心底裡不想讓她跑去那麼遠的地方，雖然她與我非親非故，可我就是不願。一想到她或許會跑到日本、跑到美國，我就會莫名其妙地感到憤憤不平，悶悶不樂，便發誓此生再也不喝可口可樂。

我們就這樣走著。

「都怪阿姨。」她突然自言自語。

「阿姨？」

哪個阿姨？

「就她知道的最多，就她知道日本去不得，就她知道太陽不能看，哼！」

哦，原來如此。

「這也不能怪她，她說的只是事實。」

「哪有什麼事實！不過都是人說的話罷了！」

胡攪蠻纏。

「那你說什麼是事實？」

「我見到的就是事實！」

我看她，她就把頭撇到一邊。

「為什麼就那麼想出去？到那麼遠的地方去？」我問她。

「為什麼？為什麼呢……」

她看著已然消失的夕陽留在世間的殘影，始終沒有回答。

「為什麼是文盲傻瓜？」

我放下稿紙，看著坐在我面前吸著細煙的克拉拉。

「因為給我的感覺就是如此。」

她吐出一口雲煙。

「什麼感覺？感覺我是文盲？還是我像傻瓜？」我略微不滿。

她忍不住「噗嗤」一聲笑出來，「不是你，是我——是你的名字讓我感覺自己像個文盲傻瓜。」

「哦——」

「這麼寫還滿意？」

我咂嘴，「顯得我油嘴滑舌。」

「難道不是？」

「不過確實生動形象，就像她又活了一樣。」

我感慨道。

「眼淚出來了。」

我急忙用手去擦，皮膚卻乾燥無比。

「騙你的。」她挑眉，又吸一口煙。

「少抽點吧，肺不要了？」

「肺這東西，不要也罷。」她彈了彈煙灰，右手的中指上戴著一個銀色的戒指。

「肺若是不要了，人就活不成了。」

「反正都要死，有什麼區別？」

我將細煙從她手中搶奪過來，用煙灰缸掐滅。

「大有區別，活著就是資本。」

她呻吟兩聲，隨後才說：「你瞧瞧你，資本也總會有花完的時候。」

「但也不該像你這麼花。」

「婆婆媽媽。」

「中文不錯。」

「是——是——」

我站起身，看著賓館房間淩亂的床鋪。

「收拾收拾，準備出發。」

「沒什麼可收拾的了，幾點要走？」她也站起來，拍了拍身上的煙灰。

「兩點之前退房，我們還能趕上下午的大巴。」

「希望一切順利。」

「希望如此。」

「對了，別忘了這個！」我順手抄起茶几上裝訂好的稿紙，將它整疊扔到床上。

「忘不了。」她回頭，朝我眨了下左眼。

自那天起，她對我母親便多少有些芥蒂。我曾鼓起勇氣約她到家中做客，她卻出乎我意料地直言拒絕，且態度很是強硬。

「就這麼討厭我？」

我問她。

她不知在課桌抽屜裡翻找著什麼，「才不是。」

「那又為何不願來我家呢？」

我看著她將語文課本翻到數學課本的上面，轉眼又抽出數學課本，重新放到語文課本之上。

「我不想被阿姨念叨這念叨那的。」

「她不會的。」

「怎麼不會！」她抬頭，差點撞到桌沿。幸好我反應及時，用腳將她的桌子腿向前踢開一點，她這才逃過一劫。

「你有什麼好念叨的……」

「誰知道！」

「行，那就算了——本打算給你看樣東西來著。」

我宛如洩氣般將話語從嘴裡長長泄出，誰料她竟激動地搖晃起我的左肩。

「什麼什麼？」

「沒什麼。」

「你！」

「你先別搖了，要吐出來了。」

「噁心。」

「當真？」

我不喜歡「噁心」這個字眼。她想必也知道。

她不再搖我，雙手老實地放回大腿之上，活像兩隻剛出生的小貓，依偎在一塊兒。「不不不，不是說你噁心，是吐出來的東西噁心。」

「我不喜歡的。」

「知道。」

我一頭趴在桌上，她又問我那東西是什麼。

我告訴她，只有她去了才能知道。

「可是我不想見到阿姨……」

她小聲說。

我側過頭看她，右耳枕在胳膊上。「她又不是什麼吃人的怪物，你怕什麼？」

「她是我的敵人，是無產階級的敵人，是我前進道路上的阻礙！」她一本正經地說。

「那我豈不就成了敵人的兒子？」

「沒錯。」

「那你為何還要跟我一塊兒？」

「刺探敵情。」

「原來我一直被你所利用。」

「別打岔！」她回過神來，凝視著我，「快說！什麼東西？」

我也萬分無奈，「那東西不好用言語形容，只能用眼去觀察，用心去體會。」

「這麼邪乎？」

她瞳孔反射出窗外的陽光。

「我媽說的。」

「又是阿姨！」

她扭過身，面對教室前方的黑板，黑板上用各種顏色的粉筆寫著三角函數的公式。在這所鎮上的中學裡，癡迷于數學的學生可謂是少之又少，那普通話始終說不標準的數學老師也就失去了教書的熱情——雖然不知他原先可曾有過——這一點，從他頭頂上日漸稀少的秀髮就可看出。不過對於這姓陸的數學老師，我卻多多少少覺得他對我有些偏見，上課時雖對我不聞不問，卻時常會走到我身邊，不懷好意地瞟我兩眼，但也就僅此而已。

「對了！」我靈光一現，「可以趁我媽不在的時候去！」

「阿姨什麼時候不在？」她重又燃起興趣地看向我。

「不知道。」

「不知道？那你說什麼！」

「我回去打探打探。」

她皺眉，思緒以肉眼不可見的方式開始運動起來。

「那就這樣。」看來思考得到了成果，「等你的消息。」

「一言為定。」我開心地說。

「定什麼嘛！不是什麼都沒定下來嗎？」

她這兩天的火氣比以往要大，莫非真是因為我母親不成？我對此捉摸不透。

回到家後，我第一時間找上正在廚房洗菜的母親，問她近兩天有無出門的安排。

「你要幹嗎？」母親將洗好的白菜放進竹條編織而成的籃子裡。

「我就問問，到時想讓你幫我帶幾本書回來。」我扭扭捏捏地說。自己還不習慣向母親撒謊。

「之前的那麼多本呢？都看完了？」母親拿起家裡的大鐵鍋，用它燒水。

我站在廚房外，點頭。「看完了。」

我們家住在鎮上新建的兩層公寓樓裡，公寓外牆被刷成了青綠色，現在想來簡直就是一片衰敗的景象，讓人不禁回憶起電視裡瞧見的切爾諾貝利。

母親打開了她愛不釋手的電子打火的煤氣灶——順帶一提，我們家應該是鎮上為數不多率先用上電子打火煤氣灶的。

「週末可能要去城裡陪你劉姨買東西，到時幫你看看。」母親邊說，邊將白菜放入滾燙的沸水。

「嗯，謝謝媽。」

鎮上沒有書店，所以每次想要看書時，我都是像這樣拜託去城裡辦事的父母幫我買回來的。

「想看什麼？」母親往圍裙上擦了擦手心的水，又轉身面對我。

我想了想，「日本作家的書。」

「日本人？」母親的眉毛變成了塔頂的形狀。

「想看看他們有多壞。」

母親看了看我，我直勾勾地看回她，但眼神卻儘量不露鋒芒。

「我去看看。」母親答應下來，轉身將注意力放到鍋裡的白菜上。

我道聲謝，內心高興得打鼓。

隔天，我便將這一喜訊報告給她。

她赤腳坐在小溪邊的一塊砧板大小的方形石頭上，兩條深藍色長褲的褲腿被精心挽起，露出如豆芽般嬌嫩的腳腕。

我們把軍綠色的斜挎書包放到岸邊的草地上，我的書包與她的書包肩膀靠著肩膀，一同欣賞著錯跑進溪水波紋中的夕陽。

她說，若是真如我所言那般，她便答應上我家一趟。

我激動地坐到她身旁，將手伸進溪水之中。冰涼的水溫卻使我的內心愈演愈烈，自己的胸腔好似拖拉機的機頭，窮盡三生的力氣不停地運轉。上一次自己的心臟像這般不安分守己，還要追溯到幾天之前。

我希望她會喜歡。我希望她能感受到同我一樣的心神蕩漾。

「喂，城裡人——」她突然看向蹲坐在身邊的我，「該不會是什麼不好的東西吧？」

「怎麼會。」

豈止不是不好的東西，我心想，那可是我前十六年人生中所見過的最美好的東西。

「嗯……」她似乎在盯著我的耳朵看，「我相信你。」

「謝謝。」

「奇怪的說法。」

「哪裡奇怪？」

「謝謝。」

「謝謝。」

「無聊！」

「哦。」

她用腳向我臉上踢來不小的水花。作為反擊，我則用手朝她身上潑去同樣數量的溪水。

她受涼，尖叫一聲。

我嚇壞了，趕忙低頭賠禮道歉。

她見我這般模樣，捧腹大笑，又朝我身上潑來更多的水。

我也終於覺得冷了，便學電影裡猥瑣的敵人那般高舉雙手以示投降。

「回去吧。」

她站了起來，跨上書包，拾起鞋子。

我跟在她身後，戀戀不捨地望著緋紅的小溪，恨不得將每天的這一刻都裝進口袋裡。

回到家中，渾身上下無一處乾燥的地方，撒哈拉沙漠若是看到我這番模樣，估計也會害怕到顫慄著逃向遠方。

母親劈頭蓋臉地將我臭罵一頓。

她問我是如何弄成這番模樣。我說我路過溪邊，正巧遇上務農的老頭摔了跟頭，金牙被磕進溪中。見此情景，我二話不說就下到溪流之間，只可惜一番苦苦搜尋未果，我便只好空手上岸。

「鬼話！」母親一巴掌扇到我的左肩，隨後又捂著自己的手掌。

物理書上說，力的作用是相互的。這下我倒是突然明白了。

「快去換身乾淨衣裳！你要是感冒了，我可伺候不起。」母親將我打發進臥室，我換上家中穿的布衣，脫下外褲，一頭倒在自己的硬板床上。

希望週末快點到來。我對天花板道出真心。

週末的確是很快便來了，畢竟時間的腳步從來也不曾為誰停過。

我與她約好，她在公寓樓下的槐樹底下等著，只要母親一出門，我便在窗臺上搖動手中的紅領巾。這紅領巾還是我為此而專程從滿是灰的櫥櫃裡翻出來的。也不知這櫥櫃裝的到底是衣物，還是灰塵。

這世界上真的有專門用來裝灰塵的櫥櫃存在嗎？

或許真的有。

我們按原計劃行動。

早上十點剛過，母親還在書房忙活，興許是在化妝打扮。我跑到另一側的窗臺，她已經來了，傻傻地站在樹的後面，觀察樹皮的紋路。

我朝她招手，她卻始終未能察覺。

明明是來上我家的，卻觀察起了樹，真是令人火大。

我折回屋內，母親還沒有要出來的意思。按理說，以往要去城裡時，母親早就該出門了，不然時間太匆忙，肯定趕不上回來的班車。但今天的母親卻這麼磨磨唧唧，我不禁冒出一個令人不安的念頭。

我來到書房門前，門關著。我敲敲門，推門而入。只見母親依舊身穿便裝，一手拿著深紅色抹布，這擦擦那擦擦，見我進來才停下手中的活，用袖子擦了擦額頭的汗。

「不去城裡了？」

「你劉姨有事，這周不去了。」母親說。

我感到頭皮發脹，「那書怎麼辦？」

「下周再買嘛，就一周沒書看，你也死不了，不是嗎？」

我生氣地用右腳使勁跺向地板，發出堅實的碰撞聲。

「會死！」話語從我口中奪門而出。我轉身跑回臥室，思考接下來該如何是好。

對了！既然不能在家裡，那就到外面去！

可是到哪兒去才比較好呢？

我左思右想，最終想到一個完美符合條件的場所。

我跑到客廳，熟練地翻開紅木立櫃的第三層抽屜，從中取出一個原先裝胭脂粉的鐵盒子。鐵盒上面印著一名手持摺扇、身穿旗袍的女子倚桌而立的肖像畫。我輕輕搖晃盒子，有東西在裡面發出聲響。沒錯，就是這個。

「我要出去！」

我朝書房的母親大喊，隨即抱著盒子跑出家門。

她仍舊在看樹，仿佛從樹皮上偶然瞧見了哪位大師的經文。

我一把拉過她，拐進樓上窗臺看不見的巷子裡。

「怎麼回事？」

她兩眼瞪得就像我以前在劉姨家裡見到的金魚。

「我媽不走了。」

「不走了？那我不就白來了嘛！」

她一面抱怨，一面轉動自己的手腕。

或許是我剛剛抓得太過用力，弄疼她了。

「也沒有白來吧，你不是也研究了樹皮嘛！」

「什麼樹皮？」她茫然，隨後又瞪著我，「你！」

「不開玩笑了，我們換地方。」

「不是說只有上你家才能看到嗎？怎麼還能換地方？」

「別的地方也能看。」

「別的地方也有那東西？」

「東西在這兒呢。」我將手中的鐵盒舉高。

她鬥雞眼似的瞧著鐵盒，眉頭責難般擠向一處。

「胭脂粉？」

她問完，便想伸手去拿，我卻急忙將鐵盒抱在懷中。我對她說，這東西現在還看不得。

她右眼眯成細縫，「奇怪！那去哪兒才能看？」

我向她使了個眼神，「學校。」

「學校？我們的學校？」

「沒錯，應該可以。而且週末學校裡應該沒人。」我胸有成竹。

她的面部總算略微鬆弛下來，可馬上又開始不規則地扭曲變形。「可既然學校沒人，那我們又該怎麼進去？」

「溜進去。」我說。

「溜進去？」她瞠目結舌，「城裡人，你膽子可真大！」

「我們一不偷二不搶，怎麼就不能溜進學校了？」

「可學校建了圍牆造了門，週末再把門關上，不就是不想讓人進去嗎？」

嗯，確有道理。平日裡老老實實的我按理說應該不會幹出這樣的事情，可今天不同。我已經下定決心，無論如何也要讓她看上一眼。

「就這一回。」我對她保證。

她長歎一口氣，長到足以讓我的心從珠穆朗瑪峰的峰頂墜入穀底。「就算要溜進去，你打算怎麼溜，從哪兒溜？」

「不知道。」我聳肩。

「不知道？」

她又要責備我這人想一出是一出了。

我只好及時掐滅她的話頭，「到時候去了便自然會有辦法。老話怎麼說來著？船到橋頭自然直嘛！」

「真拿你沒轍，」她說著，便揪著我的衣袖朝學校的方向走去，「我知道怎麼進去。」

「你知道？」這著實讓我始料未及，「你是怎麼知道的？」

「實踐出真理。」她不回頭，用老師教導學生的語氣如此告誡我。

鐵盒在我懷中發出「叮噹」的響聲。

「這麼說來，你試過？」

她做沒回答。

「等等，你不是說什麼圍牆啊門啊就是為了不想讓人進去嗎？到頭來你自己倒是先溜進去了？」

她停下，回頭，「你去還是不去？」

「去，我去。」我小聲說。

她露出滿意的笑容，重新邁開步伐，邊回頭邊在嘴邊嘀咕道：「希望你不要讓我失望。」

「什麼？」

「你給我看的東西！」

「哦——」我拖長音，隨後又補充說：「我保證。」

我們沿著平時上學時走過的路，跑到山腳下的校園大門。帶軍帽、抽捲煙的看門王大爺搬了把木頭椅子，坐在校門一旁的樹下乘涼。

我和她躲在遠處，觀察著他。

「現在怎麼辦？」我問她。

她用一根手指抵住嘴唇，隨後又在我耳邊輕聲說：「這王大爺就沒想過會有人週末還偷跑進學校。」

「所以？」

「那邊有個側門，平日裡負責運送垃圾的地方。」她指了指教學樓的西南角，在我的印象中，那地方的圍牆的確開了個小鐵門，只不過自己此前從未對此多加留意過。

她繼續說：「由於是週末，負責倒垃圾的人便將側門打開，這樣他進出也方便。當然，也方便了我們。」

我無比佩服地看著她，「你都溜進去過幾次？」

「沒幾次。」她的目光瞟向看門大爺。

「你進去都幹些什麼？」

「沒幹什麼，只是覺得既然發現了入口，何嘗不走進去看看？」

「學校有什麼好看的？」

「週末的學校與平時不同。」

「哦──」

「不要『哦』！」

「哦。」

她用拳頭輕輕捶了一下我的側腹，但我還是下意識地朝另一邊彈開。

我用手揉著被攻擊的地方，又問：「那若是碰上運垃圾的人，又該如何是好？」

「不會的，」她胸有成竹，「他這個時候指定在哪兒偷懶呢。」

「你怎麼知道？」

「前幾次來的時候都沒有碰到過他。」她開始帶著我繞開大門，朝學校圍牆的側面移動。

夏天的烈日使我的衣物被汗水所淹沒，刺激的液體躲開睫毛的阻擋，流進自己的眼睛。我看不清路，只得被她拉著向前。沒過多久，我們停了下來。

「等下！」我對她說，「我睜不開眼。」

她並沒有說話，我卻感覺到她哭笑不得的表情。沒過一會兒，一塊柔軟的東西便觸碰到我的眼皮，我使勁擦了擦，好不容易才能看清東西。這是她隨身帶著的白色手帕。

眼前便是那個由焊在一起的鐵欄杆組成的側門。果然如她所說，鐵門呈半開狀，完全沒有上鎖。我左右看了看——她也與我做著相同的動作——不見運送垃圾之人的身影。看來現在便是溜進去的好時機。

她已經趁我思考之時率先開始了行動。我也跟著她側身擠過鐵門，儘量不發出聲音。我們像兩個初入社會的竊賊一樣，躡手躡腳地跑向教學樓的樓梯口，躲在牆後。一路上我們誰也沒看誰。

「好了，人是進來了，現在去哪兒？」她問我。

我想了想，「禮堂。」

所謂禮堂，其實只不過是位於唯一一幢教學樓的六樓、由兩個教室打通後合二為一的房間。

她似乎還想說些什麼，臨出口的話卻又被咽進肚子裡。我們走上樓梯，一路來到六樓。在走廊最那頭的倒數第二扇門上，有個小到用望遠鏡才能看清的三角形立牌，上面用歪歪扭扭的字寫著「禮堂／會議廳」。

我們貓著腰跑到門口，由我來觀察裡面的情況。

我極為小心地扒著窗臺，禮堂——所謂的禮堂——的窗簾緊緊地合在一起，裡面一片昏暗，僅僅能從窗簾後透來的陽光勉強看出幾個物體的黑色形狀。

「應該沒人。」我重新蹲下，對她說。

她盯著我的眼睛看，「現在的問題是，我們怎麼進去？」

遠方哪座山上的廟裡傳來極不真實的敲鐘聲，聲波貫穿我的鼓膜。

門是上了鎖的。學校的窗子雖然沒有安裝像樣的鐵絲網，卻也被從內部緊緊鎖死。為了確認這一點，我伸手去推頭頂上的其中一扇，它依舊原封不動。果然如此。

我靠著牆滑落在地，既然這樣，那就白來一趟。若是試著將窗子弄開，指定會被學校發現，到時追究上來，可就得不償失。

如果不能從窗子下手的話——

「我們把門打開。」她說出了我心中所想。

「可是怎麼打開？總不能撬開吧？」我問她，同時也問自己。

她用指關節敲了下我的腦門。「門鎖就要用鑰匙開呀！傻子！」

「你是說？」

「沒錯，去哪兒借把鑰匙回來。」

「這麼一說——」

「門衛室。」我們幾乎異口同聲。

王大爺剛剛正在樹蔭下乘涼，根本不可能想到會有人從學校裡面溜進門衛室，這便是我們最好的機會。

我們立馬動身，從靠近禮堂的樓梯一路下到一樓，再沿著空地邊的圍牆走，儘量避免將自身置於顯眼的場所。

門衛室的大門向校園內側敞開著。從我們站立的位置暫且還看不見樹下的王大爺和他的木頭椅子。我們用眼神和手勢做好分工，我負責放風，她負責進去取鑰匙。若是王大爺回來，我就站出來轉移注意力，首先保全她。至少我是這麼單方面計畫的。

我趴在門衛室外的牆根，只露出一隻眼睛。王大爺果真還在椅子上休息，嘴裡一面還唱著什麼戲詞。他背對著我們。我讓她進去，又趕緊看回王大爺的方向。

我在內心向無名的神祈禱大爺不會突然起來解手。

萬幸的是，不出一分鐘，她便帶著一小串鑰匙走出門來。

「怎麼這麼多？」我用氣聲問她。

她用手比了個「六」的手勢。

我大概明白了，這一串是屬於六樓的鑰匙。

我們匆匆原路返回，不時防備周圍是否有人瞧見我們的存在。

可不料就在我們走過空地的三分之二時，從後方傳來了震耳欲聾的雷聲。我甚至認為是老天目擊了我們見不得人的勾當，因此勃然大怒。

人在做，天在看。母親時常這麼講。

這一刻，我真正開始相信母親平日裡的這句訓誡。

我們回頭看去，黑壓壓的烏雲宛如天庭派遣的千軍萬馬，追著我們一路殺來。我彷彿看見了人頭攢動之中冒出的面面旗幟，聽見了伴隨馬蹄聲愈演愈烈的陣陣軍鼓。

烏雲很快便趕上了我們的步伐，甚至不給我們反應的時間。雨水如千萬支利箭射向地面，沒過一會兒，又似垂直而來的洪水，將我們澆得體無完膚，狼狽不堪。

我設法看她，她的頭髮緊緊貼在後頸和臉上。她拉著我朝教學樓跑去，我拼命將手中的鐵盒藏在身下，試圖用自己的軀體為其遮擋。可惜這只是煎水作冰。

我突然想起原本在樹下的王大爺，他此刻估計也和我們一樣，被淋成一個可笑的落湯雞。

我們帶著渾身的寒冷好歹跑進屋簷下，她與我並排看著名曰「操場」的空地上形成一片初生的湖泊。我用手掌抹去臉上的雨水，隨即看了看另一隻手裡的鐵盒。希望它足夠堅強。

「別看了，快走吧。」她催促我。

我們不再看雨，一同頂著身上好似千斤重的衣物沿著樓梯朝六樓爬去。從樓外的某個角落傳來男人的叫聲。「下大雨嘍！」

他不知在對誰說著，也許是對他自己，也許是對烏雲本身。他被烏雲的力量所深深折服，從而對其五體投地，便開始發自內心讚美烏雲的一顰一簇，瘋狂地崇拜著烏雲的力量。

這人或許就是負責運送垃圾的雇員。我心想。他的聲音不免讓我感到胃酸翻湧，牙根發麻。我愈發想要壓榨全身肌肉加快上樓的步伐，黏在皮膚上的衣物就愈發禁錮住我的肢體。我像個工作開小差的裝配工手下生產的品質有殘缺的玩偶小人一樣，在這一節節通往神聖天堂的階梯上以俗世間所有淫穢之物凝結而成的極為醜陋之形態無謂地挪動著。雖然無謂，卻感人肺腑，仿佛推石上山的西西弗斯。

來到六樓，我彎腰撐膝，大口喘氣。

「真沒用。」她對我加以評論，隨即打了個噴嚏。

我聞其聲，便也不免打了個同樣小聲、聽起來甚是卑微的噴嚏。

她指著我，發出無聲的嬉笑。

我回瞪她一眼，讓她快去開門。

她露出無所謂的表情，說不用著急，反正也走不了。

我恍然大悟，再次看向外面的瓢潑大雨。這鑰匙，一時半會兒是還不回去了。我唯一能做的，就是祈禱這烏雲趕快過去。

她沒有搭理我的憂愁，用手轉著鑰匙圈。我生怕剛到手的鑰匙就這樣被她甩到樓下。

我跟在她身後，她的濕發顯露出嬌小頭顱的輪廓。

鼻腔裡彌漫著大雨獨有的空靈氣息。

她翻看每把鑰匙上貼的小紙片，找出屬於禮堂的那一把，將其伸進鎖孔，輕輕一扭，再扳下把手，推門而入。不同於外部空氣的檀香味撲面而來。

她哼著小曲甩著手，走到禮堂中央。

烏雲帶來的大軍使得原本就昏暗的禮堂顯得更加漆黑無比。我的眼睛適應了許久，模糊的畫面才逐漸顯現在我的視線之中。

十幾張黃裡發白的木椅子被堆疊在禮堂兩側，騰出中間的空地。禮堂前方是一個高大的木台，以及一面用來投映電影的幕布。

幕布的下面，還放著一台黑色的四方盒子，那是鎮上還不多見的電視機，電視機連著一台呈扁平狀、帶有複雜按鈕的日本進口錄影機。人們管這叫錄影機，我對她說。

「我知道！」她抗議道，「那麼，你要給我看什麼？」

我帶她來到電視機前，拿起手中的鐵盒子，用指甲摳開蓋子，裡面躺著一盤錄影帶。鐵盒內壁依舊乾燥無比，看來暫時還沒有受到此前淋雨的影響。

「錄影帶？」

「就是這個。」我原地坐到地上，研究起錄影機的用法。雖說我家裡也有錄影機，可型號卻與學校的這個不同，且我在家也很少有機會自己把玩錄影機，都是父母代為操作。

她也學著我坐到地上，隨口說了句好冷。

我將錄影帶放進去，又胡亂按動幾個按鈕，最後總算有所反應。錄影機的顯示幕上，刺眼的紅色數字開始從00:01跳動。可電視機卻仍然毫無反應。我撓了撓腦袋，才發覺電視機本身尚未打開。在午夜般漆黑的空間中，想要找到電視機的開關按鈕，可絕不是什麼容易的事情。

「咱倆明天肯定都得感冒。」她笑著說。

我不知這事為何會讓她如此開心。

烏雲的亂箭瘋狂地敲擊著一側的窗戶，雨聲充斥著禮堂空間與時間的每一個角落，不留一處空隙。

隨著一陣好似要來攝取人們靈魂的耀眼的白色閃光，電視機總算開始工作。

「這是？」她問我。

「就是這個。」我對她說，「我想給你看的東西。」

電視螢幕上的白色噪點漸漸消退，隱藏在綢緞之下的畫面開始慢慢顯出。

樂聲響起。

6

週末的*Lonesome Town*聚集著許多平日裡見不到的年輕學生。他們有的三五成群，有的兩兩成對，弄得好似走進了某所學校的高級食堂。他們喝著廉價的果汁飲料，用高分貝的嗓音大聊最近火熱的明星八卦。

我向奧胖子打了聲招呼，他問我是否一切都好，我說萬事大吉。他投來憐憫的目光，回到他該在的地方。我坐到以往坐的角落位置，遠離聒噪的學生。

「可誰又不是從學生時代過來的呢？」

教務主任時常在開會時如此告誡我們，這句話仿佛已然成為他的代名詞，早晚有一天會被刻在他的墓碑上。待我心情好時——若是我活得比他長壽——前去看望他老人家，便又會在墓碑上瞧見它。

可誰又不是從學生時代過來的呢？

說的在理。

我點了杯熱咖啡，不加糖，不加奶。手錶顯示此時是下午六點一刻。

她遲到了。

腦袋被*She's A Rainbow*的音符塞得滿滿當當。我不禁心想，是不是只要我在這兒等人，就一定會被人爽約？抑或，說不定此時的我仍被困在原先的那個世界中，以至於和她的行為相互錯開，永遠無法交於一點。

如此想來，我不免擔憂地瞟向櫃檯旁的奧胖子。他到底是真人還是虛體？

難以辨別。

所謂現實，便是我所認為的現實。

就在我如此思索之時，原本喧鬧的店內彷彿被人橫切一刀，聲音驟降至不側耳細聞就難以聽清的程度。

或許是全世界的高中生們因外太空飛來的射線所影響導致精神紊亂，最終卻陰差陽錯地增長了他們的道德意識。外星人們通過它們的先進技術，向高中生們的腦子裡不斷傳輸著「公共場合禁止大聲喧嘩」的訊息，總算協助地球居民向文明社會又邁近一步。至於它們做出如此行動的動機是什麼，暫且仍是個未解之謎。

這些改過自新的學生們將視線聚於一處，用蚊子叫般的聲音互相交流著什麼，不時露出高中生特有的猥瑣卻單純的表情。

我出於自己動物的本能，也順著看向聚光燈的中央。

一襲華麗的紅色長裙映入眼簾。

長裙的底部猶如瀑布一般灑向地面，裙擺時而飄散開來，時而聚合在一處，形成高貴冷豔的褶皺，讓人不禁聯想起捧在手中的一束肆意綻放的鮮花。裙身在腹部位置開始收緊，顯出腰側的曲線。裙子的上方被設計成一字領的樣式，露出一對香肩及身後的美背。宛如以蛋糕為材質鑄成的大理石雕塑般白皙嫩滑且誘人的皮膚在店內燈光的打磨下顯得更是光彩照人。

裙子的主人用精巧的手法將黑色秀髮盤到腦後，右手手臂上掛著一件白色絨毛短夾克。她的脖子以上沒有任何多餘的裝飾物，光是她的肌膚與五官便能完美勝任表達美的這一嚴肅使命。這並不是粉飾後的美，而是一種臉上少有的雀斑都依稀可見的原始自然之美。多數時候，不完美便是真正的美。完完全全無懈可擊的美，倒會讓人產生倦意，從而對其失去興致。

這樣一種美的出現，才得以激發這間屋內高中生們的嫉妒心與佔有欲。原本熱鬧祥和的氛圍，轉瞬便成為暗流湧動的競技場。青春的荷爾蒙在此宣洩，毫無秩序可言。

美的主人對此卻毫不在意。

她走到櫃檯，從夾克中翻出些我看不見的東西，交到奧胖子手中。奧胖子先是一驚，隨後便與她說了些什麼。她笑著回復他，又在奧胖子的左臉留下輕輕一吻，奧胖子的腦袋頓時變得比那烤乳豬頭頂的兩個大紅眼珠還要鮮紅。

克拉拉將微笑留在櫃檯，帶著其餘的身體朝裡走來，腳上的那雙深黑色高跟短靴在木質地板上發出肅穆的響聲。

她揚起細長的脖子，環顧一圈。我在空氣中隨意地伸出右掌，她瞧見我，便加快步頻，來到我身前。

她將夾克掛在沙發扶手上，指了指我的左眼。「怎麼弄得？」

「說來話長。」

她挽起裙擺，輕輕落入我對面的沙發。「跟那斷腿的學生有關係？」

「並不是，」我感受到高中生們炙熱的目光，「何必穿得這麼正式？」

她略微驚訝，往身上看了看，又揪起一側的裙擺。「其實還好，不過是興致所至，突然想穿，便穿來了。」

服務員端來了她要的咖啡。今天是另一名我不認識的男服務生，他個子不高，粗看下來不到一米八。她對他點頭致謝，服務員轉身，同手同腳地邁開步子離開我們的座位。

「你想聊些什麼？」她問我。

切入正題。「你可否還記得，上周你曾經同我講過，所謂『非現實性』一類的東西？」

「當然。」她用右臉的肌肉向上拉動皮膚，製造出一個像是微笑的微笑。

我換上一副嚴肅的面具，將臉伸向桌子，呈飛機上的防衝撞姿勢。「原本我是不相信的，不相信你所說的我身上具有的名為非現實性一類的特質。」

「原本。」原來她也深得摘選之道。

我壓低語調，「是的，原本。但是最近，我的確是碰上了些稀奇的事情，或許就與你所說的非現實性有關係。」

「跟你的眼睛也有關係？」

我沉默，隨即又道：「只能說不無關係。」

她似乎還想開口說些什麼，那位元順拐的男服務生便又來到我們跟前。他畢恭畢敬地彎下腰，遞給克拉拉一個四方軟盒。克拉拉接過東西，向他拋去一個不動聲色的媚笑。男服務生仿佛靈魂出竅，再次從聚光燈下遊蕩回大幕之後。

克拉拉從軟盒裡倒出一根細煙，「方便借個火嗎？我知道你身上有。」

我身上的確有，只不過上次的那一盒火柴，她到現在也沒想起來要還我。雖說我也不是一個小氣之人，不過這事也不能就這樣對我這個物主隻字不提。一想到這，我就略微有些不滿。

「還是不抽為好。我之前也與你提起過，我和這老闆是熟人，可不想惹他不高興。」

她卻一臉孩童般得逞的表情，「我都同他商量過了，更何況這煙還是托他代為購買的。」

不可置信。

「什麼時候的事？」我問她。

她不以為意，「就在剛剛，跟他講好了價錢，五百塊外加一個香吻，換來在此吸煙的特權。」

「這香吻，應該不是他要求的吧？」我所認識的奧胖子並不是這樣的為人，若是果真如此，那我對他的良好印象可就要以雪崩之勢崩塌殆盡了。

「怎麼可能。」

「也是。」我著實輕鬆不少。

她見我久久沒有反應，便向我投來乞求的目光。我敢說，這世上就沒幾人會鐵石心腸到能狠心拒絕這樣的目光。

我只好從大衣內側口袋裡摸索出一盒全新的火柴，她激動地雙手接過去，麻利地劃開火柴，點燃細煙。

「我說，」她吐出一口煙霧，「你所說的稀奇事情，莫非是遇上了丹麥老國王不成？」

「算是，也不全是。」我真擔心她的煙灰弄髒這一身不可玷污的裙子。

「那就是在哪兒閒逛時遇上了突然出現的三個女巫，瘋瘋癲癲地開始預言你的未來？」

「倒也沒那麼邪乎——不，不對，是挺邪乎的。」我及時進行自我修正。

她雙眸閃出某種令人膽寒的渴望。

「說來聽聽？」

我一五一十地將近日來遇上的稀奇事講述給她，她一面聽，一面煥發新生般精神抖擻地給予回應，到最後甚至開始劇烈地大口吸氣。

美正以興奮之勢向外傳播。店內熱量不斷飆升，愚蠢的青春氣息逐步聚攏而來。

「就是這樣。」

我為自己的故事畫上句號。

「她是誰？」克拉拉此刻的眼中只有故事，沒有我。

「哪個她？」

「糾纏你的那個，這一切的源頭。」

她用火柴點煙，這已經是她十分鐘內點燃的第六根煙了。

店內此時烏煙瘴氣，也可謂是硝煙彌漫。

我激動地輕敲桌面，「你也認為她是這一切的源頭？」

她罕見地露出嚴肅的神情，默然。

我繼續說：「也正因如此，我才想找上你，幫我琢磨琢磨，這究竟是怎麼一回事兒。」

「可就算是我，也幫不上什麼忙。畢竟歸根結底，擁有非現實性特質的人是你，不是我。」她說罷，將煙灰彈進咖啡杯的託盤中。

她像是要臨陣脫逃，我深吸一口氣，「當初是你看出了這一非現實性，這沒錯吧？」

「的確如此。」

「只要確認這一點，便足矣。」我往窗外看去，似乎下起了小雨。「再者說，考慮到我們之間的交易，你也多多少少需要幫我點忙。」

她將煙頭放在桌上由另幾個煙頭堆成的小山旁。「既然你這麼說了——」

我等待她的下文。

躁動的學生們在現實殘酷的競爭中不堪重負，開始陸續退場。沒有傘具的幾人就只好繼續耐著性子浸泡在這片荷爾蒙之海中。

「你說，你想讓我陪你去幾個地方？」

「是的。」

「去哪裡？為什麼？」

我喝下一口黑咖啡，「這也與她有關。」

「看來是個關鍵人物。」她沒有拿出新煙，「怎麼，還不打算向我隆重介紹一下？」

「她死了。」

「人都有死的那一天。」

我苦笑。「是啊，你我都會死，可她已經死了，我還活著。」

「活著就是資本，你剛剛講故事時告訴我的。」她沒有笑。

我緊咬下唇，隨後才說：「這是她告訴我的——在不同于此的現實裡。」

「於我而言，那就不是現實。」

「所以我才需要你的協助，」我直視著她的淺藍色眼睛，「你是原原本本屬於現實的人，我需要你的存在將我維持在我該在的地方。」

她仿佛化身我內心的小人，會意地點頭。

我繼續說：「我要去追尋她的身影，而且越快越好，我希望你也能與我同行。」

「可是，」她難得扭捏地開口，「她不是已經死——」

「她在呼喚我。」我打斷她的話。

「在呼喚你？」

「她在呼喚我。這些天的種種異樣，也多半取決於她——不，是肯定因她而起。正因如此，我才不得不追尋她的身影，這是我的使命。她是這一連串事件的鑰匙，而只有鑰匙，才能將難題的匣子打開。」

她用食指輕撓右耳的耳垂，「你認為，那些黑色的石頭，是什麼東西？」

「毫無頭緒。」

這石頭同樣是我所無法理解的。我不但在幻象中瞧見過，就連在自身所處的現實中，也曾與其不期而遇。這究竟是怎樣的一種存在，我不得而知。

「所以，你打算怎麼追尋她？」

「想瞭解一個死去的人，就得從她的生開始。」

她的臉上重新現出一絲輕鬆之情。「我明白了，所以才要上路？」

「沒錯。」我對她說，「還有一事我想請你幫忙。原先說好是讓我做你的採訪對象，或者說，是你的主角原型，對嗎？」

她再次點煙，「你不會想反悔吧？」

「並不是反悔。我只是想請求你將著筆的側重點放在她的身上，也算是給她一個交代——這當然只是我的個人願望，你要是不答應，我也就沒別的辦法。」

她爽快地答應下來。

「作為打開另一側的鑰匙，寫起來想必也同樣有趣。」她如此說。

我沒有回應。

「還有呢？」

「作為回報，你也會瞭解到我的事情。」

她抬眉，將火柴盒遞還給我。「何時動身？」

「暫時不急，」我說，「首先要確定地點。關鍵在於現在暫時處於失聯狀態的自稱為其姐的女人。只有與她重新取得聯繫，我們才能找到頭緒。不然的話，就只得像無頭蒼蠅一樣四處碰壁。」

「今天有嘗試過聯繫她嗎？」她優雅地從沙發上站起，拿上夾克，隨後問道。

我抬頭看她圓潤又不失性感的下頷線。「沒有。」

「試試。」

我愣在原地。

「直覺。」她笑道，將香肩與裙尾賜予我，徑直朝外走去。「出發前叫我。」

我問她有沒有帶傘，她不回頭地朝我擺手。

我目送她，不巧與困在此處的高中男生對上視線，我朝他微笑，他緊張地將雙眼瞥向一邊。

我看回桌面，與她留下的咖啡對望許久，隨後總算掏出手機，撥通了通話記錄裡最近的那個號碼。

*Moon River*的旋律再次於耳畔迴響。

一個小節，兩個小節，三個小節，四個小節，五個小節。從頭播放。一個小節，兩個小節……

「您好。」

鼓膜條件反射性地感到刺痛。

「去哪裡了？一直聯繫不上。」我竭力抑制自己激動的心情，同時感歎克拉拉那神秘的直覺。

她一聽是我，便立馬收回緊繃著的正式腔調。

她說她仍舊在處理急事，且近期估計沒辦法騰出空餘時間做其他事情。

我向她說出我的打算，她聽後不無猶豫，也許是迷惑不解，但還是好心向我指明方向。

「不妨回鎮上看看。」

她建議道。

「正有此意。」我說，「不過，就算我回去了，也不知該從何處開始。鎮上是否還有我認識的人，我也無法肯定。」

信號開始波動，雜音從縫隙中鑽進我們二人的對話。

她好像在說，讓我從頭開始。

從頭開始。

「這頭是指哪一頭？」

她的聲音隱匿在一片雜亂中，隨即響起乾淨透徹的斷線提示音。

我叫來服務員，他正常地朝我走來。

我結帳，與奧胖子招呼一聲，若無其事地走進雨中。雨水觸碰我的髮絲，撫摸我的面頰，卻沒有模糊我的雙眼。

前面有個綠色的報刊亭。

我站進報刊亭的大棚下，戴著細腿圓框眼鏡、看著頗像算命先生的大爺頭頂一頂藍灰色鴨舌帽坐在裡面。我隨意拿起一份新印的報紙，嗅到一股文字的味道。

梅德韋傑夫當選俄羅斯新任總統，前任總統普京出任總理一職；一男子接受報社記者採訪，哭訴其悲慘感情經歷，痛斥女子騙財騙色；一夥環保人士襲擊日本的一艘捕鯨船，造成四人受傷；奧運聖火即將在雅典採集；以色列對加沙地帶實施空襲，造成多名巴勒斯坦人死亡；社區大媽投訴鄰居半夜動靜太大，民警上門拜訪，不料竟端掉一個販毒窩點……

我翻看告示專欄。

> 王女士于二月二十九日在人民醫院丟失一個綠色袋鼠皮手提包，包內有身份證一張，駕照一本，銀行卡三張，mp3播放機一個，以及百元紙幣十三張；靜安區某高架橋下發現一具無名男屍，死者年紀六十左右，身穿白色背心；徐匯區劉小姐轉手一把歐洲產手工製作4/4大提琴，可演出，可自娛，兩萬五千元不議價；普陀區吳先生誠招小學二年級學生週末上門輔導老師，需全科精通，且瞭解初高中課程結構及教學內容，薪資可談；華東奇石協會收購如圖所示的黑色奇石，有意出售者敬請電話諮詢；虹口區某街道大型商超開業大吉，全場六折優惠；一名身高一米二的六歲男童於三月一日在外灘走失，身穿紅白相間米老鼠圖案長袖衛衣，下著一條曼聯俱樂部的訓練長褲，性格內向，有明顯的四川口音；某建材公司於三月三日停業整改，特此公告；盤小姐家中一歲半金毛犬於三月二日跑出家門，至今未歸，請好心人士幫忙尋找；寶山區丁某某，男，三十九歲，拖欠債款二十余萬，下落不明，請知情者聯繫下方電話，重金酬謝；肇嘉浜夕陽紅社區中心老年合

唱團誠招同好，歡迎下崗和退休職工前來參與……

我不敢看那張黑白的照片。雨水的寒意仿佛現在才從沉睡中蘇醒，總算開始用冰錐紮進我的皮膚。

不能逃避。

我告誡自己。

我早就料到會是這樣。

其中一則告示裡，附上一張灰底圖像，上面顯出一個黑色長條立方體。據告示所說，這是一塊所謂的黑色奇石——與我在山包上看見的，以及在醫院裡碰上的，幾乎一模一樣。上面沒有刻字，也不見紋路，只是一塊平平無奇的石頭。如此一塊除細長挺立外再無特點的石頭，怎會被人稱作奇石，並視如珍寶，在全市範圍進行收購呢？

我百思不得其解。

這個被稱為華東奇石協會的組織，究竟是做些什麼的？

我掏出錢包，倒出幾枚硬幣，擱在報刊亭的臺上，隨後將報紙折起，夾在腋下。我快步走回公寓，換下淋濕的衣物，把報紙扔到沙發的坐墊上，做飯，洗澡，風平浪靜。她並沒有來找我。

我換上睡袍，癱倒進沙發的懷抱中。

秒針不知疲倦地提醒我時間仍在像往常那般向未來流淌。此刻的現在即將變為過去，而不久的將來又將變成新的現在。時間果真是如此運作的嗎？我不知道。或許只有作為三維生物的人類，才如此依附於單向的時間性，缺乏逆流而上的能力。又或許，時間這一概念本質是個球體，並不是直線。無論你往哪個方向移動，最終都將回到原點，從而接著輪回。為何作為球體？因為球體相較于莫比烏斯環要更具有靈動性。莫比烏斯環更傾向於決定論，倘若始終沿著莫比烏斯環走，你當然會被困在這永無止盡的迴圈當中。可要想脫離這一迴圈，倒也簡單，跳出環外便是。而以球體為狀態的時間則更應受宿命論者的喜愛，其具有的荒謬性與無助感，恰恰又為宿命論本身增添了些許悲劇色彩。無論你的出身如何，選擇的又是怎樣的道路，你最終都將到達自己的起點。換句話說，人的一生，起點即終點，而這便是我們的宿命。仔細一想，這樣的理論倒也合理——至少不能算錯。人的起點，大可被看作是一個從無到有的門檻。生命從無到有，心臟的跳躍和渾身噴湧的血液即是最佳的證明；思想從無到有，這點通過簡單的自省就能很好地驗證；存在從無到有，當思想產生、並與你物理上的軀體相結合時，你的存在便已是事實。再想想人的終點。無論富貴貧窮，無論地位高低，無論你是教堂的神父還是波音的技師，最後都難免一死。這是我們當中許多人不敢面對卻無法否認的事實。而死這一現象，便可簡而言之地概括為從有到無的過程。人們的肉體終會腐爛，從有到無；隨著名為大腦的載體化為或肥料或灰燼，我們暫且也將思想視為名存實亡，從有到無；在失去了肉體與思想這兩項定義自我的屬性後，我們時間性的存在也就同樣被無形的大手悄然抹去，從有到無。至此，我們就能夠用簡單的話語總結人偉大又渺小的一生——從無到有，再從有到無。從起點回到起點，起點即終點。

思來想去，宇宙的星球都是球體，這一巧合實在令人感到有趣。

她的再次出現，是否也印證了這一時間性的輪回呢？

她到達了被世俗稱之為死亡的終點，而由此前的結論可知，人的起點即終點，終點即起點。那麼，當她越過死亡這一終點性的起點時，她理應開始一段新的旅程。這是否就是我與她再次相逢的根本原因？

從邏輯上講，這並不合理。

究其原因，我在第一圈——暫且將我這一圈定為第一圈——而她在第二圈。我與她本不應該處於同一時間點，更不可能互相產生影響。

除非——

我用手肘支起上半身，客廳的燈泡已經到了風燭殘年的狀態，發出軟綿無力的光明。

一定有什麼東西將我和她的軌跡扭曲在一起，而為了修正這樣的扭曲，我不得不像電話那頭告訴我的那樣，從頭開始。

不要逃避。

我一直在主動忽視什麼東西。

應當從最觸手可及的地方著手。

我抽出被壓在屁股底下的報紙，封面頭版被雨水打花，不過裡面完好無損。

翻開告示欄，黑色奇石的照片伴隨無聲的衝擊跳入視線，從其他單調的文字資訊中脫穎而出。

華東奇石協會

底下附有一行位址，以及一個固話號碼。

我挪動身子，拿起報紙，走到電話前。

意識最後一遍向我確認，是否要繼續往前一步。

是，還是否。

我按下「是」的紅色按鈕。

四肢開始發寒，腋下卻在冒汗。我彷彿一個即將登上火箭的宇航員，在等待室內忐忑不安。前方是未知的道路，好似薛定諤的貓，生死未蔔。只有當你到達那一關鍵節點，自己的命運才能得以被人知曉。

我默念報紙上的號碼，按下撥號盤上對應的數位。

荒野的獵人手握獵槍，勢要追尋獵物的蹤跡。他主動出擊，即將捉住敏捷的狡兔身後那短短的尾巴。能否扛過這一夜寒冬，延續作為生者的使命，成敗在此一舉。命運的號角即將吹響——

是空號。

聽來親切的合成語音冷漠地向我告知這一事實。

好一個華東奇石協會。

留下一個本不存在的電話號碼，又怎能成功得到所謂的奇石呢？

我將全身的惱怒積攢在手中，報紙應聲摔在地上，發出攤餅的聲音。

我跑進書房，在電腦上搜索「華東奇石協會」這一名稱。同樣一無所獲。

我給報社打了電話，一個聽起來甚是年輕的小姑娘接了起來。我向她反映了告示欄其中一則資訊的聯繫電話有誤，她有些不耐煩地說會儘快去核查，並感謝我的回饋。我進而詢問其是否能獲得刊登這則告示之人的更多資訊，她說她目前沒辦法得到我想要的結果，還望我自行與對方聯繫。

「可這聯繫方式還是錯的，叫我怎麼自行聯繫？」我用友好的語氣向其發問。

她說讓我自己想辦法，這類事情並不在報社的業務範圍內。

我謝過她，掛斷電話。對方此時估計正在內心鄙視我這麼一個為了什麼奇石協會而致電報社的怪人。

「簡直比奇石還奇怪，我看他自己就是個奇石吧！」

她也許會在掛掉電話後轉頭和另一名同事如此抱怨。

我不去想她，琢磨怎樣才能接觸到華東奇石協會。告示欄上，電話號碼的上面，還有一行地址，不過距離倒是不近，崇明島。

不管怎樣，都要親自去看看，打聽打聽這奇石究竟是什麼東西，又到底有怎樣的魔力。這兔子尾巴，不管有多小，我都要逮住。

我撥通克拉拉的電話，問其明日是否另有安排。

她說沒有，伴隨一聲吐煙的動靜。煙味順著電話線，從聽筒的數十個小孔裡釋放出來。

我與她約好明天一同前往報紙上的地址，她沒有意見。

我掛掉電話，收拾收拾自己的面部，隨後久違地在床上捧起了書。文字在我眼前做無規則運動，我無法聚焦，它們宛如泉邊嬉戲的精靈，後蹦亂跳，一刻不停。我不願感受這一片歡快的節日氣氛，便合上書，閉眼睡覺。

使人心煩意亂的弱音小號聲將天空撕裂成兩半，烏雲壓頂，空間變得局促，飛鳥紛紛歸巢。在長滿荒草的平原上，立著一棵樹冠形似老鼠的不知名樹木，它作為孤獨的使者，生長于此。樹下，兩隻面貌醜陋的禿鷲正為一塊腐肉而爭吵不休。它們用自己的長喙與利爪攻擊對方的軀體。皮開肉綻。

我加入其中，只為能夠分一杯羹。

它們當然顧不得我。

我是無形的意識。

聽見了嗎？

我對它們大叫。

上帝在呼喚！仁愛的上帝在呼喚你們！請停止你們的紛爭，加入我們的隊伍，去到那極樂世界中吧！

它們尚未發展出文明形態的大腦不允許它們理解這崇高的、神聖的、善意的語言。它們仍未停止自己愚蠢的行為。

惡魔！惡魔！

兩個可悲的惡魔！

無心的生靈！黑暗的化身！

被低級的欲望所驅使的生的奴隸！

燃燒吧！死亡吧！接受聖潔的重生吧！

它們化為帶著星火的紙屑，被捲入烏雲的腹中。

我為那腐肉而祈禱。

我祈禱它同樣得以重生。

我祈禱它能掙脫生與死的束縛。

我祈禱它能夠像我這般逃離肉體的禁錮，從而自由地穿梭於世間各處。

我衷心地為它祈禱。

我也曾為這有限的肉體而深深苦惱。它死死抓住我不放，直至死亡。但如今，無人能夠阻擋我的腳步，無人能夠澆熄我的欲望，無人能夠抹滅我的信仰。

但我不曾前進，沒有欲望，同時也缺乏信仰。

你比我要高尚，你比我要偉大，你比我要更值得被人歌頌。

我向那腐肉如此坦白。

那腐肉死得淒慘，肢體被分解到不同角落，潛藏在荒草之間。迷霧久久不願從其身上散去。

我要詢問你的姓名。

腐肉無言。

我得知曉你的身世。

腐肉不語。

我要將你的事蹟刻在石碑之上，讓你的生命延續千古。

腐肉沉默。

雷鳴電閃，鳥獸哀嚎。

厚重的腳步聲，緊隨激昂的號角。

狂風四起。

是你！是你！玩弄命運的自然之神！快將你的大手從這世上拿開！

它笑得倡狂。

我化作颶風的裙擺，使荒草彎腰，使細沙起舞。

孤獨的使者屹立不倒。

慷慨的銅管為其而鳴。

三位女巫即將粉墨登場。

我知道，我知道。我嗅到了她們可憎的氣息，感應到她們的步步緊逼。

我明白的，我都明白的。

是她將我帶到這兒來，是她與我相會於此。她留下其軀體，我尚存著意識。我是孤魂，她已腐朽。我們都是殘缺的部分，無法稱之為整體。

我與這颸風所交合，產下一片狼藉。

魔山上的義大利人曾經說過，孤留靈魂與單有肉體，都不可被歸於真正的人。前者毫無可能，後者卻比比皆是。

對於這點，恕我無法苟同。

此言即是否定了我此刻的存在，否定了「我」這一意識存在的事實。而我卻的確出現於此，便能作為反駁的證據。剩下的我，若不是人，又該是什麼呢？

這裡是第一圈與第二圈的交界處。

生在此被交付於死亡，而死亡又在等待著它應得的新生。

這裡是荒野。這裡有死的陰霾，有生的力量。

不倫不類。

我也在此，不倫不類。

我是夾縫間的影子，顯形于光明，隱匿於黑暗。

不倫不類。

她的腐肉給予我這種感覺。

不倫不類。

淒涼，陰鬱，詭異。

自此以後，我便不敢再輕易入睡。

為了確認自己已從夢中順利逃脫，我用手背輕敲床頭櫃的表面三下，使其發出質地厚實的「咚咚」聲。點開手機，時間顯示此刻是淩晨五點二十八分。

與克拉拉約的是幾點來著？

我一層層地拉開大腦的抽屜，從中翻出一張張便簽紙，卻怎麼也找不出正確的答案。

記憶開始變得如沾滿雨水的玻璃窗外浮現的景物一般模糊起來。

我走出臥室，屋外泛出一層印象派畫家筆下常有的晨霧般的渲染。原先被我摔在地上的報紙不知怎麼就被吹上了茶几，報紙的一角正按照呼吸的頻率向外翻動，翩翩起舞。它似乎也被人賦予了生命。

我打開音響，從書房隨便找出一張唱片，放入唱片機。由克勞迪奧・阿巴多指揮柏林愛樂樂團所演奏的馬勒《第九交響曲》。

如何熬過這黎明前的黑暗，是此時的我最應該思考的問題。

我從冰箱拿出牛奶，將其與燕麥片一同沖泡。端著帶把的不銹鋼杯回到客廳，重又翻看昨日的報紙。草草掃過無關痛癢的大小新聞，我便用手將報紙一張張撕成條狀，唯獨將告示欄那頁留出。待到滿地灰褐色的紙屑造出一副只有在商場櫥窗內才能一見的佈景，我又開始撕起告示欄的空白。我將告示欄中的每個小框單獨撕出來，分成一張張小紙片，平鋪在茶几上。隨後閉眼選出一張，轉售提琴的劉小姐，撕成兩半；欠人錢款的丁某某，揉成一團；全場六折的大型商超，捏成細條……到最後，就只剩下這一張華東奇石協會所發佈的告示。

這石頭的表面，理應被人用來刻上文字。至於刻些什麼好，我也毫無想法。興許可以刻上什麼名人字畫，或是讓人作詩一首，賦于此石。那樣一來，這石頭必定比現在要值錢百倍，從審美角度來講，其可供觀賞程度也必將大大提高。

但既然這是塊奇石，其內在之魔力理應淩駕於其外表。就現階段而言，想要弄清這一奇石的屬性，就只得通過華東奇石協會這僅有的線索。

我盼著天明。

一隻不怕人的麻雀落到陽臺的地板，四處張望。它淺棕色的羽毛上帶有似迴旋鏢狀的黑色斑點，尾部驕傲地向上翹起，身體帶有小船底部一般的弧度，多麼健美的生靈。

我想，麻雀平日裡在空中展翅翱翔的時候，是否會嫉妒人類靈巧的雙手呢？人們憑藉這一雙手，建造了房屋，打磨了利劍，書寫了一部部傳世經典，沾染了無數生者的鮮血，締造了如此龐雜偉大的文明社會。

可若是她，便會說：「人靠的可不是這一雙手，而是腦袋裡的思想，以及思想的所有者，靈魂。人的思想決定行為，而人們的雙手充其量不過是在思想的強力統治下扮演著執行者的角色而已。」

那時的我，一定會不顧一切地點頭贊成她的所有想法。

現在也同樣如此。

我不記得我究竟是怎樣從那片荒原中脫出身來的。可她卻的確被我拋棄在那裡。我們本可以融合於一體，畢竟我與她都擁有各自所缺少的東西。但我離開了。

我倚靠在沙發背上，嘲笑自己一副認真的模樣將荒謬的夢境當成現實。

我收集起目光所及之處所有的報紙遺骸，將它們通通扔進裝有燕麥泡牛奶的不銹鋼杯裡。灰色的紙好似豆漿裡的油條，看著實在誘人可口。我繼而舉起杯子，將手腕輕輕一轉，裡面的液體便無法抵禦地心引力的蠱惑，以圓舞曲的具象化模樣朝地面瀉下。

不聞其聲。

麻雀被我的行為所驚嚇，它趕忙扇動翅膀，逃離危險的人類住所。

我給克拉拉打了電話。

五點五十五分。

她的美夢似乎被我的突然來電所攪亂。我向她說明此次聯繫的原因，她帶著粘合在一起的語言回應我。我問她是否有車。她說有。我讓她早晨開車來接我，她好奇我是否不會開車。我說我當然會，不過車子現在無法使用，只得勞煩她親自駕車前來接我。

「既然如此，為何不讓我睡個好覺？」電話那頭傳來抱怨味十足的慵懶嗓音，「若是因為精神不振，路上再出現什麼差錯，那我倆的資本可就都耗光了。」

我向她鄭重道歉，遂提議若是她休息不好，便可由我來代駕。

「算了吧，你不是也醒著呢嗎？」她說，「我敢說，你的精神比我還差。」

「何以見得？」我問。

「直覺。」

她說罷，便撂下電話。

我在心裡否定她的說法。

等罷百無聊賴的兩個多小時，克拉拉的引擎聲終於在八點一刻左右從樓下出現。

此時，我已將綿軟的報紙條從茶几上收拾乾淨，音響也從馬九放到勃一，再到現在卡拉揚的拿手好戲，柴可夫斯基的《第六交響曲》。

我洗過自認為變得臃腫的臉，換上一件奶白色高領毛衣，穿一條加絨的黑色運動長褲，腳上套一雙能勉強禦寒的棕色皮靴。我戴上一副粉紫色大框墨鏡，以此掩蓋住左眼的淤青，再披上一件長度過膝的立領風衣，關好屋內的所有電源，便一腳踏出門外。

克拉拉在樓下等我。她站在小路上，身後停著一輛全身塗著亮紅色車漆、帶著敞篷頂的保時捷911Turbo。這車讓人不禁回想起她昨日的身姿。

今天的克拉拉穿著一雙純白愛迪達運動鞋，一條深黑色修身長褲配一件同樣黑色的針織衫，外搭一件藏青色毛呢長大衣，大衣的腰帶緊束在前。她的脖子上系著一條巴寶莉的格紋圍巾。

她用眉毛向我問好，隨後指了指我的墨鏡，「不錯，別具一格。」

「謝謝。」我指了指她身後的911，「這就是你的車？」

「沒錯。」

我不禁感慨萬千，「想不到初次見面時穿著酒店浴袍的你，原來竟是個闊佬。」

很顯然，「闊佬」一詞撩動了她身體某處的一層層細毛，弄得她渾身發癢，開懷大笑。

她打開駕駛座的車門，華麗地屈膝彎腰，將自己的身體收進車體。我繞道副駕駛一側，同樣打開車門，不無難受地將自己塞到座位上。我們默契地關門。

「感覺自己同時活在兩個世界裡。」我突然有感而發。

「歡迎回來。」克拉拉發動引擎，將這頭熱血沸騰的紅色猛獸放歸屬於它的領地。

座椅靠背推著我飛速向前，我下意識地死死抓住手邊的東西，也不管那是什麼。與這頭猛獸相比，我那輛可憐的馬自達323就如同村裡磨豆子的驢一樣，提不起勁。

她打開音響，裡面傳出熟悉的旋律。

「真是巧，」我對她說，「我出門前也聽來著。」

她看路之餘，瞥了我一眼。

我問她：「不會是專門選的吧？」

「怎麼專門選的？」她反問我。

「憑你的直覺。」

她打開左轉的轉向燈。「我也沒必要如此，不是嗎？」

「也對，」我看著她放在方向盤上的雙手，「那這又怎麼解釋？」

「巧合。」

「就這麼簡單？」

「世上複雜的事雖多，並不代表簡單就不存在。」

「道理雖是如此……」我逐漸適應了強力的推背感，手臂的肌肉也總算放鬆下來。「可巧合二字一旦從你嘴裡出來，就不免讓人感到奇怪，仿佛全世界的門框一夜之間都變成三角形一樣。」

她加速，超過前面兩輛可憐巴巴的家庭用車。「既然全世界都一樣，那又怎會讓人感到奇怪呢？」

「正是因為全世界的門都是如此，才叫人感到毛骨悚然。」

她將靠近我一側的嘴角擰成一個小結，隨後又鬆開，小結便消失不見，她繼續專心開車。

我們就這樣一路想著各自的事情——對於克拉拉而言事實也

許的確如此，但我卻並沒有思考任何事情，至少不敢去想。我渴求得到一絲安靜的、不受任何思緒侵擾的片刻，以此緩和近日超負荷工作的緊張狀態。

可當我將如此想法付諸實踐時，才發現無論自己如何清空大腦，焦慮依舊像夏日的蚊子一樣無處不在。

我只好放棄哲學層面的僵屍狀態，開口向克拉拉沒話找話。

此時，第三樂章即將進入尾聲。

「這是哪一版的？」我問她。

她似乎早就料到我要發問，不緊不慢地說：「伯恩斯坦跟紐約愛樂，具體哪一年我記不清了，一九六五年左右吧。」

我「哦」了一聲。

她又說：「柴可夫斯基在公演完《第六交響曲》後不久，便拋下了我們這些凡夫俗子，成功升天去了。」

「這我知道。」

「知道他是怎麼死的？」她問我。

作為一名堂堂正正的高中音樂教師，這題我可不能輕易認輸——不管是出於職業修養也好，還是礙於個人尊嚴也罷。「好像是因為染上了霍亂吧。」

「至少從明面上是這麼講的，不過——」

「不過什麼？」

她放緩車速，與前面的豐田漢蘭達保持一定的車距。她顯然不會犯眼鏡男那樣愚蠢的錯誤。

「不過聽說，他其實是被人賜死的。」

「賜死的？」我倒是頭一回聽到這樣的說法。

她點頭，「所謂賜死，就是被逼自殺。」

「這是為何？」我問。

「據說有人發現了他跟侄子的混亂關係，便寫信給沙皇告發此事。這信卻不巧送到了柴可夫斯基大學同學的手上　　此人正好是位高級文官。考慮到此事有損柴可夫斯基個人乃至其母校和祖國的榮譽，這位文官同學便召集了其他幾位一同上到柴可夫斯基家中，勸其飲毒自殺。」

我靜靜地聽著，克拉拉開窗，趁等紅燈之時點上了一根細煙。

「這是從哪兒聽來的？」我一邊說，一邊注意不讓煙霧吸入自己的肺部。

「很早以前，從哪本書上看到的。」

「真實與否？」

「有待考證，」她也承認，「不過，人們對老柴私生活的猜想大多都不是空穴來風。」

對於這點，我也有過些許耳聞，「這隱晦扭曲的叔侄關係似乎基本屬實，且早已是老生常談了。」

「他的情人可還多著呢！」克拉拉見我說話樣子甚是奇怪，便將細煙掐滅在一個銀色小煙灰缸裡。「你當真覺得這樣的關係是扭曲的？」

「從性別的角度出發，這並不扭曲。可這畢竟屬於近親之間，從各方面來講，都不算正常。」

綠燈亮起。

待前面猶如烏龜般起步的漢蘭達好歹適應了自己四個年邁的輪子開始不斷加速後，克拉拉轉眼就操控著這猛獸，將漢蘭達遠遠地甩在身後的塵土間。

「你所謂的正常，指的是？」她問我。

「之于文明社會的正常。」

「不管怎麼說，對於現在的社會來講，老柴的取向也算正常了。但要知道在當時，這可是觸犯法律的事情。」

「的確，若是以法律為標準來看的話，現在的確是正常的；要是擱以前，就是病態。」我停頓一下，好讓自己理清自己在說些什麼，「可正常與否這東西，並不能用法律去界定。」

「那以文明為尺碼，就合理了？」

「沒有完美的標準，我以文明為參照，只是考慮到文明能代表人類社會為一個整體，而以這個整體而言，就現在來說，他的取向並沒有什麼非正常之處——況且科學也驗證了這一觀點。」

「那近親戀愛呢？」克拉拉站在思想的十字路口，等待著我朝她走來。

「從文明社會的角度來說，近親戀愛屬於某種與吸煙相同的——無意冒犯——對他人構成威脅的行為。」

她顯然在試圖通過某處的反光將那責問的眼神打向我的身體。「怎講？」

我調整一下胸前的安全帶，「吸煙之人明知吸煙這一行為有害健康，卻仍不願甘休，這是對其自己的不負責任。但畢竟他的身體歸屬於他，他有權決定和影響自己的健康狀況，這點我們外人也管不著。不過，若是吸煙之人在公共場合吸煙，那就是對別人的身體健康也造成了影響，而影響的很有可能恰恰是那些不願自己肺部受到尼古丁侵害的人。那麼這樣一來，從文明社會發展出的道德層面來講，吸煙就屬於危害公共安全的行為。」

「那近親戀愛又是如何危害到公眾安全的呢？」她的聲音依舊透著自信的脊樑，絲毫不見因羞愧難當而產生的虛弱與愧疚。

「近親戀愛也是如此。戀愛本是墜入愛河的兩人自己的事情，大多數人都是這麼想的，對吧？」

克拉拉意味深長地「嗯」了一聲。

「可由戀愛本身所衍生出來的其他根莖，就不單單是兩人的事情了。」我看向她，她目視前方，我便繼續說：「比方說，戀愛這一美妙的事物務必會產生名叫責任的東西。所謂責任，是你對戀人的責任，是對戀人一側生活瑣碎的責任，是對你自己一側生活改變所帶來的責任，也是對二人之間關係的責任，更是對將來可能育下的兒女的責任。責任這東西就像臉上的痣，可不是你隨隨便便用毛巾沾清水就能輕易洗掉的。」

「的確如此，」她像是在附和，其實則不然，「可若按你這麼說來，那但凡只要涉及與外界進行交流的行為，不都會產生責任嘛！就算你去領養只小貓小狗，你也會被責任所束縛嘛！——除非你將自己關在密閉的空間裡，不與外界進行任何物理和精神上的聯繫，前提是你還能正常地維繫生命。我理解你的意思，只要產生了責任，就會有失責的風險——反之則不然——而一旦失了責，就代表對他人構成了一定程度的損害——不管是精神上還是物質上——這樣一來，便是你所謂的對他人構成威脅的行為。我這麼理解沒錯吧？」

「沒錯是沒錯，」我的大腦開始飛速轉動，齒輪的碰撞聲不絕於耳。「大多數行為不構成危害社會危害他人的罪名，因為即便是有失責的風險，也並不代表他們就一定會失責——事實上，絕大多數人都完好地履行了自己應盡的責任。但近親戀愛則不然。屬於近親的兩人一旦越過了道德的紅線，就意味著他們必定難以承擔對他人的責任——無論是從生物層面上，還是從人道層面上。」

「還請您解釋清楚。」克拉把手持佩劍，站在十字路口的中央，將鋒利的劍指向了我。

「從生物層面上講，近親交合的產物多半不會健全，有損人類的物種繁衍；從道德層面上講，明知產下的後代會遭受殘缺的痛苦折磨，若是還要繼續下去，那就是對後代的不負責任。」

「那不生不就好了？」

我啞口無言。

她緊追不放：「兩人在一起，為何要以生兒育女作為前提呢？」

「這……只能說生兒育女乃是戀人享有的權利。既然他們擁有這種權利，就代表生兒育女這種可能性的存在。」

牽強。

她手中的佩劍找出了我的弱點，開始沖我刺來。「再者說，就算從物種繁衍的角度進行考量，同性戀不是更不合理嗎？近親最起碼還能生育，同性可是完全沒有生兒育女的能力呀！那麼，你又何以將同性戀視為正常，卻將近親戀愛視為違反倫理的行為呢？」

我試圖用手中的武器進行格擋。「如你所說，正因為同性之間毫無生兒育女的可能，便完美地避免了對他人造成危害的機會。」

「不對，不對。」她用右手的食指以6/8拍的速度敲擊著方向盤的上沿。「就算是同性，也有可能對他人構成威脅。比方說，愛滋病在同性之間的傳播幾率更大，不是嗎？所以，你的觀點並不具有說服力。」

「但並不是一定會感染，只有得了才會傳播。」

「這不和近親戀愛生不生孩子一個道理？」

「也許你是對的。」我敗下陣來。

窗外的景色飛速運動，不給我加以欣賞的機會。

她又開口道：「先不管能否生育，又是否會傳播疾病，換言之，只要是非近親的男女相愛，就可以被接受，對嗎？」

「相愛本沒有錯。」

「無論宗教信仰？」

「無論宗教信仰。」

「無論種族差異？」

「無論種族差異。」

「無論貧富貴賤、高矮胖瘦、學識深淺？」

「與這些都毫不相干。」

「無論年齡差距？」

「當然。」

「那所謂的戀童者呢？」

她說罷，用好似將我前後貫穿的銀槍般銳利的眼神審視我，片刻又及時看回擋風玻璃外的路面。

駕駛座的女人在這一瞬溢滿了恐怖的漿液。

我假咳一聲。「兒童的自我意識尚未發育完全，根本不懂什麼是愛，這完全是戀童癖者單方面的猥褻。況且，從生殖角度來說，兒童也——」

「我指的不是極端的戀童癖，」她打斷我的娓娓道來，「我說的是那種十四五歲——或者更小——剛來初潮、且愛情的萌芽正茁壯生長的少女，對人類這樣一種美好感情充滿嚮往的少女。

她們有戀愛的權利，甚至——儘管令人厭惡——從生殖角度來看，也不是完全沒有可能。假設在這樣一種前提下，一名十三歲的少女與大她許多歲——大十幾、二十幾、甚至三十幾歲——的男人陷入了一段轟轟烈烈無法自拔的愛情，你怎麼說？」

我看向窗外後視鏡裡隱約顯露出的自己。

「至少從法律角度來講，這依舊是不可接受的。既然法律這麼規定，就多少有它存在的理由。」我將重音放在「法律」二字上，以作強調。

她絲毫不肯讓步。「可你原先也說了，法律並不是評判一切的唯一標準。現在卻又說些什麼法律有其存在的原因，並以此作為你的論據，這不是自相矛盾嘛！」

「這個……」

「請你從你所謂的文明的角度進行評判。」

「從文明社會的道德倫理來講，這也是不容接受的——」

「兩情相悅，一不是近親，二可以生育，不過是一方差幾年才成年，怎麼就不容接受了？」

「就是因為未成年，缺乏對事物的理性判斷能力，所以才——」

「成年的概念也是客觀事實嗎？為何認定人一旦成年就理所應當地擁有對事物理性的判斷能力，而未成年就沒有如此能力呢？在大多數國家，十八歲就算成年；而在日本，二十歲才算成年。那麼作為十九歲的人，她到底有沒有理性的判斷能力呢？同理，對於兒童的界定，又是如何呢？與十四歲以下的兒童發生性關係屬於違法，為何與十四歲的女孩發生性關係就合法了呢？難道不應當將個體差異加以考量嗎？若是將一個發育較早的十三歲孩子和一個發育較晚的十四歲孩子相比較，為何與發育較晚的十四歲孩子發生性關係——前提是對方同意——就合法，而與發育比十四歲孩子還要成熟的孩子發生關係就屬於違法呢？倘若不發生關係，只是相愛呢？與十三歲女孩談情說愛，這算不算觸及了道德的紅線呢？要是算的話，又——」

「不行就是不行！」我發了瘋似的大聲呵責，制止了她滔滔不絕地質問。

她突然急剎，剎車片與輪胎一同發出刺耳的響聲。我在短短數日內又一次被安全帶緊緊地扼住胸腔。

「你幹什麼！」我瞪著她。

她卻不緊不慢地說：「到了。」

「到了？」

我往窗外看去，路的前方是道閘口，閘口一邊還有個不大的崗亭。

「到碼頭了。」她一邊說，一邊重新踩下油門，將車停靠在路旁。

她解開安全帶，打開車門，自顧自走下車去。我不明所以，正要同她一樣離開座位，她卻貓著腰，將頭探進車裡，示意我呆在車上。

「我去買船票，買完就回來。」她對我說。

我說好，她隨即邁步朝崗亭走去。海風將她的卷髮朝一側吹起。

趁此機會，我打開車窗，讓舒爽的風冷靜一下我的頭腦。可不巧，魚腥味同樣抓住這個空當，將車內的空氣擠得水泄不通。

克拉拉與崗亭內的人交流幾句，隨後又用手指著我這邊的方向。崗亭內的人像只烏龜一樣將脖子從窗口伸出，扭頭看過來。我尷尬地朝她們舉起手，烏龜男左右瞧了瞧，也不知在瞧些什麼，隨後便眉頭一皺，將腦袋縮回龜殼之中。只見克拉拉從大衣內側掏出錢包，取出幾張紙幣，塞進龜殼裡。緊接著，龜殼裡面又伸出一隻黃得出神的手，簡直就同麥當勞的薯條顏色無異。那只手裡攥著兩張白紙一樣的四方票據，克拉拉輕輕將其接下，與錢包一同收回大衣內側的口袋裡。

我再次看回右側車窗外的景色，隱約可見泛著水泥色的江面。

克拉拉已經踏步歸來。她打開車門，從大衣裡取出一張船票，我伸手接過，果然是張用普通A4紙列印剪裁而來的臨時品。

她脫下大衣，並未徵求我的意見，就擅自放到我的大腿上。不過我也沒有多說什麼。

「一人一張，待會上船要看。」

我說好。

她發動引擎，猛獸的低吟聲從後方傳來。我和她都心照不宣地閉口不言，她駕駛車子朝閘口滑動。

閘口前，焦黃膚色的烏龜男用他倒三角的大眼睛看向這邊，又前後擺動著南瓜幹一般形狀和質感的手掌。我不明白他的意思，克拉拉卻率先行動，並讓我一同下車。

「這是幹什麼？」我問她。

「檢票。」她說。

我萬分不解，若是此刻需要在崗亭檢票的話，為何不乾脆把售票與檢票的程式合二為一呢？

她帶著我來到烏龜男的老巢。他照例將脖子伸出龜殼，彷彿這是他與生俱來的本性。我學著她的樣子將票給他。他拿著票，用倒三角眼死死盯著我的面部，又看了看門票的表面，搞得好像我的照片就印在上面一樣。

「墨鏡摘一下。」他毫不客氣地命令道。

起初，我還沒意識到他在同我講話，直到克拉拉用胳膊肘捅了一下我的左腰，我才反應過來，老實地取下墨鏡。

他看到我的左眼，喉頭發出母豬低頭尋味時才有的聲音，隨後才拿起筆身表面掉了色的圓珠筆，在我倆二人的票面上各劃一條藍紫色的線。他揚起下巴，用左手將兩張票推到窗口的邊沿，接著頗為滑稽地兩臂緊貼身體，左肩向前一擺，帶著右臂向後扯去，乖乖坐在了他的黑色轉椅上，好似上臺領獎後凱旋而歸回到座位的小學生，一條鮮豔的紅領巾飄揚在他的胸前。

我們各自拿上船票，我重新戴上墨鏡，隨她回到車上。道閘徐徐打開，我們駛入碼頭。由於進船的通道一次只能容許一輛汽車通過，等候登船的車輛就只得排成一條長龍，緩慢地向前移動。大約過了將近十多分鐘，總算輪到我們。克拉拉嫻熟地駕駛這輛低底盤猛獸駛上鐵制的連橋，又開下綠色的斜板。輪渡腹部中空的甲板總共有三列可供停車的車道，我們按照身穿橙黃色反光背心的工作人員漫不經心的指引停到了最左側車道的第二個位置。我們被要求上到客艙，輪渡航行時車內不能留人。我們下車，我將克拉拉的大衣交給她，她一邊穿上，一邊走上通向客艙的鐵梯子。鐵梯很陡，踏板只有不到鞋底三分之二的寬度，後跟幾乎處於懸空狀態。我走在下面，時刻注意不讓她從上面失足跌落。可她卻走得異常穩健，泰然自若，仿佛這雙腳天生就是為登上這鐵梯而生長的。走了差不多十幾節臺階，我們轉進二層的甲板。這裡的通道同樣狹窄，完全無法兩人並排而行。走廊的右側是通往船長室——不知是否叫這個——的樓梯，盡頭可以到達外層得以欣賞海景的甲板，左側便是客艙主體。走進去，裡面是十好幾排深藍色塑膠座椅，看起來舒適度基本為零，實際坐上去也的確如此。客艙前部的牆壁上左右對稱各鑲嵌一台液晶屏電視機，艙室的對角擺上兩台表面發黃的立式空調。客艙後面是一個簡易的吧台，售賣各式「廉價」的零食飲料。

克拉拉在前排坐下，我則好奇地晃到吧台，打量用粉色彩紙列印的商品價目表。一包市面上不過三塊錢的普通薯片，這裡竟然要價十二元。我不禁咂嘴，卻不巧被裡面的員工聽個正著。她露出普通人常有的毫無特色的鄙夷表情——極為低劣的情感表達方式——時刻監視我的動作。出於無奈，我只得喊她過來。她身穿一件藍色翻領工作服，灰色的領子帶有黑色的黴漬。我問她要了聽可樂，她問要百事還是可口可樂。我說要可口可樂。她繼續問可樂是要冰的還是常溫的。我說要冰的。她打開冰櫃，又回頭告訴我只剩下百事可樂。我說百事就百事。她又問我要不要吸管。我不耐煩地點頭。她依舊不依不饒地問我吸管是要彎頭的還是直頭的。我嘴上說要彎頭的，心想這吸管直頭彎頭到底有何區別。她還想接著問點什麼，我趕忙掏出錢包，將五元紙幣和一塊五的硬幣放到吧臺上。她只好遞給我冰鎮的百事可樂，以及一根有綠色豎紋的彎頭塑膠吸管。

「買了什麼？」回到座位上，克拉拉問我。

我坐下，看到客艙陸陸續續坐上幾波乘客，都是剛從底層甲板停好車上來。

「可樂。」我將手裡的易開罐展示給她看。「東西太貴，又全是垃圾食品，就沒給你買。」

「真是貼心。」

我不理會她的挖苦，撬開易開罐的開口，將彎頭吸管插進其中。吸管好似受到了同極磁場的排斥，又立馬向上彈起。我將吸管的脖子折彎，吸上一口——漏氣，不單單是吸管漏氣，就連可樂本身也變成毫無趣味可言的甜水。儘管如此，好歹也花了六塊五的費用，我乾脆將吸管取出，直接用嘴對著罐喝。缺乏碳酸氣體帶來的顆粒質感的液體糖漿湍急地流入我的食道，體內感受到一陣刺骨的冰涼。

我一飲而盡。

手握空易開罐，輪渡開始駛離碼頭，向長江那頭航行。此時，客艙裡走進來一名鬍子拉碴的工作人員。他頭戴灰色鴨舌帽，身穿一件黃色反光背心，背心前後都寫有「舟渡」二字。他踩著人字拖，手裡轉著圓珠筆，「吧唧吧唧」地朝我們走來。

又要檢票。

我和她配合地將船票交給他，讓他在票上劃下第二條橫線。他扔飛鏢似的把票甩到我眼前，我雙手接下。他看了看克拉拉，又看了看我，露出動物園裡看狒狒的表情。我沒有理會他此刻所展露出的任何想法，將船票傳給克拉拉。

我朝她聳了聳肩，她對我微微一笑。

他接著去查後排的乘客，電視機開始播放上世紀的香港警匪片，卻聽不見聲音，只得傻愣愣地看著演員們一臉認真又表情豐富地朝彼此做著口型。實在是有趣至極。

可好心情持續不了多久，喝進肚裡的甜水就開始隨船艙的上下起伏一同在我體內翻江倒海。我嘗試加快呼吸的頻率，並不時吞咽口水，可依舊難擋自下而上的濤濤河水。

克拉拉見我臉色難堪，便開始輕拍我的後背。我將雙唇閉成一條扭曲的細縫，但怎麼也堅持不了多久。她讓我稍等片刻，丟下我獨自一人在這塑膠椅上與自身體內價值六塊五的甜味液體進行鬥爭。萬幸的是她很快又及時歸來，手裡還帶著個紙質嘔吐袋。她撕開嘔吐袋的頂部，將開口弄成覓食的鯉魚嘴形狀。我一拿到嘔吐袋，便像見到了親人一樣，運用渾身力氣將堵塞在嗓子眼的嘔吐物一瀉而下。這下總算是得以解放。我不無感激地將嘔吐袋的開口擰在一塊兒，詢問克拉拉垃圾桶在何處。她示意我不要起身，接過我手中的嘔吐袋，幫我找地方處理掉。待她歸來時，我問她將嘔吐袋扔到了哪裡。

「海裡。」她若無其事地說。

「當真？」

「當然是假的。」她裹了裹身上的大衣，「扔到走廊的廢物箱裡去了，裡面還有好幾個同樣款式的嘔吐袋呢！」

我對別人的嘔吐袋絲毫提不起任何興趣，於是便抬頭看向電視螢幕。電視播放的內容不知何時被誰從無聲警匪片換成了新聞頻道。同樣沒有聲音。不過新聞較於警匪片的好處就在於，聲音的重要性被大大削弱，新聞資訊本身才是最受關注的部分。

有個年輕小夥子正在接受採訪。他留著向後背起的油頭，脖子上一根狗鏈粗的大金鏈子，上身的襯衣印滿了GUCCI的商標。他正在對記者義憤填膺地發表著什麼激昂的演說，畫面上的小標題寫著：

欺騙感情的女人，究竟是何許人也？

我試圖理解小夥的發言，不料克拉拉卻搶先於我發表了評論。「所謂欺騙感情，欺騙的到底是什麼？」

「欺騙的是一廂情願付出的真心。」不適感逐漸消退，使我又一次激起了與人溝通的欲望。

「哦？」克拉拉用看熱鬧的表情看著電視，「這樣的真心，也算愛情嗎？」

「當然，愛情就是你對某人所懷有的特殊執念。」

「有別於親情？」

「有別於親情，不同於友情。」我說，「愛情包含著更強烈的熱忱，與一絲人性陰暗面的佔有欲。同時也更加缺乏充滿光輝的理性。」

「所以，哪怕是單方面的情感，也可被看作是愛情嘍？」

「愛情不一定非要兩人參與。」

克拉拉滿意地點頭，隨後又向我拋來我熟悉的、長滿棘刺的目光。「那這樣一來，何談欺騙感情一說？」

我轉不過彎來。

她見我雙目失焦，仿佛盯著旋轉的大傘，便解釋道：「既然感情是一個人的事，年輕男孩喜歡上一位女子，這樣的感情便是屬於男孩一人的，與喜歡的對象無關，不是嗎？」

「確實。」

「我喜歡你，你不喜歡我，又可否說是你欺騙了我感情呢？」

「我又沒有得來什麼，你的感情依舊是你的，我也不能帶走。」

「關鍵就在於此。」

我明白了。「可如果說，是我有意讓你喜歡上我，我卻始終不喜歡你，我只是喜歡受人憧憬的感覺，這算不算是欺騙感情？」

「可又不是你讓我喜歡你的，感情終歸是自己的事情。我喜歡你，全都歸結於我對你的好感。」

有理。

我摘下墨鏡，將其放到前襟位置，用手把玩起眼鏡腿。

她問我要不要去外面吹吹風，看看江景，這樣一來也有助於我從暈船中恢復過來。我雖已經有所緩和，卻也覺得這不失為一個好提議。我便點頭起身，她也跟我一起走到客艙外。靠近客艙艙壁一側有兩三個與客艙內同款的藍色塑膠連排椅，椅子對面則是生了紅色鐵銹的白漆欄杆，以及欄杆外的滾滾長江水。

她從大衣裡拿出煙盒，這次用她自己帶來的銀質外殼打火機點燃了一根細煙，隨後銜著煙嘴，背對江面，用手肘倚靠在鐵欄杆上。我則面朝長江，再次戴上墨鏡，僅用手腕搭著欄杆的表面。大風不時將她的頭髮撩到我的右臉上。當然，也夾帶一縷縷清淡的煙霧。我這才發覺，儘管克拉拉時常是煙不離手，沒了它就等同於失去了生的希望，可我從來不曾從她身上——或是在她身邊——聞到過一絲煙本身的味道。煙味與她一直保持著獨立發展的關係。

「你說，我們到底該如何界定感情才好？」這位視煙如命的女子又一次向我拋來了難以解釋的問題。

「什麼叫如何界定？」我盯著船體邊上攪起的雪白浪花。

她將煙夾在手指間，用煙霧在空中畫出一個不大的小圈。「所謂感情，到底是與生理有關的附屬品，還是完全脫離於身體的東西？」

「所有感情，都是由化學反應所產生的。」我說。

「所以一旦離開了身體這個反應容器，感情一物就不復存在了嘍？」

江面上的天空開始變陰，不知一會兒是否會下起陣雨。

「產生的契機都沒了，更何談其存在呢？」

她將剩下的煙頭捏在手裡，不知該如何處理。「打比方，假如我沒了身體，就無法擁有感情，對嗎？」

「這麼想來的確合理——」

不對，不對。

我的話語變成凍住的冰塊，不進不出卡在一半的位置。

「怎麼了？」克拉拉等待著橫線上待填空的部分。

「並不如此。」我改口。「即使沒了身體，人類的情感也依舊存在。」

「如何？」

「若是某天，我將你的意識移植到電腦硬碟裡——假設有這麼一種技術的話——你物理上的肉體已經與你的意識所分離，你是否依舊會對我輸入的笑話有所反應？你又是否依舊會愛著你所愛之人？」

克拉拉仰著後頸，看向頂上的船長室。「我想我會的。」

「所以，即便你的意識與身體分開，你也依舊擁有感情。」

她突然轉頭看我。「可要是將電腦硬碟看作一個新的身體呢？儘管構造組成與運作原理皆不同，卻執行著相似的功能，都是作為人意識的載體，不是嗎？」

「或許。不過我們此前的假設，是人們生理上的種種反應產生感情，這其中也包括出於動物繁衍與生存本能的欲望。可這麼一想，就算沒有那樣一種生理本能的驅動，感情也能獨立存在。的確，電腦硬碟裡的程式或是別的什麼可能是意識得以順利運轉的機制，但它本身並不與感情捆綁在一起。若是感情再換到別的容器或是別的載體，它也會借助另外一種適合的機制。所以意識與載體之間，可以被看成是某種協作關係。」

「有趣的觀點，但缺乏理論基礎。」她如此評價。

我笑了，「這一切都只是猜想，若是連無端的猜想都不被允許，藝術也就不會產生了。」

「總結一下，你現在認為，情感獨立於身體。」

「典型的二元論觀點。」

她也轉過身來，與我一同看向灰色的江面。「那麼不管是同性戀也好，戀童者也罷，抑或近親之間的戀愛關係，都是愛情，沒錯吧？畢竟愛情獨立於身體，無論兩人的身體有什麼樣的差異和特徵，愛情都是愛情。」

又繞回來了。

「怎麼說，算是如此吧。」

「既然同樣是愛情，為何有的愛情就不可接受？」

我陷入一片隱蔽的泥潭，現在已經無法脫身，只得做出最後的掙扎。「在物理上不可接受。因為此時的我們，是同時建立在肉體與意識之上的，所以當考慮問題時，才應當從兩方面進行考量。」

從她比鏡面還要平和的神情來看，她似乎接受了這樣的說法。「那麼，解決近親戀愛與戀童行為的唯一關鍵，就是肉體。」

「可以這麼講。」

「只要人擺脫了這脆弱有限的肉體，任何感情都可以被接受。」

「但我們沒法兒靠意識自身的力量去擺脫肉體。」

「可這樣一來，意識不還是依賴於肉體的嗎？」

我用拳頭輕輕捶打欄杆的下沿。「只是暫時無法擺脫，並不代表意識依賴于肉體。一旦我們找到辦法將它們分割開來，我相信意識也能很好地存活下來。只不過現階段而言，它的確附著於肉體上，就如我此前所說的，是一種協作關係。」

「莫不如說，是一種寄生關係。」

「也不儘然。」

「那你說，老柴被人賜死，到底是幸還是不幸呢？」克拉拉將側臉枕在前臂上，腰臀向後拉開，腿部與上身形成一個直角。

我眨眼，表示自己也給不出成型的觀點。

她重新站好，拍了拍我的右肩，問我要不要回去。我們搖搖晃晃地走回客艙，卻發現原先坐著的座位邊坐來個身穿墨綠色皮夾克的陌生男子。克拉拉先找垃圾桶處理掉手中的煙頭，隨即坐在了陌生男子的左側。我則徑直往前走，路過他和克拉拉的身體，坐到克拉拉的左側。

墨鏡使得電視螢幕的畫面愈發清晰，卻讓陌生男子的臉變得更加充滿距離。

起初，我們三人只是並排而坐，克拉拉將右腿搭在左腿上，身體朝我側來，我則盯著電視螢幕，現在播放著電視劇《西遊記》的片段，九九八十一難的第七十八難，天竺招婚。陌生男子手揣夾克口袋，腦袋上的劉海宛如倒扣的鐵碗，邊緣被整齊地剪成一條直線。他皮膚黝黑，左側鼻翼的外邊長有一個形似豌豆的肉瘤——我從未見過這樣的肉瘤。

少頃，他突然原地扭動屁股，整個人便順勢轉向我們。克拉拉著實被他嚇了一跳，她警覺地擺頭怒視著他，就像動物對入侵者發出警告。可陌生男子顯然不吃這一套，他像個好說閒話的鄰家老婦一樣，自來熟地朝我們搭話。

「二位從哪裡來？看著不像本地人。」他說話聲好似嘴裡含著顆橄欖核。

我也擺頭看他，不免露出詫異的表情。他耐心等待我們的回答，但無論是我還是克拉拉都沒打算開口說話。

「小姐是外國來的吧？」他朝克拉拉擠眉弄眼，接著又用眉毛向我發送我的大腦所無法分析的信號，「而先生您，應該也是海歸人士吧？」

「你是？」克拉拉滿是狐疑地問道。

「哎呦，中文說得不錯。」他發出鼻腔裡的液體被吸入咽喉的聲音，「上這兒來旅遊嗎？」

我也開始與克拉拉一同構築起堅硬的城牆。「你到底是做什麼的？」

他露出好似動物肛門的笑，「防備心不要那麼重嘛，我也不是什麼壞人，只想跟你們聊聊而已。要就這樣被你們給打發走，那可就太掛不住面子啦！現在這個社會，缺的就是溫情。要是人人都對他人冷眼相待的話，那麻煩可就大嘍！你想想，那滿大街溜達的冷屁股，讓我這個熱臉往哪兒靠呢？你們也別嫌我囉嗦，說這個人怎麼一上來就講個沒完。其實根本不是這樣，你們可千萬別覺得我煩，也別覺得我話多，更別覺得我語無倫次。這都是有原因的咧！話說，我祖上曾經出過秀才，那位一肚子墨水的老祖宗可了不得啦！琴棋書畫據說可是樣樣精通。可你猜怎麼著，到最後，竟然無緣無故就投井自盡啦！簡直是豈有此理！一封遺書可都沒留下啊……要知道，他的文筆可是那麼地優美啊！真是可惜，實在是可惜。你們說，好好一人才，怎麼就說死就死了呢？古人不還常說什麼好死不如賴活著嘛！你說他究竟是遭遇了什麼，才會突然要去尋死嘞？」

我和克拉拉莫名其妙地看著他在我們面前發表了這麼一長串不知所云的發言。他肯定是覺察到我們二人的迷惑不解，於是便接著說：

「我扯這些，主要是想告訴你們我這麼說話的原因。凡事必有其因，這個就是原因啦！你們或許會覺得：我祖上的秀才與我有什麼關係？但你們可別不信，我從那電視上看到過，人的智商和才華，是可以代代相傳的！那個小玩意兒叫什麼來著？基因！對！就是基因！因為基因這個令我琢磨不透的小玩意兒，我祖上那位秀才的一肚子墨水可就都流到我身上啦！所以啊，我要說什麼來著？你們是來這兒旅遊的嗎？我跟你們說，崇明可是個好地方咧！什麼？不是來旅遊的？那是來做什麼的？商務洽談我們也歡迎，請問您二位具體是做什麼的？」

「收購彩電。」

「倒賣棉襖。」

我和克拉拉同時說出兩個毫無相干的活計。

陌生男子聽後，將嘴擴成土豆的形狀。「哦——！聽著就是正經生意。可不管怎麼說，小姐您也是外國人，這中國話怎麼說得這麼利索？來這邊多久了？喜歡中國男人嗎？我可聽人說，一般的中國男人可不合您們這些外國小姐的胃口。您是否也是如此呢？但儘管這樣，我還是要說，既然來了這邊做生意，就最好找個本地男人，這樣也好幫助克服水土不服導致的種種身體不適。什麼月經失調啦，雙目乾澀啦，腳上長雞眼啦，後頭生痔瘡啦，通通都能給您治好嘍！您也別怪我這人口無遮攔。有病不丟人，人人都有病。那有了病怎麼辦？當然是得治啦！可不能像有些人那樣，遮遮掩掩羞於啟齒，就怕把病症塞到床底的木匣子裡去啦！若是把病給藏了起來，人就不能好好活著嘍！那乾脆還不如學我那老祖宗一樣，一頭掉進井裡去算了！」

我不能理解他所謂的將病症藏起來究竟是怎樣的行為，但也只好繼續聽他胡亂說著。

「人活著為了什麼？當然是為了能平平安安健健康康地過一輩子，到死時能留下一具堪稱完美的軀體，受後人注目瞻仰，這才能安詳地離去。可若是有病卻不治，那可就保不住這令人滿意的結局嘍！」

他到底想說些什麼？

「像您二位這樣渾身上下收拾得不錯的大人物，可就更得注意這些個細枝末節了！心裡有些個憋著悶悶不樂的東西，該放就要放出來，可千萬別憋著！憋著可是大忌！一定要記住！越憋就越容易加重病情，等到了病入膏肓的階段，可就再難有挽回的餘地啦！」

「這麼說，你也有病嗎？」克拉拉難得插上一句嘴。

他將眼珠子瞪得和高爾夫球那般大，額頭上的抬頭紋被擠出大腸的質感。「當然！我當然有病！但病得不深，我病得是外部，瞧這兒——」他說著，便朝我們伸出他那條套著黑色大頭皮鞋的右腿，「跛腳，天生的！老天照顧我，讓我少受點雜役之苦，我得感謝他老人家！」

「是得感謝他老人家。」我附和道。

「那可不！我算幸運的，有些人，身體上沒有殘缺，可這裡卻有病！」他從夾克口袋裡掏出右手，指著自己的左胸位置。他的右手同樣如上了年紀的大樹般粗壯，皮夾克的袖口因他的動作而向下滑落，露出他巧克力色的手腕，以及手腕上的一串奇形怪狀的鐲子。鐲子用細繩串起十幾個黑色的小塊，這小塊的形狀不免讓人感到眼熟。小塊表面光滑，呈長方體狀，較長的邊與其他小塊相接，看著好似手錶的鏈條帶。這些個小塊，簡直就是黑色奇石成比例的縮小版。

「等等！」我伸手喊住他的胡言亂語，可自己的聲音反倒愈傳愈遠，我彷彿置身於某處巨大的洞穴中，自己的回聲又從四面八方折返回來，有如包裹裡的泡沫一般將我團團圍住。我伸出去的手被時間與空間一齊拉長又扭曲，變成一根柔軟的麵條。一眨眼，麵條狀的手又憑空消失。

頭頂一盞明晃晃的鎢絲燈泡宛如鐘擺左右搖盪，陌生男子的含糊聲音被一塵不染的寂靜所取代。

我又回來了。

7

在一片溫馨的冬夜景象中，頭戴高帽的紳士與錦衣華服的貴婦們手挽著手，走進一幢燈火通明、形似古堡的莊園建築中。屋外飄著如棉絮般輕盈的雪花，這一列賓客當中有男有女，有老有少。佈景一換，人們走進富麗堂皇的大廳，大廳中央置放著一棵兩人高的聖誕樹，聖誕樹上掛滿了精巧的裝飾品。人們圍在樹下，或交談，或嬉笑，一片歡快愉悅的節日氣息。這時，走進來一位同樣戴著高帽的男士，他手裡抱著個小匣子，這匣子裡的東西卻一不留神掉落在地。

「這就是胡桃夾子。」我指著電視螢幕，對她說。

她聽後，將濕透的腦袋湊近電視機，就差把鼻頭貼在螢幕上。「胡桃夾子？是什麼東西？」

「就是那個小人，那個玩具士兵。掉在地上的那個。」

她重新坐好，用聽笑話的表情看我。「你怎麼知道的？」

「我媽告訴我的。」

「果然！」她生氣地扭過頭去，將髮梢的雨水甩在我的臉上。「這東西——」

「錄影帶。」我好心解答她的疑惑。

「對，錄影帶。這錄影帶是從哪裡來的？」她盯著螢幕裡圍著聖誕樹起舞的孩童，一邊問我。

「一個在國外做生意的親戚帶回來的，上次便順道連同其他物品一起寄給了我家。」

「國外？」她又突然轉頭，「在哪兒？」

「在東歐，具體是哪兒我可記不太清了，反正是個名字很繞口的城市。」

「東歐？」

「就是靠近蘇聯那一塊兒的。」

「真好啊。」她看了看禮堂的天花板，一副憧憬什麼的樣子，好似頂上的老式電風扇此刻正散發著無比的魅力。「我也想去。」

「你不是想去日本嗎？」

「都一樣！都想去。」

「那可不一樣，」我說，「一個在東邊，一個在西邊。一個要坐船，另一個就不用。」

「你那親戚是坐什麼去的？」我看她說話時有些發抖。

「坐火車去的——你是不是冷了？」

她激靈一下，才說：「是有點，不過也沒辦法，現在哪兒也去不成嘛！」

「也是。」我笑道，隨後同她一起，將注意力放回電視螢幕上。

原先掉在地上的胡桃夾子，已經被交到了身穿一襲蓬鬆白紗裙的女孩手中。

「這是克拉拉。」由於芭蕾舞劇本身並無任何臺詞或文字提示，一切都需要我來為她進行解說。而她似乎也對我提供的這一服務感到十分滿意。

克拉拉對手中的胡桃夾子十分喜愛，她抱著它高興地起舞。

她正看得津津有味。

窗外的大雨依舊沒有減弱的樣子，雷電的腳步反而離我們愈來愈近。不過，多虧了這傾盆大雨聲，我們才敢讓電視放出聲音來。

抱著胡桃夾子熟睡的克拉拉醒來後，卻突然發現自己陷入了由鼠王帶領的老鼠們的攻擊。情急之下，胡桃夾子攜一眾玩具小兵前來解圍。一場亂戰之後，胡桃夾子與克拉拉合力打敗了老鼠。

「這老鼠可真大。」她不禁感慨道。

「也許是克拉拉變小了。」

「嗯——有道理。」她盤起腿，又打了個噴嚏，隨後繼續發表評論：「不過就算是正常大小的老鼠，我都會嚇得夠嗆。」

「沒想到你竟然會怕老鼠。」

「你不怕？」

「我也怕。」

「那就是嘍！」她用雙手上下搓動著對側的胳膊。「不過，你是男孩子，與我不同。我怕老鼠也是正常的，你最起碼得有點膽子才行呀！」

我羞愧地撓了撓左臉，小聲嘟囔道：「誰說男生就一定要天不怕地不怕，女孩子就要膽小如鼠的⋯⋯」

她瞟了眼我，一會兒又說：「也對，沒人這麼規定過。」

擺脫了老鼠的威脅後，胡桃夾子搖身一變，變成一位帥氣的王子。他帶著克拉拉去到他所在的王國，途中路過冰雪的世界。雪國的雪精靈們化作雪花，向他們獻上美麗的舞蹈。與雪國的居民道別，他們總算是來到了糖果王國。在糖果王國，人們跳著各式具有民族風情的性格舞——性格舞一詞，也是從母親那兒聽來的——最後由克拉拉與王子二人的花之圓舞曲畫上圓滿的句號。

然而，圓滿的只是克拉拉的夢境，並不是現實。當克拉拉醒來時，自己仍舊抱著那個並不會動的胡桃夾子，原先所經歷的一切都不曾發生。她所傾慕的王子，也不過只是她的幻想。

剩下的，滿是現實的失落感。

「美嗎？」我問。

「美。」

雨聲填滿了我們之間的沉默。

我和她，不約而同地盯著電視機的花屏看。大約過了十幾秒，我總算鼓起膽量，喉舌與口型早已擺在恰當的位置，蓄勢待發。可聲音卻始終卡在嗓子眼的位置，好似害怕外面的空氣，躲在裡面不敢露頭。

我甚至期待，她能率先開口打破沉默，這樣一來，我就可以名正言順地將話語重新壓到心底。可她還是悶不作聲，就像等著我說些什麼一樣。

「我也想變成那個樣子。」

想說的話，就像破了口的氣球裡充滿的空氣那樣，在我不經意間便從身體裡洩漏出去。

她向後一靠，躺在地上，全然不顧地板上的灰塵。她以那樣的角度仰視我，「王子嗎？也是，像你這樣白淨的城裡人，當然應該去演王子啦。」

「不，不是這樣的。」

「那是怎樣的？」

既然已經開了頭，就沒有再收口的餘地了。

「我想成為克拉拉。」

她先是一愣，隨後又重新坐起來，濕透的白襯衫沾上棕色與灰色交融的污漬。她看著我的眼睛，半張著嘴，眉頭皺在一起。

我接著說：「我想穿上和克拉拉一樣端莊華麗的裙子，我也想隨著音樂那樣翩翩起舞，我想擁有那樣優美的身段，我想——」

我像即將潛入水中的海豹那樣深吸一口氣，隨後將自己的願望一字接一字地置於令人恐怖的光明之下：

「我想成為像克拉拉那樣的女孩。」

雨聲彷彿突然成倍擴大，原本已經褪去的雷聲似乎又一次從遠處響起。某只尚未來得及找地方躲雨的飛鳥發出尖銳的鳴叫，緊隨而來的，是哪裡的鐵門因風砸向門框導致的撞擊聲。

時間被分割成一個個四方小塊，每個小塊又向前後各衍生出另一個小塊。

只見她的眉頭化作被人堆起的沙丘，細沙開始隨引力而向兩邊滑落。這過程雖緩慢，卻流暢。待到眉頭回歸水平線，她抿了抿嘴，隨後現出作為麥芽糖象徵的笑容。

「當然，那樣肯定很適合你。」她說。

我試圖從她的神情中找出一絲譏諷的蹤跡，卻最終以失敗告終。

我開始感到慶倖。

「當真？」我問她。

「一點兒不假。」

「沒覺得不好？」

「有什麼不好？」她說。

我有些得寸進尺，「不會覺得奇怪？不會討厭我？」

「哪裡奇怪了？我也是女生，我若是覺得你的想法奇怪，那就是在覺得我自己奇怪。」她笑得愈發燦爛。

我也同她一起笑了。

「那裙子，你穿上去肯定特別好看！」等我們笑累了，她這麼對我說。

我從錄影機中取出錄影帶，收回鐵盒裡。「我想學芭蕾。」

「那就學呀！阿姨不就是學芭蕾的嗎？」她揪起尚未乾燥的頭髮，隨後又放下。

「可她一定不會同意的。」

「為什麼？」

我抖了抖粘在身上的衣服。「一是因為學芭蕾很辛苦，她自己深知這一點，所以不想讓我遭這個罪；二是因為，若讓她知道我是因為想穿舞裙才打算學的，她指定要拿木棍打死我不可。」

「打死倒是不會啦……」

「這可不是打不打死的問題——」

我剛這麼說道，禮堂門外的走廊裡就傳來了匆忙且沉重的腳步聲。

她的反應比我要快，只見她用雙手撐地而起，拽著我就往木台底下鑽。我們倚著木台底部空間的兩側內壁，相對而坐。若是有人從大門進來，便不會一眼就瞧見我們。木台不高，我只好低下頭，下巴緊貼著剛長出來的喉結。她身材雖比我要嬌小一點，卻也同樣得彎腰曲身。

我們豎著耳朵聽外面的腳步。那人嘴裡在嘀咕些什麼。

我的左腳不小心踢到了她的手腕，於是趕忙伸手致歉。她將手指抵在嘴唇上，做出噤聲的手勢。見我點頭，她才把手放下。

腳步聲化作手持鐮刀的死神，就要敲響禮堂的大門。它來到門口，停下，不知做了些什麼，隨後再次邁步向前，揚長而去。

原本緊張的心一下放鬆下來，汗酸味卻彌漫於二人之間。

她也松了一口氣。

「准是王大爺發現了六樓的鑰匙不翼而飛。」她說。

「幸好他沒開門，要是開了，我們就麻煩了。」我手腳並用，頗為狼狽地從木台底下爬出。「現在該怎麼辦？」

我問她。

她讓我先去看看王大爺是否已經走遠。我聽令，躡手躡腳地貓腰走到靠走廊的窗臺底下，像個土撥鼠一樣冒出頭來，將兩個眼睛露在外面。

我左瞅瞅，右看看，始終不見任何人的身影。

我將這一則喜訊帶給她。她已經站了起來，「先離開教學樓再說。」

我說好。

「不管怎麼樣，這鑰匙是得還回去的。」她說，「不然就真成小偷了。」

「也對。」

我的頭頂仍舊在不斷冒汗，心臟比任何時候還要更能彰顯出它的存在。

「趁現在外面沒人，趕緊出去。」她輕聲卻急迫地說，手裡還攥著六樓的那串鑰匙。

我搶先於她，極為小心地轉動門把手，再輕輕把門拉開。我回頭讓她先不要動，她露出麻煩的表情。我探出身，再次確認附近沒人以後，便招呼她跟上。我埋頭跑向樓梯口，儘量不去看周圍的情況，隨後在樓梯口的牆角蹲下。她也跑了過來。

外面的雨勢尚未減小。

「怎麼辦？」我問。

她推了推我的後背。「還能怎麼辦？下樓呀！」

「下了樓呢？」

「跑唄！」

「可雨這麼大……」

她加大了推我的力氣，可我卻像塊巨石一樣紋絲不動。「濕都濕了，還怕什麼？」

「是哦。」我不合時宜地傻笑兩聲，被她瞪了一眼，便只好開始下樓。

這是最容易被人發現的階段。

學校的樓梯外邊，只有一堵半米高的單薄矮牆作為生與死亡的分界點。我時常會納悶，在如此危險的地方竟然不曾有學生失足掉落。抑或曾經真的發生，只不過我未曾聽聞而已。

換言之，這矮牆起不到一絲隱蔽作用。而要想將身子彎到矮牆的掩護之下，還要一邊跨步下樓，屬實是一件難事。如此一來，想要盡可能不被發現，就只好按照正常的下樓姿勢，腳下加速，以此減少被人目擊的機會。

下到三樓與二樓之間的時候，我的腦海裡突然蹦出一個疑問，隨即腳下剎車，欠身藏於牆後。她在後面撞上我，無聲質問我要幹什麼。

「你說這雨這麼大，王大爺何苦要現在跑到六樓來？」我將疑問付諸於語言。

「鬼才知道！」她用急促的氣聲說。

我搖頭，繼續起身下樓。

總共花了不到一分鐘，我們便從六樓回到地面。教學樓外的大雨宛如家中的白色蕾絲窗簾，將前方的道路遮於簾後。我看了看她的身體，又看了看自己。不管怎樣，今天過後是肯定要感冒了。

「走牆邊。」她對我說。

我們按照原路趕回崗亭。如彈頭般大小的雨水毫不留情地砸向我們的頭頂和肩膀，身上的衣物不斷將我向地下拽去，腳上的那雙白色球鞋在落地時總是會陷進空地的爛泥裡，更加拖慢了我們前行的速度。所幸視線範圍內尚未見到其他人的身影，不管是王大爺也好，還是運垃圾的職員也好，指定都正縮在哪個地方避雨呢！

那麼，原先六樓的腳步聲，又是誰的呢？

正當我深陷大雨的手掌中難以掙脫之時，她卻越跑越自如——真真正正稱得上是在跑——甚至索性兩步變一步，好似腳下長出翅膀，又好似畫裡的神仙一般騰雲駕霧，帶著如樹葉般輕盈的身體跳躍而行，叫我好不羨慕。

看似虛無的微微日光從烏雲的縫隙之間射向地面，將光線周圍的雨滴照得如夏日的螢火般閃閃發亮。她在其中，光點彷彿她的碎片，標記出她前行的軌跡。她踩著地面的積水，發出與銀河倒瀉交相呼應的悅耳曲聲。她迎風而行，踏雨而上，時而仰天親吻甘露，時而伸手撩動水簾。

她與這大雨同屬一個世界，這我看得出來。相較於我的掙扎，她要更加享受在雨中奔跑的感受。目光追趕著她的背影，這樣的身姿竟讓我聯想起身穿白色紗裙的芭蕾舞演員。在那麼不到一秒鐘的時間裡，我開始憧憬她的身影——從各種層面上，從不同意義上。

右眼袋的內側開始感到酸楚，嗓子眼如針紮一般刺痛。

我在後面追趕著她。腳下的爛泥依舊難纏，粘稠的衣物仍然緊束。她在雨中變得愈發模糊，仿佛仙女的殘影浮現於湖面之上，我夠不著，也觸不到。

這天底下怎會有人像此般與這冷漠無情的大雨如此合拍？我原以為人類始終是渺小的，而事實也是如此，尤其是將自己置身于自然龐大的身軀之前時。不僅是人類，雷雨將至，就連飛鳥也要歸巢，老鼠也得回窩。這是規矩，這是生存的法則。既然無力反抗，就得老實找到對策。生命的演化即能很好地證明這點。生命是一個不斷妥協的過程。直到與外界環境和內在因素達成妥協，直到你終將磨平你的棱角，好讓你的形狀與自己分配到的模子所匹配，你才能在這殘酷的世界中存活下來。少有人會傻乎乎地站出來，直面對手，做出既無畏又無謂的反抗，最終在這實力懸殊的較量中敗下陣來。

可生命就不會反抗了嗎？生命當然會反抗，其反抗的方式就是妥協。不斷地對新的挑戰進行妥協，就意味著不斷地反抗。

只不過，當我在大雨中追趕她的身影時，妥協即反抗的說法，就突然間變成了妥協者對自己妥協這一行為的說辭。

她與我的距離正不斷拉大。她會停下來等我嗎？我心想。她當然不會。我也不希望她為了等我而放緩腳步。她本就該像現在這樣，以至於哪怕她會被這大雨一齊帶走，我也不會感到奇怪。

我幻想著她穿上那一襲雪白的蓬紗裙，踏著由音符譜成的階梯，游走於雨霧之間，最終不斷向烏雲後忽隱忽現的太陽靠近——那或黃裡透紅或純白或漆黑或深藍或青綠的太陽。或許她能得償所願，一睹太陽的真容，弄清它內心的色彩。我期待她能凱旋而歸，告訴我她的重大發現，為我們曾經共同探討的問題填補所缺失的答案。

又或許，她會以太陽為跳板，跳到我遙不可及的地方。她會跳到日本，跳到美洲，跳到歐洲，跳到世界上的任何一個地方。

我追不上她。

美嗎？

美。

她與我不同，她擁有我所缺少的東西。

她就是我想成為的樣子。

「我啊，總是喜歡做些毫無邊際的幻想。」

我用指甲扳開裝曲奇的圓形鐵盒，將蓋子放上鋪著綠白格紋桌布的桌板。窗外不斷劃過令人心曠神怡的鄉村景色，這是作為一個城市居民所難以享有的事物之一。

我仔細篩選著盒子裡形狀各異的曲奇餅乾。有表面帶著波紋的，有棕褐色長方形的，有面上帶著白糖點綴的，有做成堿水麵包形狀的，當然也有樣式最樸素的圓形曲奇。我猶豫不決，最終挑出一塊形似奶油花的圓形餅乾。

克拉拉用桌上放著的開瓶器撬開玻璃瓶橘子水的瓶蓋。「人人都愛幻想。」

「這不一樣。」我咬下一口奶香濃郁的曲奇，餅乾碎不聽話地掉在我的黑色運動褲上。「人們知道他們的幻想只是幻想。而我卻喜歡把幻想當真，並將自己由幻想所產生的感情移植到幻想本身。我執著於此。」

克拉拉將服務員給的吸管插入玻璃瓶中，以小貓喝水的量微微吸上一口，又從我推到她面前的鐵盒裡選出一塊可哥味的曲奇，一手端在曲奇下，輕輕咬開餅乾的邊緣，細細咀嚼一番。零星的碎渣按照計畫落在她另一隻手的手心。「要是有奶茶的話，那就好了。」

身後的座位傳來嗑瓜子與說笑交雜的聲音。身穿軍大衣的瘦臉男人正一本正經地向螳螂頭形狀腦袋的男同伴介紹自己在內地的節能燈生意；我的前方——也就是克拉拉的身後——坐著一名頭包紅色紗巾的中年婦女，她身著深綠色棉襖，手裡捧著個黃白相間的玉米棒；中年婦女再過去的一桌，兩個灰頭土臉的年輕人一邊吃著供應的餛飩面，一邊玩著手中的撲克牌。整節餐車裡就坐了這麼些人。這列綠皮火車不緊不慢地由沿海駛向內陸，期間不時還會在某個車站停留個兩三小時。距離到達鎮上還有差不多五個多小時。要如何打發這五個小時的時間，我與克拉拉達成一致，既然難得坐趟綠皮火車（我與她近些年凡是出行，都會各自不約而同地選坐飛機這一省時高效的交通工具）就乾脆來趟餐車，感受下許久未有的餐車就餐體驗。至於接下來的時間該怎麼辦，等吃完飯了再去考慮。

可這設想倒是十分不錯，兩人到這兒一看，才發覺情況複雜。這功能表上的食品要麼不對彼此的胃口，要麼就是標價貴得離譜，簡直比長江上的輪渡還要漫天要價。不划算，我與她得出這一共識。可既然人都來了，總不能再灰溜溜地跑回自己的座位。若是這樣，我倆二人的面子上都過不去。儘管我們人生前半段的遭遇迥異，可面子對彼此來說都同樣重要。況且說，長途奔波，我們也都有些饑腸轆轆，的確是該吃些什麼了。於是乎，我們便合著一塊兒買了盒藍罐曲奇，她又額外要了份冰鎮橘子水。

「大冬天喝冰的，小心壞了身體。」我以一個大她九歲的年長者的身份如此告誡她。

她卻不以為意，「只要思想尚未腐朽，意識依舊健在，那就算喝壞了身體也無妨。靈魂得到滿足就好。」

我抬眉閉眼，輕微擺頭。

她總算吃完了拿在手裡的曲奇。

她從桌上抽出一張餐巾紙，將手心的餅乾渣倒在餐巾紙之上，隨即又將紙巾包裹起來，做成福袋的樣子，再用福袋的週邊輕輕擦拭嘴角沾上的細碎。

「後來怎樣了？」她問，「鑰匙還回去了沒有？」

我又拿起一塊表面有白糖的曲奇，「還是還回去了，只不過……」

我們總算是來到了門衛室的附近。我一腳站進自行車棚的遮擋下，她卻悄悄朝門衛室的外牆靠近。崗亭的門外倚著一把從未見過的深綠色雨傘。

我也緊隨她的身後，貼著牆根蹲行至門外。裡面傳來兩個男人的交談聲。

「這可怎麼辦是好？」王大爺帶著急躁的語氣說，「若是領導知道我擅離職守導致校園失竊，那我的飯碗可就保不住啦！」

「您先別急，」另一個令我熟悉無比的聲音發話了，他操著一口難懂的普通話，「我剛剛上去時並未見到有什麼異常。再說這六樓無非就是些辦公室雜物間禮堂之類的，若是真的失竊，找到失主也並不是什麼困難的事情。只要找到竊賊的目標，就能以此推理出可疑人員。您說對嗎？」

我和她面面相覷。

「對了，這備用鑰匙先還給您。」姓陸的數學老師說罷，裡面便傳出了鑰匙相碰所發出的似風鈴一般的聲音。

我忍不住直起腰，通過崗亭的窗臺朝裡看去。可還未看清什麼，就又被她拽了下來。

這麼一來，原先走廊上的腳步聲，便是這陸老師了。

「您先等一下，」王大爺又說，「雖然這雨是大，可我還想勞您再幫我去六樓跑一趟，檢查一下各間房室。我知道這會耽誤您不少時間，可這也是無奈之舉。我作為這學校的看門人，按理說不能擅自離崗，空留這無人的崗亭。既然我此前已經犯了錯誤，這下可不敢再重蹈覆轍了。」

「您多慮了，我當然願意幫您這個忙。若是沒什麼問題的話，我這就去。」

「可真是太感謝您了！」

木板門的門把手被人轉開，我與她趕忙躲進另一側拐角，藏進那一排自行車後，透過車軲轆的間隙觀察著門後的情況。

圓滾滾的謝頂男人從崗亭裡走出，伸手去拿門邊的雨傘，隨後撐傘走入雨中，腳下的水花如節日的煙火一般絢爛綻放。他絲毫不曾想過朝我們所在的這理所應當出現於此的自行車棚瞧上一眼。

我有些頭暈眼花，鼓膜不斷感到向內的緊縮感，又仿佛被誰用膠套堵上了耳道。見那數學老師走遠，她擅自行動，將鑰匙串放到崗亭牆根的草叢旁。既不會藏得過深以至於難以被人察覺，又不會顯眼得太過於突兀。

就這麼看似草率地處理完畢，她回到我身邊，問我會不會翻牆。

「翻牆？」我盯著她，不禁發出聲音。

她立馬用滿是雨水的手掌堵在我的嘴上，舌尖品嘗到酸苦交加的奇怪味道。

我又將眼珠瞥向身旁的圍牆。鐵欄杆組成的圍牆高兩米往上，欄杆間的細縫不足以我們其中任何一人鑽過，欄杆頂上又被設計成古時打仗用的長矛般鋒利的尖頭。

我絕望地搖頭。

她歎氣，隨後不再捂我的嘴，而是將嘴唇貼到我的右耳，使我不免雙頰發燙，手足無措，內心宛如被夾在磁鐵之間的指南針一般忐忑不安。她通過親密的耳語，將自己的計畫和盤托出。

我雖有疑慮，卻也表示贊同。這或許是現階段而言唯一可行且成功率較高的脫身辦法。

我們開始行動。

由她打頭，我殿后。我們像此前那般貼著崗亭的牆邊蹲走，以確保崗亭內的王大爺不會發現我們這兩個年輕「竊賊」的身影。走到門邊時，她停了下來，好似執行任務的特工一樣將自己露出的輪廓減到最小，歪頭朝門內看去，之後又不回頭地用靠近我這一側的手急促地筆劃，招呼我行動。我領會其意圖，忍受著牙根的酥麻和短時的呼吸不暢，手腳並用跑到門的另一邊。她見我過來後，則不再蹲步，而是稍微起身，好讓雙腿能更加自如。她弓著身子，以矯健的小碎步跑過門口，來到我的前方。

我們又接著按老樣子貼著牆移動，繞著崗亭走了一圈——所幸數學老師的大駕光臨使得崗亭邊的校門此刻正朝外大開——最終繞到了學校外側。

王大爺在裡面碎碎念，生怕自己被學校開除，那樣一來，家裡的老婆孩子可就要勒緊褲腰帶過日子了！

擔心這兒擔心那兒的王大爺自然顧不上滂沱大雨中崗亭的牆根是否有兩名本校的學生從他眼皮子底下溜走。可勝利的曙光雖近在咫尺，卻尚未真正到手。我們一刻不停地朝大爺原本小憩的榕樹後跑去。三人寬的榕樹身軀足以為我們提供一個稱不上完美卻也差強人意的臨時庇護所。

她打了個屋簷下的窩中雛鳥叫般的噴嚏。

我說，希望學校不會查到我們頭上。她說當然不會，我們一沒偷二沒搶，僅僅只是借用了學校的鑰匙，在按理說不該進去的時間跑進了學校，享用了一下學校作為公共設施的作用，算不上什麼大事。況且，他們就算要查，也找不出能夠指明入侵者身份的證據。

「可不管怎麼樣，我們這也算是蔑視規則的行為吧？」我引用虎背熊腰臂膀粗壯的女校長平日裡常愛提到的概念。

「不是你先提出來的嗎？」

「沒錯是沒錯……可真的做過了，卻總會心有餘悸。」我用雙手在褲腿兩側抹了抹，以此擦去手心鹹酸相交的液體。擔心是擔心，不過能從王大爺眼皮子底下全身而退，仍然叫我感到渾身上下異常輕鬆，甚至有點輕鬆過了頭，以至於總感覺人就要順勢飄浮起來，最後被卡在樹枝中間。

「我喜歡這樣。」她卻說。

「真是不敢相信。」

「不敢相信什麼？」

「不敢相信你喜歡做些偷雞摸狗、視規則如空氣之事。」

站在樹下，落到身上的雨水變得溫柔不少，可畢竟是雷雨天氣，也多少伴隨著被閃電擊中的風險。

她也想到這一點，便帶著我重新回到雨中，回到她的世界。她邊走邊開口，絲毫不介意雨水流進自己的口腔。「正是因為有規則存在嘛！」

我不解，卻又不想發問——其實是沒法兒張嘴——只好沉默應對，等待她的下文。

她又開始解釋說：「正是因為有了規則，我們的行為才變成偷雞摸狗的呀！你想想你想想，若是沒有規則，天底下就不存在什麼非法的事情了。因為就連法都沒了，哪來的非法一說呢？但是我偶爾就會想，你說這些大大小小的規則——無論是學校裡還是法律上——都是由誰以什麼樣的標準去制定的呢？為何他們規定我不能做某事，我就不得不老老實實遵守呢？你說說你說說——要是事關大是大非也就算了，可這是非又是誰說了算呢——這些條條框框，真的都與是非有關嗎？我看多半是為了方便！方便學校的管理，方便社會的秩序，方便我的家人們過上安安穩穩的日子，避免節外生枝。但這就代表著我一定不能做些規則以外的事情嗎？就算我做了，又能——」

「慢著！」我再也顧不得雨水的沖刷，張嘴朝身前抒發自己閒暇思考所得想法的她大喊，嘴裡再次咬住了自然之軀的皮毛。

她就此打住，困惑地回頭看我。她仍未意識到事情的嚴重性。

「錄影帶！」

我幾乎就要哭出聲來。

「可以預見的結果。」克拉拉將喝剩一半的橘子汁推向列車窗臺的一側。

我也講得有些渴了，便又去買了瓶五塊錢的蘇打水，順帶向乘務員要了個紙杯，就這樣一手捏著紙杯，一手握著蘇打水的塑膠瓶，回到了餐台。

「介意我倒一點橘子水嗎？」我問她。

她左手手肘搭在桌板邊緣，用手掌托腮。「請便，只要你不介意就行。」

「當然不。」我說罷，便伸手去拿染上黃昏色彩的玻璃瓶，取出吸管，隨後往空紙杯裡倒上約三分之一的橘子水，再重新將吸管放回玻璃瓶內，交還給她。

她敷衍地一笑，便再次沉浸在窗外移動的景色中去了。

「你說，這是可以預見的結果？」我擰開蘇打水的瓶蓋，將紙杯剩餘的空間用蘇打水填滿。

她下巴不動，動的則是上顎連帶頭顱的極大部分。「凡是故事，都需要像這樣的挫折與難題。不然的話，就是食之無味的清湯寡水，聽來也沒有意思。」

「可是，」我喝一口調配好的飲料，「我只是在陳述曾經發生過的事實，並不是有意要娛樂誰，我也並不認為自己的故事就有多麼富有趣味——雖然我的確聽過某些更加毫無轉折缺乏亮點的無聊故事。」

「只要聽者覺得有趣，那就萬事大吉。」她的面部開始如萬花筒般展現出細微又豐富的變化。只可惜，桌板上的立牌清清楚楚地寫著，餐車內並不允許乘客吸煙。為了轉移注意力，她又看著我說：「作為一名業餘寫手，你該知道當故事遇上難題時，讀者接下來應該期待些什麼吧？」

我不敢肯定。「難題帶來的後果，以及應對難題的辦法？」

「Oui。」

「什麼？」

她沒有搭理我的無知，「現在，就請你這位conteur來揭曉謎底吧。」

我們相對立於雨中，好似平原上兩個斷了線的電線杆。

「你說什麼？」她問。

「錄、錄影帶！錄影帶！」自己的舌頭開始打結。

「錄影帶怎麼了？」

「落在那兒了！」

「禮堂裡？」她走到我面前。

「大概……」我低頭，不敢看她的眼睛，彷彿面對的不是她，而是發火的母親。

「那就回去取。」她斬釘截鐵。

我這才敢看向她在雨中依舊粉嫩的雙唇。「回去取？」

「不取回來的話，遲早要暴露的。」她說，「你想想，這鎮上能弄到錄影帶的——更何況是國外帶回來的錄影帶——能有幾戶人家？只有你家！」

我在腦中搜索一番鎮上認識或不認識的住戶，發現的確如此。

「可是好不容易出來了，雨又一直下個不停，現在還多出一個謝了頂的數學老師，該怎麼回去取？」

「老樣子，」她說，「辦法自會有的，交給我就好。」

「交給你就好？」我將視線移向她的雙眸。

她作勢就要往回走。「兩個人未免目標太大，行動也不方便。」

「可畢竟是我的錄影帶，也是我帶你來的……」

「廢話太多啦！小公主。」

小公主？

她接著說：「你就回家等著我把錄影帶送回來吧！不然阿姨也要擔心了不是？事情要是鬧大了，才不好收場呢！」

我還未來得及做出決定，她就再次化身雨中的魚，以常人無法追趕的速度自由地游向校門的方向。

我只得隨她去好了。可自己出於放心不下，又不想直接回家，只好在學校附近找了個能夠避雨的地方，遠遠望著學校的大門。我站的屋簷下原本是一家生意蠻紅火的早餐店，只不過店主一般做到上午十一點，只要賣完當天的份量，就立刻關門歇業，直到第二天一早，再開門接客。正因如此，我才能夠毫無顧忌地站在店面的門口。

我瞧見一個小小的黑色身影出現在崗亭的牆腳，又一點一點轉進我看不見的地方。王大爺坐在崗亭裡面，只從窗臺露出一個黑豆大小的腦袋。儘管如此，我仍舊懸著一顆心，生怕王大爺觸了電似的突然跳起，隨後發現牆外的黑色身影。

萬幸的是，我的擔心並未真正發生。

看樣子，她順利通過了漫漫長路上的第一道關卡。

我靠在早餐店外的柱子上，雙手抱住自己的兩臂。烏雲彷彿落到了我的額頭，壓得我抬不起眼，就連眉骨也似乎承擔不起這烏雲的重量，就要斷裂開來。

她現在，應該正帶著曼妙的身姿，跑在空地去教學樓的路上。

我的雙腿肌肉開始酸痛，自己便用手不斷捶打大腿兩側，可這樣一種酸痛感不但尚未有所緩解，下半身反而就要融化成一灘髒水一樣。這麼著，我也站不動了，乾脆就後背貼著石柱向下滑落，一屁股坐在地上，然後將雙腿伸直，攤在眼前。

我氣喘吁吁，渾身開始莫名其妙地起了好多雞皮疙瘩。

若是一切順利，她現在已經開始攀登起教學樓的樓梯了吧。

我開始想像回家後被母親臭罵一頓的情形。又或許，她會不會因我的突然離家出走又被困雨中而感到擔心呢？我又該說我去了哪裡好？

我跑出家門，想上街散心，卻不巧突降大雨，被淋了個猝不及防，淋成個河裡的小妖，淋成個上岸的水獺。為了避雨，我跑啊跑，卻因雨霧而迷失了方向，跑進了鎮外的農田。農田裡有口暗井，我不慎掉入井中，卻陰差陽錯來到一片樹林。樹林無雨，花開得正豔，鳥獸齊鳴，叫個不停，好似在歡迎我的到來。我循聲而去，發現一條泛著金光的小溪。小溪清澈見底，裡面有魚。俗話說，水至清則無魚。可這眼前的景象，分明就是對此古言最好的反證。我好奇，便蹲下去瞧。誰知身後突然刮來一陣陰森的妖風，將我捲進溪中。魚們四散而逃，我奇跡般地沒有受傷。清涼的溪水滋潤我的肌膚，洗淨我身上的酸雨與污漬。我試圖站起，卻難以行動。溪流推著我去到樹林深處。在這裡，我見到了雙足行走的巨大老鼠。老鼠們手持武器，列隊而行。我被一塊石頭抵住身軀，總算能夠借力起身，淌過流水回到岸上。我躲在樹幹之後，觀察著老鼠們的一舉一動。它們行軍的方向，是山腳下似洞穴的峽口。我跟在它們身後，只見隊伍兩列並一列，它們一鼠接一鼠地走進峽口。峽口那頭忽隱忽現朦朧的亮光。待老鼠們消失在峽口中，我也斗膽走進僅一人寬的神秘通道。往前走了數十步，原本狹隘的通道突然豁然開朗，眼前一片繁榮的鄉村景象。花香四溢，炊煙嫋嫋，時間仿佛都因此而慢了下來。然而好景不長，老鼠大軍開始四處燒殺搶掠，用它們手中的武器搗毀地裡的莊稼，掀翻草房的屋頂。尖叫聲不絕於耳。我不禁怒火中燒，這些老鼠為何要平白無故破壞這一片和平景象？我隨手抄起腳邊草垛上放牛人的號角，用盡全身力氣吹出悠遠的響聲。這號角似乎有某種老鼠們無法抵抗的魔力，它們紛紛放下手中的武器，四腳著地呈跪拜姿勢，恢復其最原始的狀態。村民們趁機著手反擊，他們用鋒利的砍刀與巨斧劈開老鼠的頭顱，又用鐮刀和鐵錘將老鼠的身體割成肉塊、搗成爛泥。紛爭結束，動亂平息。村民們獲得了最終勝利。他們其中一些人找上我，向我表達感謝，並向我提出懇求，讓我留在此處，通過我與號角之力，保護村子不受侵犯。我雖很想盡一份力，卻終歸是要回家去的，不然家裡的人們指定會擔心不成。他們面露難色。就在這時，另一撥村民趕了過來，義正言辭地指出這號角歸村子所有，我擅自拿來使用，便是強盜行為。我如墮雲煙。他們提議將我趕出鎮子，而早先來的那批村民又始終寄希望於我與號角的魔力。於是，爭端再起，兩撥村民吵得不可開交，最後竟大動干戈，隨即又是一場腥風血雨。我想乘亂逃脫，卻又自覺對此負有責任，便只好盡力說服兩方重歸於好。無人聽得進我說的話。他們你一刀我一劍，死的死，傷的傷，卻仍不停歇，好似本就因此而生。最後待到夕陽落下，黑夜將至，雙方總算分出勝負。意圖驅趕我的一方將另一撥意見不合的村民趕盡殺絕，遂將矛頭指向本是英雄的我。我借這黃昏下草木的狹長黑影成功脫身，回到來時的峽口，逃離被落日染得鮮紅的人間地獄。他們沒再一路追趕，或許是他們無法離開。與世隔絕，便是他們得以生存的最佳保護傘。而一旦失去了這樣的庇護，他們的世界就會由內至外分崩離析。臨走之前，我將號角留於村裡，並未帶在身上。我已盡到了自己該有的責任，剩下便由他們自生自滅好了。能否妥善利用號角，找到其內在的真諦，也只能靠他們自己。就這樣，帶著此般覺悟，我沿著溪流的方向行走，不巧遇上一隻落單的老鼠。它手捧經文，為樹林萬物佈道。我向它告知村裡的慘況。它只是微微低頭，默默接受。隨後才說，它早已預知這一後果。戰爭即毀滅，它對我說。我問它，既然如此，為何不事先制止自己的同胞。它卻說，渴望戰爭的頭腦聽不進外人的勸告，願意接受勸告的又只有本質上厭惡戰爭的頭腦。因此，勸說全乃無謂之舉。該發生的，遲早會發生。戰爭之惡魔只會暫時休歇，永不會消亡。我沉默，後又提出自己的拙見。想要根除戰爭，須要找到其根本的源頭，只要掐滅火苗，森林便能免受烈火洗禮。它合上經書，稱我的想法太過於單純。它說，戰爭的源頭藏在我們的內心。我們無法通過自我的雙手去剖開胸腔，挖出心臟，根除戰爭之苗。有心便有戰爭，我總結道。它擺手，表示其實不然。這源頭雖無法被澆滅，卻可以被抑制，被禁錮，被關押至心的最底層。我們為其拷上腳鏈，束起手臂，讓它無法蠢蠢欲動，只得老實待在黑暗之中。我問此方法是否可行，它說一切取決於個人意志。你若是想，萬事皆可實現；你若是不想，就連眨眼都是天方夜譚。它說罷，又開始為樹林佈道。我謝過它，繼續踏上征途，一路回到了家中。

迎接我的，一定會是母親那強而有力的一巴掌。她定會識別出我這瞎編亂造的《桃花源記》低劣翻版。

人在思考的時候，時間往往過得飛快。距她闖入校園，已經過去了將近四十分鐘。原本嚇人的雨勢也漸漸平息。由於極度擔心受怕，我渾身發冷，身體內部好似連吞了數十個雪球，導致胃部也有些痙攣。我反胃，耳鳴，大腦因胡思亂想而超載升溫。皮膚如被火燒灼一般疼痛，就好似我真的經歷了村民的鬥爭一樣。

她究竟遭遇了什麼？我開始設想種種可能。

或許她剛潛進校門，正要去取牆邊的鑰匙時，就被誰逮了個正著。可若是果真如此，王大爺也不會若無其事地坐於崗亭之內；或許她成功取到了鑰匙，卻在雨中奔襲時被原本愛戴她的大雨所拋棄，隨即腳下一滑，摔斷了骨頭；或許她平安無事地穿過了空地，卻在樓梯口遇見了那個頭髮稀少的數學老師，被抓了現行；或許她成功避開了數學老師，回到了六樓禮堂，卻發現那位頭腦清晰、擅長玩弄數學於股掌之中的大師正狡猾地在六樓守株待兔，她同樣被當場捉住；或許姓陸的老頭並沒有聰明到這個程度，她順利走進了禮堂，卻怎麼也找不到錄影帶，導致她心慌意亂，在回來路上忘記了謹慎行事，最終還是落到了數學老師的手中；或許她的確找到了錄影帶，卻在準備下樓時與數學老師不期而遇，情急之下她頭腦一熱，爬上走廊的外牆，從六層樓高的教學樓縱身一躍，最後摔了個血肉模糊⋯⋯

越往下想，我就愈發感到呼吸不暢。若是她死於非命，那我也一同死了算了！

我的雙手開始顫抖，下唇被自己咬到失去知覺。最後，我乾脆將腦袋左右一甩，不再去想這些有的沒的，只在內心默默祈禱，那個小小的黑色身影能夠重新出現在崗亭的牆腳。

可時間正大步流星地朝前走著，天空送走了烏雲，迎來了黃昏的彩霞。誰家的狗在叫，柴火味又一次飄滿鎮子的每個角落。路邊的草叢裡開始冒出白白的蘑菇，火紅的夕陽逐漸隱退，留下藍黑色的夜。一輪似月亮的圓盤掛在半空中的位置，周圍點綴著似星星忽明忽暗的銀色光點。

我始終未能等來她的身影。

8

頭暈目眩。

我將將奪回意識的控制權，將視線聚焦於眼前。

牆壁，牆壁，牆壁。

一個密閉的房間。

鎢絲燈泡，鐵制長桌。簡潔，乾淨。

我朝身下看去，一把與房間如出一轍的嚴肅鐵椅。我的對面，對稱地擺著另一把鐵椅。上面無人。

跑！

有聲音朝我喊。

跑！

往哪裡跑？我顧不得那麼多，先熟練敏捷地讓自己向上飄起，在空氣中繞房間一圈。沒有出口。

往哪裡跑？

無處可逃。

跑！跑！跑！

她似乎在催促，又似乎在哀求。

我這才明瞭，我獨立於物質的束縛，我是不死之意識。

我沉住氣，向前加速，穿牆而過，毫無感受。

外面是走廊，一眼望不到頭的無趣走廊。走廊的兩側牆壁上，掛有描繪各地風土人情的油彩畫作。它們被刻有華麗雕紋的金色木框裝裱起來。走廊的地板上鋪著阿拉伯風情的紅色長絨地毯，上面印有黃黑交映的圖案。走廊的天花板上，如教堂般用絢麗的色彩畫出各色神話故事，每隔五米就會垂下一盞體態豐滿的水晶吊燈，放射出晃眼的光。

走廊的右側傳來軍鼓般的腳步。

跑！

我開始向著走廊的左側逃竄。

至於到底為何要跑？我不知道。只是有人叫我跑，我便得跑。

歸根結底，這是人的本性。在缺乏必要資訊時，就只好遵從別人的命令。

我只是羊。你我大家都是羊。

我掠過那一幅幅或生動或肅穆的畫，卻怎麼也擺脫不了後頭的追兵。腳步好似自己的名字，如影隨形。

這走廊怎麼也跑不到頭。

我試圖像此前那般穿牆而過，卻被看不見的磁場所排斥，又一次彈回了走廊的中央。

一隻比枯木還要醜陋的長手伸向了我。

它勢要抓住我的意識。

我慌亂，轉身面對那只手，一面加速向後飄去。

我看不見那長手後的主人。

總算與它拉開距離。

我重新面向前方，利用這一被限制的自由，穿梭於走廊中。

盡頭，盡頭。我在尋找盡頭。

沒有盡頭。

跑！

奔波之時，我注意到左側一幅奇怪的畫。畫裡有四個身裹白布的骷髏，它們一個雙腳叉開，膝部彎曲，呈舞蹈姿勢；一個手持撥絃樂器，彈奏樂曲；一個側臥在地，單手扶額；一個彎下脊柱，去拾地上的紅色小花。四個骷髏的中央，是一塊半人高的黑色石塊。石塊成站立的長方體狀，上面既無刻字，也無花紋。

我在兜圈。

此前的我就已經在路上見過此畫。

我在兜圈！

無論我怎麼跑，無論我怎麼躲，都會回到最初的起點。我不過只是在兜圈而已！

跑！

我只能跑，我必須跑，我不得不跑。

若是不跑，就必定會被那長手追上。而我不想落入那長手之中，失去這來之不易的自由。

我得跑，我必須得跑。

儘管被這走廊限制了路線，儘管只能不斷兜圈。

第三次遇見那幅畫。

四個骷髏在笑我。它們早已對我見怪不怪。它們奏樂，它們起舞，它們為我獻上鮮花。

我得跑。

第四次與它們相逢。

我朝它們微笑，接著向前。

身後的長手從未露出停下的跡象。

只要我一直跑，勝利就終將屬於我。儘管無法逃脫，儘管永無停歇之日。只要我一直跑，自由與不朽，就終將屬於我。

第五個輪回。

起點即終點。

漫長的旅程總是以疲憊相隨，可我卻不曾感覺到累，疲乏乃是肉體的瑕疵，而我早已拋棄了肉體，便不再有此般困擾。我也得以一刻不停地跑啊跑，只要能夠跑贏那只手，勝利便屬於我。

第六次。

我與骷髏們的第六次相遇。

我開始質疑自己這一行為的合理性。如此這般永無止境地迴圈再迴圈，繞圈再繞圈，是否真的存在意義？

且慢，此刻的我早已失去肉體，而失去肉體的意識所作出的看似存在的行為，又是否能夠真正將其稱之為行為？

既然稱不上是真正的行為，那是否能就此反推，從而以非行為性逃離這走廊的陰影？

此題無解。

一旦走進，就無法全身而退。

第七次。

走廊迴響起聖誕頌歌，讓人彷彿置身于滿是節日氛圍的冬日小鎮。人們載歌載舞，歡聲笑語，孩子們在床頭掛上襪子，等待聖誕老人送來禮物。

我跑啊跑，一如那頭上長角的馴鹿，拉著雪橇在空中翱翔。

愚蠢的人類，創造出虛構的人物，並對此深信不疑。所謂宗教，所謂信仰，所謂榮譽，所謂使命，不過是用來蠱惑人們勇敢赴死的工具。

虛假的希望，支撐著陷入苦難中的人類社會趔趄向前。

自欺欺人。

第八次。

骷髏們依舊看不出一絲悲傷的情緒。

到底是什麼讓它們如此開心？

是我在奔跑，是我在此消耗光陰。

不，不，你們錯了。我笑骷髏犯了傻。

時間是物質的。物理上的損耗標示了時間的存在。生老病死，宇宙膨脹，變化才是時間的顯影水。而我是意識，是帶著思想的自由的意識。獨立於物質，我的存在即是永恆。面對永恆，時間的概念也就缺失了其意義。

所以，你們就笑吧，你們儘管放聲地笑吧！

第九次。

我受夠了。

你們這群留在帆布上的假像！你們有什麼資格在那兒歡天喜地？儘管帶著那塊奇石逃之夭夭吧！

我趁長手尚未趕到身前，便蓄力朝那幅可憎的畫俯衝下去。雖然已經做好再次被磁場拒之門外的覺悟，可沒想到，這幅畫竟反其道而行之，將我吸了進去。

噪音，閃光，一齊登場。

沉睡的巨人即將蘇醒。

跑！

再一睜眼，自己躺在敞篷車的副駕駛上，車頂已被打開，從這兒能清晰地看到沒什麼可看的水泥色天空。身旁的駕駛座上，坐著一位吸煙的女子。她見我醒來，吐了口煙，問我感覺怎樣。我說還行。

「還行就好，之前突然就暈倒了，可把船員們嚇壞了。」克拉拉說完，又嘗一口細煙。

我坐直腰背，此時已不在輪渡上。克拉拉的紅色保時捷正停在一處能瞧見江景的空地裡。

「這是哪兒？」我問。

「崇明，我們上岸了。」

「我睡了多久？」

她抬眼，看向擋風玻璃的上沿。「將近兩個小時。」

「這麼久？」我揉了揉眼睛，「這期間沒發生什麼？」

「發生什麼？當然有。」她用小煙灰缸掐掉煙頭，「還記得之前那個男人嗎？」

「瘋瘋癲癲的那個？記得，當然記得。」我說，「就是因為他，我才突然昏睡過去的。」

「我也覺得奇怪。」她從腳邊摸出一瓶礦泉水，把它遞給我。「一見你暈倒過去，他就走了。」

我接過礦泉水，向她致謝，隨即擰開瓶蓋。「去哪了？」我問，後又大口往嘴裡灌水，好似獨自在沙漠走上三天三夜，在危在旦夕之時，總算發現了沙漠中央屹立的一台自動販賣機。雖然不合邏輯，卻恰到好處。

「不知道。」她聳肩，「按理說，就算是碰上陌生人在面前暈倒，也應該迫於社會壓力假模假樣關心一下才對。船上的工作人員倒是比誰都緊張，生怕在他們的崗位上出現問題。他們一個個過來詢問情況，甚至提議立刻返航，聯繫救護車。但我告訴他們，這屬於正常情況，不用大驚小怪。」

「你又怎麼能確定這是正常情況？萬一我真的出了什麼問

題，需要得到及時救治，你這一來不就把我耽誤了嗎？」

「不，我能確定。」她笑著說。

「憑直覺？」

「憑你所講的這幾日的經歷，外加一點個人的直覺。」

「只是一點？」

「Oui。」

「什麼？」

她打開音響。「這次又遇到什麼了？」

「沒什麼——」我說，「知道那個男的後來去哪了嗎？」

「沒注意，怎麼？」

「應該跟住他的！」我稍不注意，音量就有些外溢。

克拉拉露出少有的委屈表情，也略帶一絲疑問。

「你有注意到他手上的那一串東西嗎？」我問她，「那就是導致我暈倒的直接原因。」

克拉拉不做回答，只是小幅度搖著頭。

「不管了，」我擰緊瓶蓋，將瓶子攥在手裡。「先按原計劃行事。你知道具體位址吧？」

「放心，早就瞭解清楚了。」

「謝謝。」

「不用客氣，」她啟動引擎，「完事之後，請我吃晚飯就好。餓了，想吃意面。」

「都好說。」我系上安全帶。

她驅車上路，音響裡顯然換了一張唱片。從古典變成了皇后樂隊的*Seven Seas of Rhye*。

第一次坐敞篷行駛的跑車，我還有些不太適應，尤其是那大得嚇人的風噪。也正因如此，她才將音響音量調到高於正常範圍許多的數值。

她將速度控制在六七十邁上下。一是方便二人能夠正常溝通，二是避免違章超速。

大約又過了三十分鐘車程，我們總算是抵達了目的地。

這是一棟看著像已經荒棄的三層水泥樓。

「你確定是這裡？」我問。

克拉拉熄掉引擎。「我還想問你呢。」

我打開車門，下車的第一件事便是活動筋骨，甩一甩胳膊，抖兩下腿。

通往大樓門前的石板小路被肆意生長的雜草藏了起來。我避開長得過高的草堆，來到鐵板門前。克拉拉鎖上車門，點上細煙，不緊不慢地晃了過來。

門上貼著手掌大的五顏六色小廣告。有疏通下水管道，有處理違章繳費，有代辦學業證明，有治療婦科疾病。沒有一個與華東奇石協會有關。

克拉拉在身後哼出*Caromioben*的旋律。

我試著向裡推門，沒有反應。

「有鎖。」克拉拉指著門下的草叢。

「有鎖？」我蹲下去看，才發現有個早已變成紅鏽色的門閂牢牢插進地裡的凹槽中。

我用手去拔，門閂卻遲遲未動。我加大力度，搖身一變，成為學校運動會上試圖在師生面前為兒女出盡風頭、在拔河比賽上拼了老命、面目猙獰手心出繭的中年男人女人們。可門閂依舊對我的努力視若無睹。它比我還要倔強。

試罷三回，我舉手投降。自己終究不是舉鼎的項羽，沒那個力拔山兮氣蓋世的本事。

我為自己的無力而深感憤怒，便一腳踢上鐵門，厚實的皮靴敲響寺廟的大鑼，我的腳趾卻遭了殃。我鼓起腮幫，硬生生將疼痛的蛛絲馬跡從臉上憋回身體。這好似大錘落下的疼痛使我愈發生氣，我朝鐵門大吼，至於吼的內容，就連我自己都不知道。姑且可以將其理解為一種確認樓內是否有人的手段。

克拉拉雙手插進大衣口袋，這下開始哼起《阿萊城姑娘》裡的《法蘭朵拉舞曲》。

我後退兩步，觀察大樓外部。門的兩側各有一排經風雨洗禮偽裝成琉璃質地的玻璃窗戶，看著就不像有專人天天清洗。我低頭，草叢之中有個傾倒的深綠色啤酒瓶。

「克拉拉。」我叫她，她用哼歌的曲調做出回應。「方便扒窗嗎？」我問道。

「無所謂。」她說。

我彎腰去撿那玻璃酒瓶，隨後示意克拉拉與自己保持距離。

她沒說話，卻配合地默默走開。

我又連續後退幾步，一連退到距大樓五米開外的空地，隨後掄起胳膊，將酒瓶朝左側玻璃窗的方向狠狠甩去。

浪漫的水晶綻放聲。

玻璃窗被我用人類高度發達的智慧所成功擊碎。光靠蠻力不足以展現我作為人的一面。這也是為何項羽最終會被逼至吳江，四面楚歌。

我洋洋得意，大步走回作為失敗者的大樓面前。我手扒窗沿，卻不巧被玻璃渣劃傷。原先的趾高氣揚也一併隨手掌的鮮血流出體外。

克拉拉慢慢悠悠跟上來。

「玻璃渣太多，」我轉身對她說，「比較困難。」

誰知克拉拉卻若無其事，她用眼睛指了指其中一邊。「那兒不是還有個側門嗎？」

「側門？」我三步變兩步跑到大樓的另一側，果真還有個上了鎖鏈卻依舊半開的對開門。克拉拉的白色運動鞋踩在草地上發出「沙沙」的響聲。

「怎麼不早說？」我回頭問她。

她卻歪頭，「誰讓你一下車就直奔大門來著。」

鎖鏈比較松垮，根本起不到最基本的防盜作用。兩扇門中間的空隙足以使一名成年男子側身通過。我親身試驗，果然可行。儘管鼻頭不小心蹭到鐵門的浮塵，自己還是順利地擠進了大樓內部。

一股發酸的臭豬肉味。

克拉拉進來時顯得更為輕鬆，幾乎就沒見她遇上任何困難。

大樓的一層更加是一副衰敗景象，好似一夜之間坍塌滅亡的腐朽帝國。四處散落著缺胳膊少腿的木質桌椅，地上如地球大陸般佈滿被風吹來的細沙。六根水泥柱莊嚴地立於大樓的空間中，宛如走進了古希臘的神廟。牆上成比例地在不同位置用白漆寫上意義不明的數字，一隻瘦骨嶙峋的黑貓從一台翻倒的麻將臺上仰起脖子，警惕地凝視著我們。我用皮靴掃去地上的沙塵，那貓便神經質地跳下麻將台，一溜煙跑到我看不見的位置。

「不對，」克拉拉喃喃自語，「不對。」

「什麼不對？」

「這裡不對。」

「何以見得？」

「說不出來，只是感覺不對。」

「要走？」我問。

她搖頭，「也不是，只是隨口一提。」

我繞到其中一根水泥柱後，壁上趴著一隻拇指大的美洲大蠊。這位估計就是華東奇石協會的負責人，我心想。

「有人嗎？」我大喊，聲音響徹整個樓層，隨即又無辜地跑了回來。

「顯然沒有。」克拉拉說。

「難不成，連這地址也是錯的？」我用腳跺了跺地面。

「極有可能。」

「怎麼會？」

她攤開雙手。

我們走到一處簡陋的鐵樓梯，我試探性地踩了踩，應該不會立刻垮掉。我往上走，克拉拉跟在後。我突然發覺自己視線清晰，不同於早些時候。

「我的墨鏡去哪兒了？」我猛地回頭，問她。

「車裡。你暈倒以後，我就幫你收好了。」

「哦。」我接著往上走。「眼眶會不會很明顯？」

「別致得很。」

二樓是個倉儲室一樣的地方。這裡堆滿了大大小小的紙皮箱子，有的已被人打開，有的還完好無損，盡職盡責地履行著它們原本的義務。

這裡也不像是什麼華東奇石協會的老巢。

我朝打開的紙箱裡窺探一番，空空如也，只有一個被開膛破肚的死麻雀。我屏住呼吸，將箱子踢到一邊，又去看那些沒有開封過的紙箱。我試圖移動其中一個，結果重量不輕。

我問克拉拉身上有無小刀，她說自己又不是來搶劫銀行，何必要隨身帶刀。我又問她有沒有鑰匙一類的尖銳物品，她讓我等下，隨即在大衣裡到處翻找，最後找出一串金黃色的復古鑰匙。

「這是哪個世紀的海盜留下的藏寶箱鑰匙？」我接過鑰匙，一邊問道。

「我房子的鑰匙——如果我也算寶物的話，那就是了。」

「房子？」

「我的。」

「上海？」

「沒錯。」

「家裡人的？」

「自己買的。」

我咂嘴，遂用鑰匙劃開紙箱封口的膠帶。

裡面滿是棉花糖狀的塑膠泡沫。

「我喜歡這種。」克拉拉在後面說。

「泡沫？」

「鑰匙。」

我用手撥開泡沫，底下露出一個淺黃色的堅硬物體。這是一塊表面極其圓潤的橢圓形石頭，偶有好似肥牛切片的紋路出現。

我單膝跪地，抱出石頭，又因為其重量，而不得不再放到地上。

「馬達加斯加瑪瑙。」克拉拉將頭湊到我的右肩之上。

我仰頭看她，只見她一臉認真，毫無說笑的表情。「你怎麼知道？」我問她。

「以前看過關於石頭的書。」

「為什麼？」

「這就是寫作者的職責。」她說，「凡是寫在紙上的東西，都要事先做過調查，瞭解清楚之後才能從容下筆。這也算是對讀者的負責。」

我將那什麼瑪瑙重新放回箱子裡，又轉身用鑰匙劃開另一個箱子。裡面同樣是塑膠泡沫，泡沫裡面同樣藏著一個我不認識的石頭。這塊明顯比之前的瑪瑙好看許多，呈半透明晶體狀，且在微弱的光線中透著不自然的粉紅色。

「這是粉紅電氣石，也就是碧璽。」石頭專家克拉拉向我如此介紹道。

這天底下怎麼會有如此多不同種類的石頭！

我將其搬在懷中把玩——其實就是研究——一陣，又放回它該在的位置。

這一整層樓的箱子裡，裝的多半是各類石頭吧。

「似乎被人遺棄於此了。」石頭專家不禁惋惜道。

「也許都是些挑剩下的。」我拍了拍褲子的膝蓋位置。

「剩了這麼多？」

「說的也是。」

「不過有一點可以確定。」克拉拉說。

我對此表示贊成。

這裡原先確乎是華東奇石協會的舊址，但協會現在去了哪裡，就不得而知了。

「你看的公告，是在近期的報紙上刊登的，這沒錯吧？」克拉拉問我。

「沒錯，第二次與你見面的那天。」

她若有所思。

「好像已經搬走有一陣子了。」我環顧一圈，說。

「而且搬得很匆忙。」她指了指腳邊的紙箱，「不然一定不會留下這一層樓的石頭不管，怎麼著也會找下家轉手出去，起碼能撈回一筆可觀的收益。」

「這些石頭就這麼值錢？」

「不便宜，肯定比大蔥貴。」她說，「只要成色好，或是樣式別致，顏色稀罕，一座城裡找不出第二件類似的，那價格肯定能要到很高。」

「可就算再怎麼獨一無二，這石頭擺在家裡就一定能風水興旺不成？」我問。

「只要稀奇就行，誰還管它的具體作用是什麼。物以稀為貴，可獲得的機會越小，就越能激發人的危機感，物品的主觀價值也就會相對應地有所提升。」

「簡直愚蠢。」我自歎道。

「愚蠢吧？你我皆如此。」

「那也愚蠢。」我說著，又打開了好幾個大小不一的紙箱。

她卻走到一邊，看著天花板上的射燈。

「幫我也找找。」我對她說。

她問我要找什麼，我說我要找那塊黑色奇石。

「既然人家專程發了公告——先不管那公告的時效性——就說明他們自己手上也沒有嘛！」她說。

我雖覺得這話不無道理，可還是不願就這麼離去，便又像緝毒員警搜查可疑包裹那樣，一個個箱子去翻找。看罷了各式奇形怪狀的石頭，最終還是打消了這個念頭。

「我們走吧，」她對我說，「餓了。」

我說好。

「看來今天註定要無功而返了。」臨走前，她將此話留給二樓的紙箱。

我將鑰匙還給她，與她一同下樓，回到車上。

此時已臨近黃昏，原本就陰鬱的天空變得愈發昏暗。天上下起了小雨，呈螺旋狀飄轉的落葉描繪出原本看不見的風的輪廓。

「去吃意面？」她踩下油門，問我。

「我都隨你——不過，這附近去哪兒找能吃意面的地方？」

順帶一說，這棟大樓位於一片荒郊野嶺的郊區地帶，周邊有個缺乏生氣的小村寨，除此以外，就是一片外人禁止入內的化工廠。

「只要想吃，就會有的。」她說。

保時捷911在這崎嶇不平的小路上行駛得異常艱難，路上無其他照明，就連燈杆的影子都沒見著。我們只能憑藉車的前大燈去看清前方幾米的路況。

不知哪裡傳出了猴子的叫聲。不一會兒，路邊出現一個長約兩米、將近一米高的紅色立牌，牌子上用極大的白色粗體字寫著「專業補胎」，字的下麵畫了四個橡膠輪胎的圖案，好似排隊過馬路的圓形鴨子。

她將音響音量調大，我不禁驚呼一聲。

聖桑的《骷髏之舞》。

「怎麼了？一驚一乍的。」她問我。

我說沒什麼，可心裡卻還是忍不住發毛。

我想起了那幅畫，想起了那個永無止境的走廊，想起了身後不停追趕著我的長手。

開了二十分鐘，克拉拉開始低吟。我問她要不要停下來歇一歇，她說不用。我也沒再多說什麼，只好偏頭看向窗外。與昏睡兩小時的我相比，克拉拉的今天過得可謂是十分漫長。加之在太陽沒升起來前就被我以電話騷擾打斷了香甜的美夢，我真擔心她會開著開著就一頭栽倒在方向盤上。

她此前的抱怨的確有理，我心想。若是因疲勞駕駛出了什麼事，那我倆的資本可就全都保不住了。

這麼想著，眼裡瞧見一個紅色立牌，上面用粗體白字寫著「專業補胎」，字下畫著四個橡膠輪胎，好似排隊過馬路的圓形鴨子。

這「專業補胎」的廣告做得可真廣，我在內心感歎道。

路上依舊不見文明的蹤影。

克拉拉開始打起哈欠，我不得不一直沒話找話，以使她保持清醒。我聊她的半個母語的研究，聊她對意面的執著，聊自己對湯瑪斯・曼的見解，聊月球背面的風景，聊鎢絲燈泡與LED燈管的區別，聊奪走甘迺迪性命的子彈，聊從大閘蟹裡取出法海的方法，聊德意志第三帝國象式坦克的優劣……

她最終再也無法忍受我的囉嗦，用左手把著方向盤，右手的手掌舉到我的面前，打斷了我興致勃勃地介紹自動販賣機的工作原理。

我再一看去，她的眼珠子已經隨下眼瞼一同耷拉下來，宛如萬聖節裝扮的青黑色眼袋各裝進一隻小考拉。

「喂，你沒事吧？」我擔憂地問。

「沒事，只是餓了。」她伸出來的右手不知方向地揮了揮，「一天沒吃東西。」

我問她為何沒吃早餐，她卻說考慮到我著急出發，便將早餐一事拋在腦後。

我逼她停車，抽根煙提提神也好。她卻堅持不用，稱想要趕緊吃飯。我左顧右盼，想找些零食為其補充能量，但怎麼也找不到。窗外飛過一個紅色的立牌，牌上用粗體白字寫著什麼。

「實在不行，就換我來開也好。」我如此建議道。

她用飄忽不定的聲音否決了此項議案。

我駕馭不了，她說。

我自感被人小瞧，更加躍躍欲試，想要讓她對我嫻熟的駕駛技巧刮目相看。

我向其保證自己絕對會萬分小心，並告知對方自己擁有超過十年的駕齡。

「那你的車呢？」她問。

「維修廠裡。」

再無下文。

我用手去摸身側，確認安全帶已經扣緊。夜裡開車最耗精神，這點我也可謂是深有體會。既然她不願意聽我說話，我也就只能沒事找事，分散一下自己的注意，緩解一下緊張的神經。

我開始掰弄手指。幾年前有個學生曾對我說，我的這雙手是她見過最好看的手。她問我會不會彈琴，我說會一點點。她說她也學琴，問我要不要上她家裡指導一番。我婉言拒絕，聲稱自己出於某些私人原因，現在一見到鋼琴的黑白琴鍵就會止不住腹瀉。她詫異，便再沒提過彈琴一事，只是問如此一種症狀，是否會對我的音樂教師生涯有所妨礙。我說暫且沒有。她說，她認為一個人選對職業非常重要。我十分贊同。她問我是否享受音樂教師這一身份。我說湊合。她想知道我除了音樂教師以外，是否還曾設想過其它可能的人生道路。我說沒有。她覺得十分可惜，認為我的人生過得不甚精彩。我問她精彩的人生究竟是怎樣。需要有多種不同的經歷和體驗，更要有豐富的夢想與期望，她說。我看著正值碧玉年華的女孩，向其露出以資鼓勵好讓其懷揣一顆無畏向前的心勇闖天涯的苦笑。她接著開始講起自己的人生規劃。她夢想成為一名優秀的傢俱設計師。我問為何會是家居設計師。她說她原本喜歡檯燈，喜歡各式各樣的檯燈，因為檯燈給予人光明，驅散走黑暗與恐懼，帶來溫暖和希望。可惜的是，這個世界竟荒謬到——她用的便是荒謬一詞——不曾有過——且將來也不大會有的——專門服務于光明的檯燈設計師。於是她只好另闢蹊徑，曲線救國，乾脆立志做一名傢俱設計師，待到學成畢業後，再一門心思地撲到檯燈設計上。我對其期望表達認可，並提議若是她最終成功，可否看在我們師生情一場，送我十盞檯燈，好讓我在家門口擺上兩排，這樣便再也不怕走夜路磕磕絆絆。她笑著說好，讓我靜候佳音。沒過一年，她升入高三，音樂課如往常一般像玻璃上的水漬那樣被人理所當然地從課表裡抹去，我與她也就再沒有見過面。

但願她考上了自己所心儀的大學，畢業後也能夠順利當上她夢寐以求的傢俱設計師，設計出一盞盞性格迥異的檯燈。

我不再掰手，抬頭看路。

難道全天下的路燈都被查錯日曆亂跑出來的「年」一口氣吃進肚裡了不成？

我再看克拉拉，她還在憑不知是毅力或是本能勉強堅持著。

「喝水嗎？」我問。

她腦袋一震，又說不渴。

我問她還差多久才到碼頭。她說應該快了。

應該快了。我姑且相信。

道路前方的右側立著一塊紅色立牌，立牌上用粗體白字寫著「專業補胎」四個大字。字的下麵，畫有四個橡膠輪胎，好似排隊過馬路的圓形鴨子。

應該快了？

車裡現在又放著勳伯格的音樂。

我用小拇指掏著右耳，又開始琢磨起此前大樓內的石頭。若是說華東奇石協會根本就不存在，這樣一來，那一整層樓的石頭便沒法兒解釋。然而協會現在的去向不明，又究竟是誰冒名頂替，借用協會原先的舊址和無法撥通的號碼，在報紙上刊登了求購黑色奇石的告示呢？

事有蹊蹺。

她覺得不對。在大樓裡時，克拉拉曾經說過。可究竟是哪裡不對？為什麼不對？

這問題現在一時半會兒也解決不了，畢竟這位直覺的馴化者，此時正在與自己的身體做著鬥爭。

我閉眼冥想，她卻再也沒出現在我的眼前。

不喜歡勳伯格。

我睜眼，還是不見路燈。我這才意識到那位女學生的夢想是有多麼偉大，其在人類進步的過程中，重要性堪比達爾文——某種程度上，甚至要高於相信上帝的康得。人們需要光明，人們的確需要光明。人們需要徹徹底底為光明而服務的使者，而不是讓光明成為某一事物的附屬品。

就像此刻，我與克拉拉都需要光明。我們需要光明為我們指引方向，我們需要光明為我們消除疑慮，我們需要光明使我們回到自身的世界。

路的前方出現一塊紅色立牌，上面用粗體白字寫著「專業補胎」，字的下麵畫著四個橡膠輪胎，好似排隊過馬路的圓形鴨子。

勳伯格總算退下歷史舞臺，德彪西帶著他的印象主義坐進了車裡。

保時捷以六十邁的速度向前行駛。我看時間，已將近晚上八點。

怎麼會在此處走上一兩個小時！

我努力回想來時的路程，可記憶卻格外模糊。也許同樣是因為一天沒怎麼進食，在輪渡上喝的唯一一罐六塊五的可樂還被我吐了個一乾二淨，導致自己的神情也開始有些恍惚起來。加之自己還突然暈倒昏睡了將近兩個小時……

「停車！」我突然大喊，「停車！停車！」

克拉拉沒有放緩車速，只是不緊不慢地問我要幹什麼。

「停車！先停車！」我將與人交際中的禮儀之道拋在腦後，如此命令道。

「怎麼回事？」她問。

「我們在兜圈！」

「兜圈？」

「兜圈！我們一直在兜圈！」我瘋了似的叫道，「那塊紅色的看板！」

「看板？怎麼會——」

克拉拉話音未落，只聽砰地一響，車頭向右陷去，我趕忙緊抓扶手，同時將頭擺向駕駛座的她。克拉拉突然被這沉悶的爆炸聲驚醒，她雙手把住方向盤的兩側，同時操作縫紉機一樣有節奏地踩著剎車踏板，車身搖搖晃晃，速度慢慢降低，最後總算有驚無險，停在了路邊。

我們各吐一口氣，雙雙解開安全帶，開門下車。只見右前輪的橡膠圈已經脫離於輪轂，獨自指向偏離輪轂右側四十五度的方位。

所幸車速不快，我暗自慶倖。

克拉拉在一旁點燃細煙，拿煙的左手搭在橫擋在胸前的右手手背上。

「有備胎嗎？」我問她。

「這車沒有備胎，」她說，「只有補胎膠。」

「真行。」我用風衣擦去手心的冷汗。

她將煙嘴放在嘴唇之間，五秒鐘後，又將其取下，吐出一團愁雲。「按理說是不會爆胎的……更何況車速根本就不快。」

「怎麼就不會爆胎？」

「防爆胎。」她用煙頂的紅光指了指脫節的橡膠圈。

「哦。」

「爆成這樣，我是真沒想到。這下什麼補胎膠都於事無補了。」

那是自然，我心想，順帶裹緊了身上的風衣。就算是品質再好的補胎膠，要是看到這情形，估計都會氣到當場暈厥過去。

克拉拉給保險公司打電話，向其說明了情況，並且告知了大概方位。其實她也說不明白我們到底在哪兒，只得借助GPS定位，才能向保險公司提供所需的資訊。

「三個小時？」她對電話那頭說，「這附近就沒有一家維修廠嗎？」

過了十秒，她彈了彈煙灰，又說：「算了算了，我自己解決，謝謝。」

她掛掉電話。

我問她情況如何。她說拖車趕來需要大約兩到三小時，附近的修車廠與保險公司又不相往來。總而言之，就是保險公司在關鍵時刻總是派不上用場，她一氣之下，決定自行解決。

可到底該怎麼自行解決？做出如此決定的她又轉而問我。

辦法是有，而且就在眼前。

我讓她回到車上，自己則迎著寒風往來時的方向走，遠離這一股子焦味的空氣。

我本想打開手機螢幕，借光照明，可又因氣溫過低，不想將手暴露在空氣之中，便乾脆雙手插兜，待雙眼逐漸適應黑暗，再小心向前走。

為了驅趕寂寞，我開始唱起歌，想到什麼唱什麼。我唱*Wouldn't it Be Nice*，唱到忘詞了，就改唱*Hound Dog*。

> You ain't nothin' but a hound dog
> Cryin' all the time
> Cryin' all the time

Well, you ain't never caught a rabbit
And you ain't no friend of mine

暗夜宛如冷掉的水，不斷澆滅我的熱情。我強打精神，接著唱下去。我唱*Desperado*，好似在唱我自己。覺得不妥，又改唱*Love Will Keep Us Alive*。

我原以為離得很近，頂多也就五百多米，結果卻越走越遠。胃酸返上喉嚨，耳朵開始嗡鳴，正當我懷疑自己迷了路的時候，立牌的輪廓出現在我的前方。

我邁著酸軟的腿，繞到立牌的正面，再次與四個圓形鴨子相會於此。

就連輪胎都知道要遵守秩序，我不禁心想。

我找了好久，才找到一行較「專業補胎」四字而言如小米一般大小的聯繫方式。是一個手機號碼。

我不情願地從口袋裡掏出一隻手，拿出風衣裡揣著的手機。信號並不好。我逐一輸入立牌上的號碼，按下撥號鍵。

竟然不是*Moon River*，只是單調的「嘟嘟」聲。

一個女聲接起了電話。

我問其是否與「專業補胎」業務相關。她說正是。我說好，向其表達感激，遂將大致情況告知於她，問她可否派人來看看。她說完全沒問題。我問可否帶個備胎。她問什麼車型。我答保時捷911Turbo。她爽快答應，絲毫沒有猶豫。我再次致以感謝之情，又建議道可以直接開輛拖車過來。她說先來看看情況，若是可以當場搞定，就不用再麻煩拖來拖去。我的時間寶貴，拖車的油錢也可以省去。她說。

「大概多久能到？」我問。

「十來分鐘。」她說。

「最後問一下，」我趁對方掛掉電話前說，「你們這附近，總共有幾個看板？」

「看板？」

「就是專業補胎的這個。」

「就那一個。」對方說。

「哦，謝謝。」

「不用客氣。」

我收起手機，將失去靈魂的冰涼的手揣回口袋。

往回走。

長路漫漫，卻已無心唱歌。

低頭看路，一邊思考，我倒要看看，我和補胎的人，到底誰先抵達。這麼想著，倒是突然激發了我的好勝心。我有節奏地向前快走，自身的鍋爐為了提供足夠的能量而不得不持續燒熱，體溫也因此漸漸回升。我感到容光煥發，重獲新生。

我贏了。

只用了十分鐘，我便回到了趴在路邊的911身旁。克拉拉已經在駕駛座上睡著了。我敲了敲車窗，讓克拉拉放我進去。她醒了，睡得不好，但疲勞肉眼可見地有所緩解。她的臉上重又散發出自信且高傲的神采。

我坐進車裡，不停朝雙手哈氣。她問我找到人沒有，我說援兵很快就到。

「那就好。」她說。

我問她休息得如何。她答還行，只是做了個夢，夢見我們被困於此，又饑寒交迫，最後失去理智，竟自相殘殺，獲勝的一方用敗者的血肉飽餐一頓。

我問誰是勝者，她笑而不語。

奇怪的夢，我說。

「何嘗不是？」她說，「真擔心你把我吃了。」

我說這大可不必，至少我也是受文明社會所浸泡之人，怎樣也不會逾越道德倫理的邊線。

她對「道德」二字嗤之以鼻。

我不予評論。

「吃過人肉？」她又問我。

我說沒有，也不想吃。「若是唐僧肉，倒是可以嘗嘗。」

她笑著說：「那是，誰又不想長生不老呢？」

「哪怕是建立在別人的痛苦之上。」我補充道。

「那是自然。」她說，「我們自身肉體的成長，無不伴隨著他人他物的痛苦。」

看來她的確得到了足夠的休息。

她伸了個懶腰，好似在動物園裡悠哉度日的大貓。「人要想得以生長，就得消費能量。」

「沒錯。」我附和道，「一如現在的我們。」

「人得進食，而進食這一行為就建立在生的痛苦之上。」

她應該是在說豬牛羊一類的牲畜。

「還餓嗎？」我問她。

「餓著呢。」

「還想吃意面？」

「想到發慌。」

「我還是搞不懂，我以為你會想吃蝸牛。」

「刻板印象不可取。」

「我還沒吃過蝸牛。」我說。

她用手調整中間的後視鏡，照了照自己的面容，一邊問我吃過田螺沒有。

「吃過。」我答。

「一個道理。」

「哦。」我說，「可總感覺不太一樣。」

她將我的想法歸結于對其他文化——以及蝸牛這一種類本身——的偏見。

我們聽著《萊茵河的黃金》打發時間。她閉眼，我揉肩，好似置身某間鄉村養老院。

十多分鐘過去，前方響起如巨人打鼾的馬達聲。循聲望去，一束燈柱切割開寒夜裡飄著浮塵的空氣。

一輛閃著亮光的黑色挎鬥摩托。摩托後面還牽著一台兩輪行李車。馬達聲越來越大，也得以讓我們聽清躲藏在巨人身後左右搖擺的約翰・列儂。

騎車的，是個穿著與摩托同色的亮黑皮衣皮褲、頭戴黑色頭盔的大塊頭。他俯身前傾，彎曲的手肘向上抬起，雙手握住把手，像極了正要撲食的猛虎。副座上窩著一個黑色四方大音響，列儂就藏於其中。*Twist and Shout*的旋律已然蓋過了車內瓦格納的音樂。

好傢伙。

我與克拉拉大眼瞪小眼。

「這就是你所謂的援兵？」她問我，「還是來打劫的？」

「兩者都有可能。」

我雙手握成空心拳，再各往空心裡哈氣，算是做好了下車的心理準備後，這才打開車門。

挎鬥摩托停在了距我們十米的位置。

我們迎上去，大塊頭跨下摩托，摘下頭盔，露出一個皮膚黝黑的光頭。他果然同黑色脫不了關係。光頭不光黑，皮膚也粗糙，溝壑縱橫，宛如地理課本上的大西北。

他走過來，氣勢就像上世紀武打電影裡的大反派。

正義與邪惡在此交匯，兩邊陣營的元首踏著每一步都是歷史見證的步子走到一處。我們站在三八線的兩端，警覺地對視。

或許，感到警惕的只有我和克拉拉。對方一臉輕鬆，指著身後的911，「爆得挺嚴重的嘛。」

他——到底是不是他？——一張口，便叫我大跌眼鏡。這是我曾經在哪兒聽過的聲音。在哪兒呢？我努力回憶，一時忘了搭腔。不對，問題的關鍵不在於此。克拉拉顯然也愣在了原地。大塊頭的聲音竟然與即將成年甚是嬌羞的女子無異，好似草原上的非洲象發出了小貓的叫聲。這才是值得人注意的問題。

接電話的人莫非就是他不成？

到頭來，還是克拉拉率先消化這一令人震驚的事實。「簡直慘不忍睹。」她說。

「沒辦法了。」大塊頭走到車前，在右前輪邊上蹲下。

「沒辦法了？」我也趕緊開口，掩飾此前二十秒無聲的尷尬。

他撐著膝蓋站起來，不知道的人還以為是自己在荒郊野嶺遇見了對車內乘客滿是好奇的熊。「辦法也不是沒有，在這兒也能弄好，不過就是麻煩。而且這天寒地凍的，別再把人給凍沒了。」

他的聲音實在是過於違和，但我還是儘量掩飾自己吃了酸棗的表情。「那該怎麼辦？」

「稍微等我一下，我回去開拖車。」他說。

早開拖車過來不就好了？我心想。不過，這挎鬥摩托確實威武無比，叫人羨慕。

「那真是太感謝了。」克拉拉說。

大塊頭誇克拉拉中文說得真好，簡直就像聰明的鸚鵡一樣。

我沒去看她的表情，光是竭力繃住自己變化的面部肌肉就夠我忙的了。

「鸚鵡好，我喜歡鸚鵡。」克拉拉在一旁說，「您在這兒，就像只夜鶯一樣。」

「過獎過獎，我知道你的意思——」大塊頭重新騎上摩托，準備戴上頭盔，「我的體型與我的聲音相比，確實比較奇怪。」

「比較」奇怪？

他將黑色的大頭盔套上腦袋，食指和中指併攏放在太陽穴處，朝我們做了個不明所以的手勢，隨後發動馬達，一個瀟灑的掉頭，帶著約翰・列儂揚長而去。

「先上車吧，」我說，「鸚鵡？」

「這人靠譜嗎？」鸚鵡問。

我做出一個「不知道」的表情，自顧自先上了車。

她也跟著上來，用一根手指摸了摸自己的脖子，「他這兒肯定有問題。」

「也許是變聲期發生了什麼。」我說。

難下結論，我們各自沉默。

「鸚鵡。」我冷不丁說。

「幹嗎？」

「若是等會兒，那人開了輛裝甲車過來，該怎麼辦？」

「先把你押去做人質，」克拉拉說，「我再去取錢。」

「計畫周全。」我說。

又過十分鐘，開來的果然不是裝甲車，而是輛正正經經的黃色拖車。

大塊頭將拖車倒向我們車前，又下車過來。他把我們趕下911，接著便一個人操作起來。

我問他是否需要幫忙。他看了看我，又看了看克拉拉，隨即搖頭說不用。我和她就只好縮在一旁看著。

真想有個殼，我心想，這樣就可以隨時隨地縮進去。最好再往殼裡擺個寬敞的沙發，沙發前面放台唱片機，唱片機邊上就是個大書櫃，再弄一盞出自某位不知名檯燈設計師之手的檯燈，或許還需要個能放茶點的茶几，這樣就能一邊看書一邊喝下午茶了。若是真有這麼一個殼，我寧願一輩子縮在裡面不出來，從此與社會一刀兩斷。

在我於這寒風之中進行著不著邊際的幻想的同時，大塊頭已將保時捷的兩個前輪卡上了拖車尾部伸出的兩個長臂上。至此，保時捷呈飛機落地前的姿勢，頭部向上微微揚起。克拉拉繞到後邊，生怕愛車尾部的底盤蹭到地面。

「不用擔心。」大塊頭說，「磕不著的。」

一切準備妥當，大塊頭走回拖車駕駛艙，留下我和克拉拉像兩根被人遺忘原本作用的木頭一樣杵在路邊。

三十秒過去，從拖車裡傳出一個尖細的聲音：「上車啊？」

「啊？」我喊回去。

「我說——上車啊！」

「哦！」

我和克拉拉這才晃晃悠悠往拖車走去。

上車。

車裡一股過年時充斥在各大超市的南瓜子味。我和克拉拉坐到後座，這裡空間明顯不足，我與她都要半側著身，好似兩個接客的青樓女子。

大塊頭開車，座位震得就像騎上了草原上小跑的駿馬。

我拍了拍克拉拉的手臂，小聲提醒：「安全帶。」

她拉過那側的安全帶，扣進扣口，展示給我看。我滿意地點頭。

大塊頭開始放歌，他將中控的旋鈕轉到底。大衛・鮑伊的*Let's Dance*。我的耳朵像被人套上了塑膠袋，隨後又貼著塑膠袋外側打起大鑔，既疼又癢。他跟著音響吆喝，還邀請我們同他一起。我們一感到勞累，二覺得怪異，便婉言拒絕。出於禮貌，我們只好在座位上隨其搖擺。

他唱到一半，覺得沒勁，便切到下一首，接著開唱。我們也必須機敏地調整搖擺的節奏，不然我與她指定會撞到一起不成。

一路煎熬，拖車總算拐進一個黑漆漆的小村莊。我們穿過鋪得一絲不苟的水泥路面，停到一處兩層水泥土樓前。水泥樓的一層被做成修車的工作室，裡面麻雀雖小，五臟俱全。

他把手搭在副座的椅背上，回頭對我們說了什麼。

「什麼？」我對他喊道。

他怎麼也不願關掉那該死的音響，以同樣的嗓門喊回來。我聽了半天，聽出他請我們先下車，到樓上坐一會兒。

我禮貌地大吼「好的」，趕忙逃出了拖車。

克拉拉也跳了下來，她用手撣了撣大衣的後側。

我好不容易站上穩當的地面，忍不住幹嘔。肚子空空如也，想吐也吐不出什麼東西來。

我第一次如此深愛大地母親。

克拉拉毫無關切地盯著我看，仿佛我是什麼鄉間公廁外擰不出水的水龍頭。她一邊看，一邊點煙，等我不再幹嘔，又招呼我往大樓外的鐵樓梯走去。

鐵制的樓梯欄杆上纏著好些已經枯黃的藤蔓植物。二樓無燈，裡面似乎沒人。我們上樓，大塊頭將保時捷弄進一樓的工作間。

二樓連接樓梯的是一個寬敞的陽臺，陽臺欄杆前擺著幾盆歪歪扭扭的仙人掌。陽臺與室內隔著一扇深棕色木門。門半掩，克拉拉敲了敲門，自然無人應答。我們推門進去，同樣是一股更濃郁的香瓜子味。我借月光，在進門的位置四處摸索電燈的開關。不知是想要助我一臂之力，或只是完全出於個人利益，克拉拉用打火機點火，我才好不容易打開室內的照明。

煙草的味道很快便與香瓜子味扭打在一起。

黃綠色的光將室內照得與老電影的場景無異。一串略顯突兀的橙色燈串沿著牆角不規則地繞上一圈，一堵不到一米的矮牆將室內靠裡的三分之一與外部的空間分隔開來，矮牆表面貼著光滑的白色瓷磚。矮牆上面是兩塊滑軌玻璃窗，可以看見裡面泛著焦黃的油煙機。看著像是某種簡易廚房。再看我們所處的外部空間，更像是一般人家的客廳。一張奶油色織布沙發，一台純白四方矮桌，桌上擺著一個廉價電熱水壺，以及一卷沒用多少的廁紙。沙發對面是一台二十寸的黑色電視機，下面是做工精緻的紅木電視櫃，裡面放著台細長的DVD機，以及兩個詞典大小的音響喇叭。木門邊上整齊地放著兩雙厚實的工作靴，一雙橡膠雨靴，以及一雙白色人字拖。

克拉拉毫不客氣地坐進沙發，整個人立馬就縮小不少。她將右腿搭在左腿上，手持細煙。

「你還要抽多久？」我問她。

她在雲煙之中露出一隻眼睛。「累了。」

「我理解，但這畢竟是別人的地方。」我走到電視櫃邊上的一個小書架前，「這樣不禮貌。」

書架上放了兩本愛葛莎・克利斯蒂的小說，一本家常菜食譜，幾本與汽修相關的專業書籍，以及一本《如何養好熱帶魚》。下面一層則堆滿了各式老舊的音樂磁帶，以及一盒撲克牌大小的裸體畫冊。除此之外，便是架在書架最底層的一個黑色相框，照片上是個穿著粉色花裙的兩三歲小女孩。小女孩留著一頭小男生一樣的短髮，兩邊的臉頰肥嘟嘟的，好似餐廳水族箱裡的某種變異金魚。

「我當然知道。」克拉拉用剛睡醒的語氣敷衍我。

我取下那本《如何養好熱帶魚》，同樣坐進了沙發。

樓下傳來好似敲鑼打鼓的金屬碰撞聲。

她總算是把手中的煙消耗完了——希望能借此頂上一陣——卻又不知該將煙頭擱到哪裡好。

她向我投來求助的目光，我歎氣，把書放到一邊，從桌上扯下兩張卷紙，讓她先放到紙巾上。

「這時候，你的直覺怎麼就不起作用了？」我重新拿起書，又說。

「我的直覺告訴我，你自有辦法。」她如此回答我。

我不理她的胡攪蠻纏，翻開書的其中一頁。書頁上印著一條全身漆黑的刀形怪魚，魚的下身好似沙漠部落婦女臉上的烏紗，隨波流而蕩漾。線翎電鰻，這是人們為這一美麗物種賦予的名稱。線翎電鰻原產于亞馬遜河流域，其體態優美——的確如此——泳姿宛若仙女手中揮舞的絲帶，捕獵時速度極快，常夜間出沒，具有攻擊性，故又稱「魔鬼刀魚」。線翎電鰻的視力已經退化，僅靠微弱的電流感知周邊環境及獵物方位。類似水裡的蝙蝠，我暗想。線翎電鰻時常豎直遊動，仿佛在海底浮動的黑色幽靈，又如同不慎落水的烏鴉羽毛。若是想要飼養線翎電鰻，需在水族箱中放上足夠的水草以供其隱蔽棲息。此外，還需注意箱內的水溫應保持在二十三至二十八攝氏度之間；若是幼魚，水溫則需控制在二十六度左右。線翎電鰻喜好動物活餌，建議以水蚯蚓等活餌餵養。成魚會吞食小魚，飼養者需多加注意。

「美麗又神秘。」克拉拉不知何時已把腦袋湊了過來，留下一句觀後感。「喜歡養魚？」

「喜歡，但麻煩。」我說，「而且滿意的是我，可憐的是魚。成天到晚只得在有限的空間裡從這兒遊到那兒，再從那兒遊到這兒。若是有吃的從天而降，就張口去吃；若是沒有吃的，便繼續從這兒遊到那兒，再從那兒遊到這兒。遊的同時若是來了感覺，就順道將吃進體內的東西排泄出去，完了又像無事發生一樣從這兒遊到那兒，從那兒遊到這兒。不停地兜圈，兜圈，再兜圈。歸根結底，造成這一情況的人是誰？是我，是養魚之人，是以看魚們兜圈為樂的人們。到頭來，所謂觀賞魚缸裡的魚到底有什麼意思？若是想看兜圈，看看我們自己不就好了？還是正因如此，我們才需要對比，我們才需要去觀賞魚們兜圈，將自己的身份從參與者變為旁觀者，從而聊以自慰？」

「不要那麼悲觀，」克拉拉替我合上我手中的書，「最起碼，它們得到了庇護。它們較之於野外，得到了絕對的安全。」

「因為安全，所以兜圈。是嗎？」

「因為兜圈，所以安全。」

我表示難以苟同。

她拍著我的大腿，「只要魚缸裡的魚們沒有表現出對兜圈的不滿，我們還有什麼可抱怨的呢？」

「我抱怨，正是因為對此感到悲哀。」

「為何一定要為它們——我是說，對那些安於現狀的魚們——而感到悲哀呢？」

我撫摸著書脊，「因為它們完全不知道圈外世界的存在，它們全然沒有意識到自己正在兜圈，甚至已將兜圈這一行為看作是理所當然，將這一行為看作是它們一生唯一的使命。它們需要做的，無非就是兜圈，兜圈，再兜圈。這難道不可悲嗎？」

她舔了舔嘴唇，「聽你這麼一講，確實挺可悲的。不過，你又怎麼能肯定，當它們意識到圈外世界的存在時，會心甘情願地離開安全舒適的魚缸、回到危機四伏的野外去呢？」

「我當然無法肯定，」我說，「不過這一切的前提是，它們意識到有那麼一個不同於魚缸的環境存在。若是它們知道，那它們的選擇就與我無關，那是它們的自由。可若是它們對此不知情，我們就根本無從知曉它們的選擇，因為它們沒得選擇。這樣一來，所謂的意志自由便成為了一個徹徹底底的虛假概念。」

「這麼說，你是打算一舉解放全世界魚缸裡的魚嘍？」

「我沒有那麼偏激，也從來不打算這麼做。別人的命運，我也沒有權力——更沒有能力——進行干涉。我只是作為一名旁觀者，作為一名水族箱的觀賞者，以一個命運見證者的角度，表達對魚缸裡的魚無盡地兜圈這一行為所感到的悲哀，僅此而已。」

「是挺悲哀。」克拉拉說完，又不知該說點什麼好，只得順走了我手中的書，獨自翻看起來。

「悲哀，悲哀，不同種類、不同顏色、不同構造、不同習性的悲哀。」她一邊快速翻頁，一邊自言自語。

二十分鐘過去，樓下的忙活聲突然如熄燈後的影子般徹底地消失了。緊接著，外面傳來厚底靴踩踏鐵梯的聲音。

大塊頭推門而入，問我們休息得如何。我說我擅自借閱了他的書，他大方地說讓我儘管看，又問我看的是什麼。我說看的是《如何養好熱帶魚》，他睜眼抬眉又撇嘴，一副知道什麼的樣子點了點頭。

「都弄好了。」她用女性嗓音爽朗地向我們如此宣告。

我和克拉拉向其道謝。克拉拉道出了她的不解，她想知道爆胎的原因。

「說不定是紮到什麼長釘了。」他低頭去弄電熱水壺，一邊煞有其事地說，「這附近有很多工廠，時不時會散落些零件在路上。」

「真是不巧。」克拉拉感歎。

「是啊。」

我們正欲起身，卻被他攔下。

「著急走嗎？」他問我們，「這麼晚了，不留下來吃點什麼？我這兒正好有一盒好茶，前些年網上抽獎中的。自己平時又不怎麼喝，便放到現在。怎樣，不嘗嘗？」

我和克拉拉相視無言。她沖我眨眼，我抖了抖眉毛。

隨後由她開口：「好茶就不必了，不過要是有什麼能充饑的食物，那我們就不客氣了。」

「有，有。」大塊頭轉身就往房間裡側被隔開的空間走，「想吃什麼？」

「什麼都行。」我說。

「肥腸面可以嗎？」

我看了看克拉拉，她沖我點頭，我便對大塊頭的後背說：「都行。」

「好嘞！」

「感謝。」

我們又一次在沙發上打發起無聊的時光。

克拉拉向我伸出拳頭，上下揮動。我便也學她的樣子揮動起右拳，我們以同一頻率各揮三下，接著在最後一下時變換手勢。她張開手掌，我比出剪刀。

我贏了。

她不服氣，隨後又來兩局。最後結果一平一負。雙方打成平手。正要進入加賽階段，大塊頭就端來了第一碗肥腸面。她及時收手，只留我一人在空中無意義地揮拳。

大塊頭將我排除在視野之外，徑直將瓷碗端到克拉拉麵前，一面說著女士優先。

我坐好，假咳一聲。

大塊頭又跑回廚房，我瞪著克拉拉，她沒看我。

不出十秒，大塊頭又將我的那一份端給了我。我的這碗面，用的是與克拉拉那碗不同的不銹鋼隔熱碗。麵湯浮著一層紅油，頂上是好幾塊切成瓶蓋大小的肥腸，肥腸下面則是淡黃色的掛麵。

我們接過他遞來的木筷，他從哪裡搬來一把塑膠板凳，坐到矮桌對面。

他讓我們趁熱吃。我們也顧不著形象，一見這熱氣騰騰的麵湯，口水就條件反射性地溢滿口腔。他見我們大快朵頤，覺得自己的廚藝得到認可，也頗為滿意，光是看我們的吃相就能看得津津有味。

「怎麼樣？咱們外國友人還吃得慣嗎？」大塊頭問克拉拉。

克拉拉將腦袋從面碗裡拔出來，囫圇吞棗地說著：「有兩點我必須得說：第一，我雖有半個法國血統，卻也算土生土長的中國人；第二，我的法裔父親，本就是個廚師。」

大塊頭對此驚歎一番，而我正忙著將一塊香味濃郁的肥腸放進嘴裡，一口咬下，湯汁便如炸彈般在口腔內爆開。

手藝確實不錯，我在心裡暗自誇獎道。

他起身去開電視，又往DVD機裡放了張碟片。電視機上很快顯出上個世紀八九十年代粵語歌曲的MV。

他去廚房拿了罐啤酒，又各給我們帶了支芬達。他將冰鎮的芬達擺到我們的碗邊，看我們仍在低頭進食，就自顧自聊了起來。

「既然你告訴了我你的身世，那我也就趁這機會，和你們聊聊天，讓你們瞭解瞭解我也好——即使你們根本就沒這個打算。」他拉開啤酒罐的拉環，「我呢，也經常被自己的樣貌所困擾。想必你們也很好奇，我這個難聽的嗓子到底是怎麼來的吧？」

我急忙咬斷過長的面，抬眼看他。「並不難聽，只是與你的形體有些不搭。」

「的確不搭，」他接著說，「可不搭的並不是我的嗓子，而是我的形體。我——你們可別不相信——好歹也是個完完全全的女性。身份證上寫的性別是女，女性該有的特徵我也一概擁有——雖然你們可能沒法兒察覺——每月也會來那個。總之，我本就是個女人。」

我聽見一旁的克拉拉放下了筷子。

實則為「她」的大塊頭不予我們任何提問的機會。「當然啦，小的時候還不怎麼能夠看得出來有什麼區別。這事，直到人一天天長大才慢慢露出苗頭。大概是五六歲的時候吧，我的個子就突然蹭蹭蹭往上漲，」他——不好意思，是她——一邊說，一邊用水準攤開的手掌往上比劃。「一開始周圍的人們也沒發現有什麼異常，覺得我只是發育得早。可眼看我就長到一米六幾，那時的我才多大，小學還沒畢業呢！家裡人覺得奇怪，說什麼女孩子長這麼大個，將來嫁不出去。我也不明白，長得比別人快，發育得比別人好，怎麼就嫁不出去了呢？不過要說發育得好，除了個子，我的塊頭也長了不少。那時的我，吃飯也正常吃，不會吃得過多，也不會吃得太少。你們說說，我怎麼就一直長成這麼大個呢？」

「體質問題吧。」克拉拉說。

我端起不銹鋼碗，嘗一口麵湯。不鹹不淡，有紅油的濃香。

「那就沒辦法嘍！」大塊頭往嘴裡灌啤酒，「事實上，我也是這麼認定的，老天讓我如此，我也一點辦法沒有。你說這不光個子長得比人家高，體型比別人大，我的皮膚還天生就黑。家裡的老人家常說，我這個女孩家家怎麼比糞坑裡的屎還要黑。這話，簡直是要多傷人有多傷人。可我能怎麼辦？我確實就是這麼黑，總不能頂著這一事實去反駁老人家胡說八道吧？反正我就這麼長著，長到了現在。一點什麼書上提到的人體之美都體現不出。誒，你們說，我身上有哪點是和美有一丁點關係的嗎？」

想都不用想，克拉拉肯定與我一樣，都在斟酌一個合適又不傷人的回應。好在通情達理的大塊頭免去了我們回答的義務。

「你們不用那麼嚴肅，事實怎樣我也知道，不需要你們去回答啦！」大塊頭呵呵笑，尷尬卻不會因為她的憨笑而老老實實夾尾巴回家。「到了我該考大學的年紀，正值叛逆期，再也頂不住家裡人的嘮叨和學校裡同學老師的另眼相看。有一天晚上，我在自己的房間裡，不知怎麼就下定決心——現在想來也很可笑——說要出家當尼姑。美其名曰，想要遠離俗世。可當時的我，就連俗世到底是啥意思都不知道哩！」

大塊頭又開始放聲大笑，我們等她笑完，又繼續聽她說：「當然，那都是說著玩玩，到最後我也沒成功出家，甚至就連合適的寺廟也都沒找到一座。你們想想，這高中畢業的愣頭青，能幹點啥？要想能養活自己，就得學技能，可學什麼好呢？我就自己琢磨，也琢磨不出什麼來。腦子裡本就沒什麼東西，我又能想出什麼呢？當然嘍，家裡人也很高興我能獨立出去，離他們越遠越好。在他們眼裡，我永遠是提不出口也見不得人的家醜。我那個德智體美勞全面發展的弟弟才是他們心頭的驕傲。他們太希望我搬出來住了。為了推波助瀾，我爹——那個紅衛兵老頑固——把我推給了開補鞋鋪的二叔，讓我跟著他去學補鞋手藝。我雖然對補鞋一點兒興趣也沒有，可這也不失為一個出路，那就乾脆去試試。我拎著一個麻布袋到了二叔家，袋子裡裝的全是日常起居穿的衣服。二叔家是個和這兒差不多的兩層土樓，多半是以前他自己蓋的。二樓是住人的地方，一樓就是補鞋的鋪面。我爹此前已經給二叔打過電話，可二叔對我的出現還是稍有不悅，弄得好像我是個什麼到他家偷糧食的大黑鼠一樣。我客客氣氣向他問好，問他我住哪裡，什麼時候能學手藝，平時生活上有什麼需要注意。可他卻對我愛答不理，把我領到後院一處木板搭成的簡易小屋裡，讓我睡在那兒，自己就跑去補鞋了。我憋著一股子氣，走進那個破舊的小木屋。一打開門，地上的各種蟲子就四散而逃，就連它們也討厭我自己。木屋裡面除了一張木板床，什麼都沒有，甚至連被褥也是我後來自己花錢買的。我心想，這估計是以前養雞養鴨時用的木屋，拿來放飼料啊工具啊用的。我一把將麻布袋扔到木板床那個單薄的木板上，甚至擔心不出一晚，那木板肯定會被我壓成兩半。真要那樣，二叔指不定會對我更加避而遠之，好似我身上帶著什麼致命病毒。於是，在那兒的頭一個星期，我都是把麻布袋鋪在地上，穿著外衣睡在麻布袋上。就那麼睡了一周，什麼也沒學到，盡給二叔清茅坑了。一周過後，我實在忍無可忍，就跟他說，我來這兒是要學手藝的。他卻說，現在還輪不到我做事。我說那要到什麼時候。他就朝我破口大罵，說我頂撞長輩，還揚言要拿白酒瓶砸我。我向他道歉，可這口氣怎麼也咽不下去。我呆不住了，我心想。當天晚上，我躺在地上整宿沒睡，思考怎麼逃跑，又跑去哪裡。也許我應該買張火車票，一路坐到終點站，若是沒錢補票，就到哪兒算哪兒。可這不現實。第二天太陽出來，我還是沒能逾越自己內心這道坎。就算我從這兒跑走了，又能去哪兒落腳呢？沒有。所以呢，我強迫自己接著忍氣吞聲，在那兒耗了整整一年。結果你們也猜得到，到頭來，那老東西什麼也沒教給我，一直讓我打雜打雜再打雜。一年過後，我總算準備充分，也想好了該去哪裡，該怎麼去。我決定動身。我趁二叔在樓下做活，就偷摸著跑上二樓，在臥室衣櫃頂上的一個舊皮箱裡翻出六十塊錢，揣進自己的口袋裡，再將皮箱原位放好，又溜回自己的木屋裡，假裝無事發生。我提前收拾好行李——其實也沒多少，總共就是來時的一麻袋衣服，外加一個用來喝水的搪瓷杯——靜待深夜來臨。我照常為二叔做飯，照常去倒馬桶，照常回到小屋。我躺在床上——這個時候，我已經給自己買了被子——睜眼看著天花板上的木頭。心跳個不停，我開始祈禱一切順利。時候一到，我就麻利地拎上行李，大搖大擺地從前門走出，一路小跑，跑到汽車站。汽車站也有淩晨出發的車次，所以我就算是睡在大廳裡，也不會有人覺得可疑——我原以為如此。」

我吃完了最後一口面，撕了兩張卷紙擦了擦嘴上的油，將紙巾捏成團後又暫且放在桌面上。

「之後怎麼了？」克拉拉問，隨後又聽擰開汽水瓶蓋的聲音。

「匪夷所思，我正坐進大廳的連排椅，就有個穿軍大衣的皺臉老頭叼著煙來到我跟前，問我坐的是哪一班車。」大塊頭將空啤酒罐放到地上。「我哪知道坐的是哪一班車？怎麼辦？當然只能隨口說一個。我就對他說，我坐最早的那班。他說既然如此，問什麼要來這麼早。我說，不是最早那班嗎？結果那老頭告訴我，那天最早的一班車是中午十二點發車，去的是揚州。但是我淩晨四點就跑到車站候車，這不就完全不合理嗎？就這樣，我成了車站裡的可疑人員，被老頭護送著到了保衛科。保衛寇里有個中年婦女，好像是個管事的。她問我的姓名年齡，家庭工作。我起初想要含糊了事，她卻緊咬我不放。我只能一口氣將事情原委嘩啦嘩啦跟她講了一通。她聽完，先是冷漠地將情況寫在紙上，隨後教育我說偷盜有罪，若是不想讓她將我交給人民警察，我最好老老實實回去給二叔賠個不是。行，我說，當然行，就這麼辦。她讓那老頭帶著我回去。路上，我問老頭，為何要多管閒事。老頭說，我這樣貌看著就很可疑，一定不是什麼好人。男不男女不女，他說。他話說得難聽，卻沒料想我對此毫無反應。我問他有沒有老伴。他說他老伴三年前走了，兩個兒子也當兵去了。我哈哈大笑，說若是他不嫌棄，我可以當他的第二任夫人。這可把他給氣得夠嗆。他說他就是跳河去死，也不會娶我這麼一個不倫不類的東西，放在家裡都嫌惡心。我說娶不娶都隨他，我無妨。後來這一路，那老頭屁都不吭一聲，把我帶回那個破樓。他把二叔叫醒，跟他說了情況。剛睡醒的二叔二話不說就抄起自己的草鞋，往我臉上一扔，不偏不倚砸到我的左臉上，弄出好大一塊淤青，就跟你一樣——」

大塊頭指著我的左眼，我苦笑。

她繼續說：「那老頭見了這兒，高興得真和明天就要再娶新媳婦了一樣。他觀看完二叔是如何打罵我、並逼迫我拿出那六十塊錢的這出好戲以後，就甩甩手，心滿意足地走了，留下我一人跪倒在土樓的前院裡。二叔沒收了我的行李，讓我兩手空空回到木屋。我躺在木板床上，發了瘋似的笑，就連我自己都對那笑聲感到害怕。可我就是止不住要笑。太好笑了，一切都太好笑了。我簡直就是老天爺的傑作，真他媽可笑。但命運比我要更加可笑。誰能想到，不出半年，二叔竟然因為肺病在家咳嗽咳死了。他這倒好，一撒手什麼都不管，可把我給嚇得不輕。我哪見過硬得跟石頭一樣的身體啊！雖然我對他一肚子怨氣，但好歹也在一個屋簷下生活了一年多，感情也是有的——不管是愛是恨。這人就這麼沒了，誰能受得了？誰能在看到一具屍體躺在飯桌上，擺出變扭的姿勢，用缺了神采的眼球盯著眼前他再也用不到的空氣以後，還能安心地在一旁啃著饅頭呢？誰也沒那個寬心！這人終究是死了，留下了這麼一個爛鋪子，卻沒給我留下任何手藝。二叔啊二叔，你這一死，可真是該留的一個也沒留下啊！我一邊把他的屍體弄下椅子，一邊對他念叨著。可你又帶走了什麼呢？什麼都帶不走！既然帶不走，為何不留下點好的呢？何必要將自己唯一的手藝扔到九霄雲外去呢？太臭了。我一個人實在對付不來，只好到附近叫人幫忙。前前後後搞了一個禮拜，我的父母當然也趕了過來，待一切繁瑣複雜的事物辦完以後，又一聲不吭地回去了。那我怎麼辦？沒人告訴我。不過，至少我自由了。我可以想去哪兒就去哪兒。可我沒有錢。該死的幾個人，一個鋼鏰兒都沒留給我，就那麼走了！怎麼辦？靠自己。我對自己說，凡事都得靠自己。要是沒有高僧為我指明前路，那我就自己去闖。得先找份工作。我跑到一個髮廊，找上裡面的理髮師傅，想要拜師學藝。理髮師傅把我趕出門外，說什麼不招流氓。我說我不是流氓，他卻一口咬定我是，說我這樣子就不是什麼好鳥，讓我最好回去照照鏡子。鏡子？我許多年沒真正仔細照過鏡子了。我採納了他的建議，跑到小賣部裡，拿起一面小圓鏡子，好好照了照自己。真他媽的醜。我自己都嫌棄。尤其是那一頭賣弄風騷的長髮，與我這人一搭配，簡直就是發黴的土豆成了精。真是謝謝那個理髮師傅，讓我再一次正視事實。我得改變。咋改變啊？

就得先從這一頭長髮開始。這時，我想到以前在家立下的志願，當尼姑。對，我就得把自己打扮成尼姑，將全身唯一一處明顯的女性特質從外表上剔除，這樣就能順利不少。可錢依舊是個問題。我沒有推子，弄不了那麼乾淨。錢，錢，錢，這社會什麼都他媽要錢。沒錢怎麼辦？沒錢就玩不轉。狗急了還跳牆，人急了呢？當然也自有辦法——偷嘛！我沒本事，還能想出什麼？要怪就只怪二叔到死都不把手藝教給我。我這麼安慰自己。我走上街，尋找目標。有個拎著菜籃的老婦人，我跟著她，一直跟到集市。我觀察她買菜，付錢，再把找回的零錢一併塞到菜籃裡。應該能下手，我心想。她往回走，我緊跟不舍。眼看四下無人，又是一處街角，我加快速度，向她靠近。正要動手，沒想到卻被身後的一隻大手抓住了肩膀。我嚇了一跳，回頭看去，是個沒見過的男人。這男人看著四五十來歲，手臂粗糙有力，長著一副標準的國字臉，眉毛跟書法字一樣粗。我問他要幹什麼。他說他盯我好久了。盯我幹什麼？我問他。他說覺得我行蹤詭異，就一直跟著。好嘛！怎麼總是碰上些愛管閒事的傢伙？我想。我向他坦白，沒錯，我的確是想偷這老婦人的錢，但這都是迫不得已，你還能拿我怎麼樣？那男人說，要是我真缺錢缺到揭不開鍋，他可以借我，但我不能去做這些個偷雞摸狗的事情。我沒反應過來，這人到底是聖賢下凡，還是圖謀不軌，我也不敢確定。他看出了我的疑慮，叫我不要擔心。他可以幫我。我一想，既然都到這個程度了，也再沒什麼可擔心的了。那就這樣，把錢給我，我對他說。只要見了錢，我保准不再幹這些偷雞摸狗的事情。他讓我跟他走。我說我不走，誰知道他會把我帶到什麼地方？雖說我沒什麼正經手藝，但腦子總是有的吧。他在那兒歎氣，從衣服口袋裡掏出二十塊錢。錢是給我的，他說這下我總該相信了吧。我還是不能理解，這天底下就真有這麼愛好施捨的善人存在，你們相信嗎？我反正不相信。但錢在眼前，拿就是了。我拿了錢，說了聲謝謝，這就夠了。那男的問我住在哪裡，我沒理他。他說他是附近汽車廠的技術工人，若是再遇上難事，可以去找他。我一聽，技術工人，肯定得有技術。我就直接對他說，若是真想幫我，就收我為學徒。他說好。這麼著，事情就成了。」

「真是個好人——」克拉拉掏出細煙，「不介意吧？」

主人在的時候倒是挺講究客氣的嘛！我心裡想道，一邊往沙發背靠去。

「不介意，儘管抽——」大塊頭說，「他的確是個好人。我和他學徒五年，都是有他多加幫襯，才得以回歸正道，也算是給了我正式開始人生的機會。他姓吳，比我大二十三歲，結過婚，老婆在他三十五歲的時候跟一個賣電子錶的跑了，自那以後就沒有再娶。是個典型的老好人，在廠子裡威望也高，助人為樂的模範代表。我時不時就會上他家給他做飯，做些學徒以外的勞務，主要是想著和他增進感情，日後在工作學習上也能毫無保留地多關照我。可後來我發現，我的本意不僅如此。我愛他。至於是什麼時候愛上他的，我也搞不清楚。總之，當我意識到這一點時，已經是一發不可收拾了。他人長相雖不算標緻，但絕對沒有我這麼醜。更何況，我愛的是他的人，也不是他的臉。第五年的除夕，我和他兩人在他家裡吃年夜飯，彼此都喝了不少白酒。這酒勁一上頭，我就借著機會，向他表明了心意。誰知他突然面部抽搐，緩了好久才恢復正常，不知道的還以為他得了中風一樣。他回過神，叫我不要說笑。我說我是認真的。可到頭來，人家對我可沒半點兒那種感情！當然，這一點我也早就料到了，我有自知之明。人家對我，充其量不過是可憐而已。就像看到路邊前胸貼後背的野狗，便隨手扔塊饅頭一樣。他可憐我，想幫助我，僅此而已。不過這話說開了，也不是什麼壞事。至少，我能早日放下這不切實際的幻想。春節過後，我就一聲不吭，帶著幾年下來攢出的積蓄，離開了廠裡。出走的第一件事，就是剃頭。說來好笑，當年與他的相識，起因就是我需要錢去剃頭，結果過了五年還沒剃成！我得剃，我還是得剃。我找上理髮師傅，給它剃了個精光，一根毛都不剩！這下我開心了，又好幾年兜兜轉轉，最後來到了這裡。」

「怎麼會想到來這裡的？」我問她。

她站起來，準備收走我和克拉拉二人的面碗。「我也沒怎麼想，命運使然。只能說，我漂著漂著，就漂到了這裡。這裡是我的小島，是我的國度，人煙稀少，也不用再被人指著嘲弄了，一切都挺好。」

她走進廚房，傳來廚具的磕碰聲。

我問克拉拉吃飽了沒有。她說還好。

接著，我們又聽大塊頭聊了聊她獨自在此起家的經過，以及早先的一次輕生未遂的經歷。

「有時候嘛，這人待久了，也會待出病來。」大塊頭為我們遞上小杯裝著的紅茶，一邊說，「一個人，最大的問題就是寂寞。你不跟人交流，就會不由自主地想很多事情。我就經常會思考，為何老天偏偏要給我這麼一副人人見了都作嘔的皮囊呢？我想不通。想著想著，就想到了要拋棄這個身體的念頭——夠蠢的吧？但缺乏與人之間的交流，你就會變得孤僻，從而產生這麼奇怪的想法。我想來想去，若是想要拋棄這個軀體，便只有一個辦法——那就是死。」

「唯有死了，才能重生。」我說。

「太對了，」大塊頭肯定道，「我當初就是這麼期望的。可當一切都準備妥當之後，我卻退縮了。畢竟不管後頭藏有怎樣的金銀財寶，死亡它本身仍舊是一個深淵，一個見不到底看不到頭的令人聞風喪膽的深淵。我沒膽量就這麼一腳跨進去，所以便放棄了通往另一側的機會。我把買來的老鼠藥扔進山裡，從此再也不想這些事情。既然活著，那就好好活著。管它什麼高矮胖瘦，管它什麼善惡美醜。」

「活著就是資本。」克拉拉說。

「沒錯！太對了，這便是我的資本。」大塊頭將聲調提高了八度。

我們誰都不語，靜靜感受著三人尚存的資本。

看來是她率先數完屬於她的金額，大塊頭用手掌前端的三根手指深情款款地撫摸著桌面，盯著那不可見的痕跡，向我們道歉，讓我們被迫聽她說了這麼多。她雖是道歉，可語氣反倒痛快不少。

「哪裡哪裡，」克拉拉笑著說，「我們還得感謝你願意分享這麼一個故事呢！」

「那可真是受寵若驚，」大塊頭竟然靦腆地紅起了耳根，「我還沒指望有人能對我的過去感興趣哩。」

「不過，話說——」我叫停了她們的互相客套，「你在這邊也有些年頭了，對這附近應該蠻熟悉的吧？」

「熟悉，當然熟悉。」她說，「不然怎麼能輕車熟路地去給困在這荒郊野嶺的可憐人們補胎呢？」

「這麼說來，你可否知道這附近有個叫做華東奇石協會的組織？」我問她。

「華東奇石協會？」她念出聲，好似在念哪裡關門已久的遊樂園的名字一樣。

沒聽過，她又說。

我看了眼克拉拉，她雙手抱臂，垂著腦袋，看著桌面上的茶杯。只好由我這個不善言辭的人繼續追問下去。

我又問大塊頭，知不知道那棟荒廢的大樓。

她甚至連想都沒想，就給出了肯定的答覆。

「那樓原先是做什麼的？」我問。

「也沒什麼特別的，不過是某個農民企業家私自蓋起來的棉花廠，可後來被查出是違建，加上這企業家欠了一屁股債，早就逃之夭夭了，最後留下這棟誰都看不上的非法建築。」

「這樓的二層，放了好多箱怪異的石頭，這些石頭又是誰的？」

「你是說石頭呀！」她好似知道些什麼，「你們去過了？」

「去過了。」

「去過了。」

這次克拉拉也毫無徵兆地與我同時回答，害得我一說完，就詫異地朝她看過去。也許是認為我大驚小怪，她並沒有正眼瞧我。

「怎麼會想到上那兒去？」大塊頭問。

我不厭其煩地將事件的經過大致向其描述一遍，遂又喝了兩口紅茶潤潤嗓子。

「應該是黑曜石。」大塊頭沉思後得出結論。

「黑曜石？」

「聽你的描述，應該是。」

「可你怎麼會知道這些？」我驚訝。

「這個嘛，」對方開始玩弄似的賣起關子，「真想知道？」

「真想知道，不然這下半輩子必定寢食難安，最後活成個乾屍不可。」

克拉拉在一旁發出細微的咂嘴聲。

我用眼神命令她儘量配合，她則把整張嘴向下拉，做出一個似馬臉的表情。

我不理她，看回大塊頭。

她總算決定為我們揭曉謎底，至於這被阿拉伯地毯蓋住的鐵籠之內，到底裝著什麼妖魔鬼怪，我與克拉拉都拭目以待。

大塊頭搓搓手，露出一個尷尬又得意的笑——我不知這得意之情到底從何而來。或許是惡作劇成功時才有的心態——隨後從嘴裡蹦出一句話：「那些石頭，本來是我徒弟的。」

「徒弟？」

「本來？」

我和克拉拉像兩個牙牙學語的小孩，躍躍欲試地想要模仿自己聽得最清楚的幾個字眼。

「一個個來，一個個來。」她竟笑得有些慈祥，「他本來是我的徒弟，沒想過吧？我雖說是在此一個人逍遙，卻也的確曾經收過徒弟。他是外地來的，說是看到我的看板，便一路找上了我。這可把我給感動的，腦子一熱就把他留了下來。他年紀比你我都小一點，但沒有一點年輕人的朝氣，不過這也是我通過日積月累的觀察所得出的。不出所料，學了不到一年，他就直言要放棄，轉而去搞什麼石頭。我跟他說，他想走就走，想做什麼就做什麼，那都是他的自由。但我也不免好奇，這石頭有什麼好的。他向我簡單介紹一番他的宏偉藍圖：四處收購奇形怪狀的石頭，再用高價倒賣給那些個人傻錢多的主顧。通過什麼呢？我問他。既然石頭都是你便宜收來的，又怎麼能賣出一番高價呢？他說這也簡單，要點就是得突出這個『稀』字。」

「愚蠢。」我又情不自禁。

小腿肚子被某人的白色運動鞋頂了一腳。

大塊頭髮出用鋼尺劃瓷磚的笑聲，「但的確很奏效，他這麼對我講。我就跟他說，他要是覺得奏效，就去試試。於是乎，他便借用了那個沒人用的大樓，用來囤他各處搜刮來的同樣沒人要的大石頭，再親自上陣，收拾一番，去些有錢人光顧的餐廳會所，推銷他的那些寶貝，將這些石頭抬得老高。什麼全球僅此一件啦，形狀寓意吉祥啦，未來必定升值啦，國外市場都搶著要啦……當然，這些都是他假裝對電話那頭有意無意透露出來的，妄想以此釣到大魚。可有錢人都不傻，傻子也當不了有錢人。他的這些伎倆，早就被那些人給看破嘍！他們指定都在憋著不笑哩！」

「那是自然。」克拉拉說。

「小姐您當然比我要清楚，您也是他們的一份子嘛！」

「不不不，我不是。」克拉拉笑著道。

「您就別謙虛啦！從您開的車，以及您的行為舉止，就能看出來啦！」

行為舉止？我瞟向此時右腿搭左腿的克拉拉，全然看不出有何富貴之氣。更別提，我第一次與她相見時，她還只是個單穿一件酒店浴袍出門上街的變態分子！

大塊頭繼續道：「我們窮人的鼻子可是很靈的哦！」

「您不要貶低自己。」這兩人又開始客套起來。

什麼時候才能切回正題？

「我這可不是在貶低自己，我是在實話實說呀！」大塊頭突然看著我，「我是打心底裡羨慕你們，不光羨慕你們的生活，還羨慕你們的這張皮子。要是我能擁有這一半好看的身體，我做夢都會像抱著個蜂蜜罐一樣！更諷刺的是，你是男的，我是女的，咱倆的身體卻正好相反。好笑不？你說命運這東西好笑不？」

「命運之神是個婊子。」為了緩解尷尬，我道出一句使室內氣溫更加驟降的話。

「太對了！這話說的，簡直精闢！」大塊頭漲紅著臉叫道，「冒昧問一下，這話是誰說的？」

「忘了，」我說，「莎翁寫的。」

「我雖然不認識莎翁，但不得不說，這老頭真有才！他是做什麼的？」

「莎士比亞，劇作家。」

「哦——！」她估計是醉了，「莎士比亞！我知道！我當然知道！我能不知道嘛！」

得，我讓她就此打住。「那你這徒弟，現在人在哪裡？」

她舌頭開始打結。「徒弟啊，一來二去的，發覺這倒賣石頭確實做不起來，便心灰意冷，跑到別處去了！我印象當中，好像是四川吧？」

她說完，開始噗嗤笑出聲。

有什麼好笑的？才一罐啤酒下肚，就能讓人醉成這樣？

「您還好嗎？」克拉拉用漠不關心的淡然語調說出這樣一番

關心人的話。

「好著呢！好著呢！」大塊頭開始拍桌子，拍完又像個——總算像個——小姑娘一樣委屈地縮起脖子，「我這人啊酒量不怎麼好，平時也不怎麼喝酒。這喝酒啊，只有在重要的場合，才算是個正兒八經的儀式，嚴肅得很咧！」

表情奇怪。

「這麼著，遇上你們肯和我聊天，也算是個重要的事情！」她說，「想當年，那個除夕，我在吳師傅家裡，也是一小杯白酒，就醉得腦袋不清醒，做出些不清醒的事情，說了些不清醒的話……可笑啊！哈哈！」

「你徒弟，有沒有用過『華東奇石協會』這一頭銜？」我將她從悲傷往事中拉了回來。

「這麼著！」她大喊，也不知道想到了什麼。只見她像條帶魚一樣搖晃著身子站起來，又從哪兒拿來部諾基亞，「我現在就打電話幫你問問，說不定就是他重操舊業，在報紙上尋購那塊石頭的呢！」

好主意。

她撥通號碼，一連打錯了三次。第一次是空號；第二次，是個操著一口閩南語的老太婆接的電話，兩人雞同鴨講，講了好些沒有實質意義的話，後才由對方率先掛掉電話；到了第三次，就直接打給了市燃氣局的技術工人，對方搞了半天才搞清楚這個叫嚷著「龜龜！龜龜！」的女子到底意欲何為。

「不檢查燃氣！不、不是，燃氣沒問題，是我有問題！好不啦？就這樣，再會哈！」大塊頭高興地掛掉電話，眯著眼睛向我們報告她又打錯了。

「事不過三！這一次，保、保准成功！」

她撥號。我祈禱。

「龜龜！」她對著諾基亞喊道，「龜龜！是我啊！師傅啊！對對對，就是我！這麼晚了我打電話來幹什麼？你說我幹什麼？當然是關心你這個傻徒弟啦！你、你怎麼樣？你留在這兒的石頭，可都長了草啦！我、什麼我、我喝酒啦？對！我喝了！怎麼地？哈哈！你不要罵人嘛，師傅想你了！結婚沒有？這樣啊⋯⋯那也要恭喜你！保持自由！好事！罪加一等！不、不是，嘿嘿⋯⋯龜龜你現在在哪兒呢？四川是個好地方啊！風景秀麗，出美女！我就不是美女，慘啊！可笑不？你別笑！哈哈⋯⋯」

見她越繞越遠，我坐在對面乾著急，只得伸手過去拍了拍她的手臂，示意她——或者說提醒她——不要忘了正事。

她把我的手打到一邊，朝我咧嘴笑，又對電話那頭說：「龜龜，師傅呢找上你吧，有幾個事。不、不是借錢的事兒！瞎說什麼呢！真好笑！哈哈！是這樣的，你聽我說哈！一字一句都要聽清楚哈！最好拿筆記下來，寫到心裡，事關重大！好好好，我說我說。我說行了吧？年輕人，沒有耐心可要不得！是這樣的，師傅問你哈，你最近有沒有在報紙上發過什麼求購石頭的告示？什麼？有啊！」

她激動地搖著桌子，不停朝我使眼色。我也激動地用左手搖著克拉拉的大腿，卻被她瞪了兩眼。

「是不是黑色奇石？」她接著與徒弟溝通，「是的？哎呀！那可就太好啦！是這樣的，我這兒呢，找來了兩個大主顧，可都是有錢人，開著保時捷呢！什麼？你說保時捷算什麼？那不管再怎麼著，也不是咱倆這種人能買得起的，對不？人家現在到處找你，也對你找的石頭感興趣哩！對對！一買就是一整卡車的那種！」

我倒吸一口涼氣，將手攤在半空。她見我如此，趕蒼蠅一般朝我甩手。

「對！可不麼！騙你幹嗎？都說了人兒有錢，還是外國人咧！對！怎麼樣？你把你的地址留一下唄，我讓他們自己去聯繫你？好嘞！就這麼著！再會啊龜龜！照顧好你那個木魚腦袋！再會再會！」

諾基亞被扔到桌上，「這個龜龜。」

我問她情況怎樣，大塊頭說他——這個叫龜龜的徒弟——讓她把他的電話號碼給我們，叫我們自行聯繫。

我說好，正打算掏出手機，只見克拉拉已經搶先一步，將大塊頭手機上的電話號碼記錄下來。

得來全不費功夫。

事畢，大塊頭還想拉著我們說些什麼，只不過看她這狀態，應該也撐不了多久。我們便以時間已晚為由，將維修費留在桌上，與她告辭，帶著一肚子肥腸面、一個半長不長的故事，以及一串至關重要的線索，駕駛著換上新胎的保時捷，離開了這個二層土樓。

回程時，已然精神的克拉拉總算走對了正確的路線，也再沒遇到過那紅色的看板。

回到市內，已是晚上十一點半。

「接下來打算怎麼辦？」當了一天司機的克拉拉在駕駛座上問我。

我半歪著腦袋看著窗外的後視鏡，一邊用中指揉著太陽穴。「先聯繫那個倒賣石頭的，後面的事情後面再說。」

「就算聯繫上了，又能得出什麼結論呢？」

「不管會得出什麼結論，總要去試試。」

克拉拉聽後，斜眼瞧了下我。我讓她認真開車，好好看路。

「要不要來我酒店？」她頗為隨意地問道，眼睛聽話地留在前方。

「做什麼？」我滿懷戒備地問。

「交易。」

「什麼交易？」

「這麼快就忘得一乾二淨了？」她打轉向燈，保時捷駛向我不熟悉的街道，「我好歹也和你這麼奔波勞累了一天，你也該交代一下你的故事了吧？我到現在，可還是隻字未動喲！」

原來是這事兒。

我只好答應她，「可非得現在這個點，去你的酒店房間裡聊嗎？」

「不然還想拖到什麼時候？」

我默不作聲。

她猜出了我的疑慮。「你是在想，這孤男寡女的，大半夜同處一間酒店客房，于情於理都過不去，對吧？」

我說她講得確有道理，這樣的確不太合適。

她讓我大可放心，「只聊故事。」

我好似一輛老舊的公車，用兩個鼻腔沉重地洩氣。「一言為定。」

車內回蕩著阿圖爾・魯賓斯坦演奏的蕭邦夜曲，我昏昏沉沉，卻又不敢閉眼，生怕回到那永無止盡的生的迴圈中。

一切的一切都開始變得愈發虛幻起來，這一缺乏現實性的現實多半隻會出現在文學作品和電影故事裡，可現在卻真實地發生在我的周圍，非現實性真實地出現于現實中，這一事實倒是一點兒不假。用大塊頭的話來說，真是可笑。

不敢入睡。

約莫過去二十分鐘，車窗外的風景定格在一處豪華賓館的大堂門前。穿著紅色禮服的行李生殷勤地跑來為我打開車門，喚醒了半夢半醒的我的意識。我揉著眼睛，看清行李生面部的油脂，又轉頭去看坐在駕駛座的那位從油畫裡走出來的曼妙女子，隱約聽見水花噴濺又落下的嘩啦聲。

哦，原來是克拉拉。

另一側的車門外是一個熄了燈的大型噴泉。

行李生仍在車門外，不知是在等著誰。是我還是克拉拉？抑或在等待魯賓斯坦一曲彈奏完畢？

有人問：「你在等什麼？」

誰？我？我在等什麼？我在等待黎明的到來，和平的曙光照耀大地，地上的人們相親相愛，美好的種子遍地發芽、成長、開花結果……

「再不下車，待會就得多給點小費。」克拉拉又說。行李生尷尬又嫵媚地沖我微笑。

幹嗎要這麼對我笑？

我知道了，我得下車。

下車。

行李生依舊沒有收走他那令我皮下發癢的媚笑。我儘量不去看他，站起身後的第一件事就是雙手向上撐開，舒展身體。

酒店大堂裡看著將近足球場中圈那般大的吊燈以蠻不講理的

氣勢將強烈的光線透過玻璃擦得鋥亮的旋轉門射入我已經適應黑暗的瞳孔。眼球脹痛。

克拉拉下車，讓行李生負責將車停到專屬的車位。她順勢從錢包裡取出兩張十元鈔票，放到行李生的手中。

「走吧，回家！」她精神抖擻，領著我往吊燈之神的宮殿走去。

「你對家的概念，可真是令人難以琢磨。」

「我在哪兒，哪兒就是家。」

我們通過那形式大於作用的旋轉門，來到吊燈之神的腳下。一股高檔香水混雜現磨咖啡帶來的骯髒的文明氣息。

大堂的祥雲紋地毯簡直比踩在內蒙的草場上還要鬆軟，我因此將原本的一步變為兩步，只為了能夠多感受幾腳這令人飄飄欲仙的質感。

大堂的一角有個小水塘，裡面立著幾尊大理石雕像。水塘中央有個平臺，上面放了台施坦威的三角鋼琴。再看另一邊，一長排一眼看去宛如銀行辦事處的服務台後，站著十幾名不用睡覺的前臺服務員。他們各個穿著精心設計的西式禮服，男的瀟灑，女的端莊，好像不是來這兒上班，而是參加誰的婚禮一樣。他們伴著大堂天花板上的巴羅克音樂熟練地進行著手頭上的各項工作，並且依舊能夠保持著他們的瀟灑端莊，方寸不亂。

好一個秩序井然的組織！

上電梯。

電梯三面是透光的玻璃，能夠看清中空的大堂。玻璃內側由鐵扶手攔著，明晃晃的燈泡照得電梯地板如冰面般危機四伏。

太耀眼了。這酒店的一切似乎都過了頭，若是有什麼能夠測量空氣中「浮誇」濃度的儀器，此刻一定會發出刺耳的警報不可。

克拉拉取出房卡，在電梯面板的感應器上輕觸一下，隨後去按頂樓21層的按鈕。電梯原地起飛，猛烈的重力使我不得不雙手去抓身後的扶手，自己好似坐上了正在升空的阿波羅十一號，去實現人類千年以來的夢想，踏出那屬於人類的一大步。

不過，我忽然意識到，在我身邊與我一同執行任務的，只有克拉拉——不是邁克爾・柯林斯，也不是巴茲・奧爾德林。那麼如此一來，由誰來駕駛指令艙？又或者，得由我一人駕駛登月艙，進行這一孤獨的登月使命？

彷彿被扔進沸水裡那般沉悶嗚咽的鈴聲響起，電梯門被打開，也終止了我正進行著的荒涼絕望的幻想。

我跟在克拉拉身後走出去，見她背上留有細碎的白色毛髮和深褐色的浮塵，便用手將它們撣走。

她轉頭，眼神越過肩膀看我。

「髒。」我說。

她收回視線，回過頭去。

「我怎麼回去？」我突然想起，回程的話可就不太好意思讓她送了。

「別回去了。」

「那怎麼好？」

「就住這兒，」她一邊說，一邊走到一扇雙開木門前，「一晚上，夠你講的了。」

「可我也得休息吧？」

忙碌了一天，再不休息，就怕身體支撐不住。

「那就在這兒休息。」

「那豈不是更不妥？」

「哪有什麼不妥，總有地方給你睡。」她說著，便用房卡打開了大門。

門後起初一片黑暗，待到她插入房卡接通電源，裡面豁然開朗，這簡直就是什麼高檔會所嘛！

「總統套房，」她脫去大衣，掛在手臂上，「夠你睡的吧？」

「萬惡的資本主義。」我感慨道，隨即繞著放有一張大沙發的客廳走上一圈，又跑進玻璃牆隔出的書房看了看，再去一旁的警衛房瞧了瞧，小心翼翼地往主臥瞥了一眼——主臥的軟床明顯比警衛房的要大上不少，完全可以並排躺下五個成年男子。除此之外，套房裡還設有兩個獨立的衛生間，以及一間衣櫃能藏人的更衣室，加上一間小型桑拿房，一間配有兩門冰箱的廚房，以及一個風景極好的小陽臺。唯一美中不足的是，在哪兒也找不到洗衣機。

「要不要點些吃的？」她走到更衣室門口，問我。

「隨你。」

「那就再說。」她走進去，房門輕輕合上，發出剝花生的哢嚓聲。

我也脫下風衣，獨自站在客廳，呼吸著金錢的味道。我拿起茶几上的白色遙控器，打開電視，竟然能收到CNN、NHK一類的海外電視臺。

克拉拉啊克拉拉！你的這些錢，都是從哪兒來的呢？

我抑制住自己的妒忌，坐在海軍藍的絨質歐式沙發上。

這位渾身上下散發著資本腐朽的小姐，又一次穿著與我第一次見面時相同的浴袍從更衣室裡走了出來。

「怎樣？」她問我。

「你幹的是正經行當嗎？」

「不是，」她笑，「寫作怎麼可能會是正經行當？」

「不，我不是這個意思。」

「那是哪個意思？」

NHK的播音員正在播報明日日本各地的天氣情況。

我像是要迎接她一樣站了起來，「算了，沒什麼。」

「你要是不介意的話，今天就睡在警衛房吧？」

「就是讓我睡在這沙發上，都比睡在我公寓裡的彈簧床上要好百倍。」

「當然，先說故事，才能睡覺。」她像在命令誰家小孩睡前記得刷牙一樣。

「忘不了。」我說。

我們各自用兩間浴室沐浴洗漱，由於沒帶備用衣物，我便提前找她要了另一件乾淨浴袍。

一年進不了一次浴缸，我趁此機會，好好享受一番。浴缸前的牆面上，嵌著一台小電視。我打開它，看了一會兒深夜法制節目，覺得無聊了，又把它關上，起身，放水。我照照鏡子，左眼的淤青仍未褪去。

從浴室更衣出來，克拉拉已不見人影。我轉了一圈，最後在暫且屬於我的警衛房裡找到了她。她披頭散髮，半躺在雙人床邊的紅絲絨貴妃椅上，一旁的玻璃茶几放著兩個瓷杯，據她介紹，一杯是燕麥拿鐵，一杯是英式奶茶。除此之外，就是一個陶瓷煙灰缸，她的那盒細煙，以及一台打開的筆記型電腦，鍵盤上放著一本牛皮封面的筆記本，牛皮夾著一隻銀色殼子的自動鉛筆。

她讓我坐到床上，我只好過去。

我走進房間後，才真正發現電視櫃的一旁，竟然還擺了台黑膠唱片機。

我指著這精緻又性感的機器，問她從哪兒來的。

「我搬來的。」她點煙，「要喝哪個？」

「奶茶。」我說。

她將拿鐵拉到自己面前，隨後又像個十二三歲的小女孩那樣從貴妃椅上跳下來，好似忘了什麼事情。只見她跑出房間，不一會兒又帶著一張12寸的紙板跑了回來。裡面裝的是一張黑膠唱片。

她將唱片放上機器，放下唱針。

「小克萊伯？」我坐上床沿。

她點頭，「小克萊伯的勃四。」

「冰箱空了才會出來工作的指揮。」

她忍俊不禁，隨後又問：「這話是誰說的？」

「卡拉揚說的。」

「的確，小克萊伯的錄音太少了。」她宛如一隻長著長毛的布拉多爾貓，輕巧地跳回貴妃椅上，慵懶地蜷縮在一處，又伸手去拿架在煙灰缸邊已然所剩無多的細煙。

「那麼，請開始吧？」

我端起奶茶，喝下兩口，缺糖。我放下茶杯，緩緩吸入一口氣，給予自己足夠的時間，回到她的身邊。

我開口，聲音如巨石從懸崖落下，砸向被掩埋在荒草之下、久未被人踏足的土地。

需要一個合適的開頭。

「她就是我，我就是她。」

9

她是我自身所失去的那一部分。

自從她離開了我的身邊，我便一直懷揣著這樣的想法。我不記得我在屋簷下等了多久，也不記得自己是如何一步步走回家中，只記得一切都如同被烈焰炙烤，腦袋被各種各樣的聲音所填滿，自己卻無力撥開這些惱人的喧囂，理不清混亂的思緒。

再一清醒，人已經躺在了自家的床上，額頭頂著一塊涼溫參半的濕毛巾。母親已經顧不得罵我，也全然沒有質問我去了哪裡，只是叫我好生休息，還特地為我熬了雞湯。迷糊的我以為一年即將過去，說不定明天起來就能有新衣服穿了似的。

我病了，且病得不輕，一躺就是一個半月。

母親請了個熟悉的醫生，醫生用冰涼的水銀體溫計為我測了體溫，又為我開了些方子。最好在家休養些時日，年邁的醫生對母親說。這孩子生來體質就不好，母親在門外透過縫隙看著我，對醫生講。

不知醫生又說了些什麼，我看不到。

感覺肺裡住進了個小人，一直用砂紙到處磨來磨去。

一周沒去上課，自然也就見不到她。我仍在擔心，時不時就問母親，有沒有同學上家裡找我。

想不到我在學校裡人緣還挺好——母親為我沖了藥水，一邊半挖苦地說。

當然不好，她是我唯一的朋友。

第二周過去，我感覺比前些天好了一點，可還是被迫留在床上。她依舊沒有音訊。

我旁敲側擊，問母親近來鎮上有沒有大事發生。

有人死了，母親說。

我大驚，肺部傳出異響，眼前所見彷彿變換了色彩，頭皮被人用幾百個鑷子向上揪起。

誰？我雙手壓在胸前，向母親問。

菜市場門口那個炸爆米花的老頭，昨天下午被一隻蒼蠅卡出氣管，死了。母親若無其事地說，又見我滿頭虛汗，便問我跟這老頭有何特殊交情。

我說沒有。

「那你震驚個什麼？跟天要塌下來似的。」

我說，我為這老頭的突然離去而感到惋惜。

「這一天天的，死的人多了去了，你每個都要去哭上一陣兒？」母親罵罵咧咧地收回裝藥的瓷碗，離開了我的房間。

這一天天的，死的人多了去了，我們也遲早會是其中一個。

我躺在床上，不由得心想。

這臥床在家的時間久了，必然就會感到無趣。如何打發時間，不讓人生有限的餘量白白浪費，就成了我的一大難題。不過好在，第三周的時候，從城裡回來的母親為我帶了本書，三島由紀夫的《金閣寺》。

「你要的日本書。」母親說。

我向母親道謝，翻開書的扉頁。

清晨充滿內斂朝氣的陽光灑在我的床上，我借著光明，閱讀起正文前的作者簡介——

我艱難地咽下口水，想像著人蜷曲臃腫的一灘滑溜溜的腸道從體內流出，落到地上……

實在是慘不忍睹！

不再去想，翻開正文。凡是讀到自覺有意思的地方，我便將頁腳折起，好讓過後與她分享。不知她現在怎樣，又為何不來看我。也是，我心想，自從我病倒在床，母親就極少離開家門，唯獨週末去了趟城裡，還是為我買書買藥。母親在家，她自然也就不會過來。我自我安慰道。

莫非是她也病了不成？

有這個可能。

我也不知她家的電話，甚至連她的家庭情況都一概不知。以往聊天，一般都是她在問我，我則從來不曾將對話的內容引入她的家門。

時間充裕，不過三天，一本書便看罷。我又開始無聊起來。每天睜眼的第一件事，就是向天上不知具體哪個管事的神祈禱，祈禱她能出現在我家的樓下，模仿布穀鳥的叫聲，喚我從窗臺探頭看她。

可是這布穀鳥卻遲遲不願意飛來。

母親擔心我落下學業，看我病情有所好轉，便命令我在床上溫習課本上死板乏味的內容。

我用鉛筆在課本上畫著丁老頭。待到熟能生巧，丁老頭被我畫得惟妙惟肖，我又改畫穿著長裙的克拉拉，卻怎麼也畫不出夢裡的樣子。我放下筆，開始想像她套著蓬紗裙的身體。我想像她那一頭不長不短的黑色秀髮垂落在細嫩的頸部，想像她用靈巧的雙手在空中畫出大大小小的泡沫，想像她的軀幹溶化成液體，再流進我的掌心。我抓不住她，她從我的指縫之間溜走，消失於地面的泥土裡。

不，不能這樣。我將她拉了回來，穿著長裙的嬌小身影重新站在了我的想像中。我繼續幻想，幻想著我變成了她，或者說，與她融為了一體。我與她共用她的身體，二人卻依舊能靠意識互相交流。不，我找不到她。不管我怎麼喊，怎麼叫，她都不回答。一旦我佔據了她的身體，她便掙脫了這一束縛，飛到了別的地方。她才不會留下來陪我，留下來做什麼？只為了和我聊些有的沒的？不可能。

我失望至極，埋頭跑開，逃出我自己的幻想，整個人縮進被褥裡，額頭頂著膝蓋。

第五周，她終於出現。

我躺在床上，在課本上畫著長出金魚尾巴的杜甫。門外有動靜，母親和誰做著交談。父親總是工作到很晚，所以不可能是他。興許是那聒噪的劉姨，再不然就是修自行車的李叔，上家來取父親騎壞了的自行車。

兩者皆不是。

我的房門被人打開，外面站著母親，和一頭齊肩短髮的少女。

猝不及防，我趕忙檢查被子是否蓋好，又匆匆合上課本，朝她擠出一個讓她似乎難以理解的似微笑的表情。

她穿一件乾淨的白襯衣，下著一條紅色格紋短裙，雙手背在身後，嫣然含笑。

「喏，你心心念念的同學來了。」母親將她推進房間，隨後又將門關上，去忙活她的事情。

母親原本指的，是籠統意義上的同學拜訪，卻無意間讓她起了誤會。她紅著臉，小步走到我的床邊。

「真就心心念念了？」她問。

「差不多。」我將課本壓在被子上。

她從背後抽出一隻手，「對了，這個給你，慰問品。」

我接過她手裡的東西，兩片泛黃的葉子。

「這是？」

「路邊撿的，覺得好看，就送你了。」她說著，又遞來另一件東西，「還有這個。」

錄影帶。

「拿回來了！」我開心極了，「盒子呢？」

「盒子拿著礙事，就放我那兒了。你若是想要，我改天再給你帶過來。」

我點頭。這麼說，她下次還會再來。

她轉過身，用手捋著裙子的後擺，輕輕坐上床沿，又擺頭看我，用左手拍了拍我被子下的大腿。

「你這一病，病得挺久嘛！」

「我也沒想到——你呢？」我問。

「我怎麼啦？」

「你這些天，都幹什麼去了？」

「上學呀！」

「怎麼不來看我？」我有些生氣。

「呀，這個嘛——」她將左手從我腿上移開，為我撣了撣床單。

她向我講述了從那天起發生的事情。

她順利地從王大爺眼皮底下溜回了學校，拿到了原本被我們置於牆邊的那串鑰匙。她跑上六樓，進了禮堂，卻沒想到那謝頂的數學老師正巧蹲坐於其間，手裡拿的正是我從家裡帶出來的錄影帶。

「門沒鎖？」我恍然大悟。

「沒鎖，我們走的時候忘了。」

「他怎麼說？」

「在這種場合碰上我，事情也就不言而喻了嘛！」她說。

「後來呢？他就這麼輕易地把錄影帶還給你了？」我將錄影帶放到床頭櫃上，又問她。

她朝空氣一左一右踢著腿。「情況比較複雜。」

姓陸的數學老師把她拉到同在六樓的教職工辦公室，「促膝長談」——按照她的話來說。他先讓她交出偷來的鑰匙，又問其到禮堂來的意圖，以及這錄影帶是不是她從學校偷來的。她把鑰匙串放上他的辦公桌，又坦白說這錄影帶不是學校的，而她來這兒，也是為了借學校的設備看這錄影帶。

他接著審問，既然不是學校的，那這錄影帶又是哪兒來的。

她說是她的。

「你的？」我扭著腰坐直了些。

「對，他就是用這口氣質問我的。」

「不，你怎麼能說是你的？」

「不然你讓我實話實說？」她看著我，「然後把你也供出來，咱倆一塊兒受處分？」

「處分？」我有些一驚一乍，「你受處分了？」

她撇著嘴，小聲嘟囔：「處分倒是沒有，但被他——自以為是地——代表學校對我進行了一番嚴肅的警告，外加一份千字檢討。」

「真是可憐你了。」我發自肺腑。

「可不是嘛！」她輕搖我被子下的左腿，「你可得記著我的好啊！」

「那是自然，對了——」我拉開床頭櫃的木抽屜，抽屜沒裝滑鏈，拉起來甚是費力。我取出那本《金閣寺》，放到她手邊。「這本給你，日本人寫的。」

「你看完了？」

「看完了，蠻好的——別看作者簡介。」

她拿起書，看了看封面和底頁，又湊到鼻前嗅了嗅，不知道能嗅出個什麼所以然來。

大概是聞出了書的內容，她將書放到床上，向我道謝，「離我的夢想又近一步。」

「還是想去日本？」

「當然！」她看向天花板，憧憬著柳昏花螟的未來。

我沒有發言，讓她繼續講著。

姓陸的問她這錄影帶裡的內容是什麼，她如實回答，芭蕾舞劇。芭蕾舞？他瞧了瞧桌上的錄影帶，又看了看站在面前渾身濕透的她，問她怎麼會有這種東西。她說是親戚給的。親戚，哪門子親戚？他問。國外的親戚，她答。你在國外還有親戚？他不可置信。有，有，當然有，她一口咬定。

「這謊一出口，就再也收不住啦。」她傻笑。

我已經不再靠著床頭，而是將上身貼近她的位置。「最後怎麼收場？」

「他說怎麼都要見見我這個親戚，我說可親戚在國外呀，他怎麼見？這禿頭又說，就算見不到這親戚，也要找上我家裡，好確認其人是否的確存在。而且就算不考慮國外的親戚，他也理應找上我的家長。畢竟偷學校鑰匙擅闖校園，私自使用校內貴重設備，在他看來可是件極為嚴重的事情。」

「真就找到你家裡去了？」

「我怎麼可能讓他得逞嘛！」她興致高漲，「總之我自有辦法，最後妥協讓步，老老實實地寫完了千字檢討。我挑燈夜戰，可把我給累得夠嗆，整整一千兩百五十二字呢！通篇全是廢話，不知他認為我寫了這檢討，又能起多大作用。難不成我還真就因為這手寫的一千個字，便能從此改過自新嗎？若是這樣，還要用監獄把壞人們都關起來幹什麼呢？直接讓大家都寫檢討不就得了！」

「可檢討也算是懲罰的一種吧。」我說。

她卻朝我晃著手指，「不，不一樣，不一樣極了！監獄是個讓人改過自新的地方，檢討只是個形式，形式而已呀！」

「我還以為監獄也是個形式呢，把壞人投進去，別讓他們在街上亂跑，禍害老實人，就萬事大吉了。」

「可他們總有一天要被放出來吧？」

我理屈詞窮。

「所以嘛，」她接著說，「壞人們需要被再教育，然後再放出來，接受新生活。但我可沒聽過哪裡的監獄是靠讓犯人每天寫檢討的方式進行再教育的。他們需要的是勞動，需要的是文化，需要的是被人用心去點撥，然後想明白自己活著到底是為什麼，而不是像個哈巴狗一樣沒頭沒腦地到處亂竄。」

「不理解。」我說，「沒去過監獄，甚至連監獄的門都沒見識過。不過，你是怎麼知道這些的？」

「這個嘛——」她有些含糊其辭，「我就是知道，常識，這是常識。」

「那你說，什麼樣的人該被關進監獄接受再教育呢？」

「那些做了壞事的人嘛！」

「那做了什麼樣的事才能被稱為是做了壞事呢？」

她露出「正在思考，請勿打擾」的表情，我喜歡她這個樣子。較之以往的天真，多了一分富有魅力的嚴肅，卻仍又不失她獨有的率性開朗。

「比方說，對別人造成了損失的事情。」

「那我們算不算幹了壞事呢？」我瞥了一眼床頭櫃上的錄影帶。

「當然不算。」她說，「你說，我們在學校沒人的時候借了鑰匙去禮堂用電視看了一盤錄影帶，有對任何人造成直接的損失嗎？」

「好像沒有。」

「那不就是啦！」

「可是，」我又說，說時還無意間莫名其妙地雙手握住了她的左手，「如果沒錯的話，又為什麼會被要求寫檢討呢？咱們不是違反了學校的規矩嗎？」

「我是不是以前也同你講過了，規矩也是人定的呀！做了錯事不代表做了壞事，因為做錯是根據人定下來的規矩來看的，咱們違反了規矩，他們就可以說我們做了錯事。可違反規矩又不一定會對其他人造成損失，既然如此，就不能算做了壞事。」

她說得在理，我良心上也好過了一點——儘管這一整出行動最先都是由我提出來的——我這才鬆開了她的手，她則準確的找到了我的膝蓋位置，用剛被我鬆開的左手隔著被子在上面順時針揉動。

「後來，我就把寫好的大作呈給他看。」她邊揉邊說，「他看完以後，讓我在週一升旗的時候當著全校同學的面，再做一次檢討，就念我寫的這個。」

竟然還有這事兒。

「我都不知道。」

「你當然不知道呀。你這一躺，就是好幾周，怎麼可能知道嘛！小公主。」

「別叫這個，怪害羞的——」我低下頭去，難為情地說，「再說，誰讓你這麼久也沒想著過來看我……」

「好啦好啦，這不是來了嘛！」

再後來，她在大庭廣眾之下，念出了那番感人肺腑的宣言，而當時的我並不瞭解其檢討的具體內容，只知道它在學生之間引起了巨大反響。當然，這反響可都是負面的。

待到她第三次上我家來看我，我才要求她帶上那份檢討書，讓我姑且看上兩眼。

她這次同樣穿著一身白襯衫，只不過襯衫上多了幾個雞蛋大小的污漬。一考慮到衣服的主人是她，這幾處污漬不免就顯得過於稀奇。

「路上摔了一跤。」她說。

我問她有沒有傷著哪裡，要是有，我就讓母親去拿外傷藥。

「不用麻煩阿姨，」她笑著，按老樣子坐在我的床沿。「你看我，不是活蹦亂跳的嘛！」

「累嗎？」我問她。

「怎麼突然問這個？」

「沒有，只是覺得你好像沒睡好似的。」

「是沒睡好，」她向後躺，枕在我的小腿上，「晚上淨顧著看你給的書了。」

「還沒看完呢？」

「那是，又不像你，每天只管躺在床上。」

這已經是我在家臥床的第三個月了。發燒反反復複，肺部的異樣也尚未消失，母親可不敢怠慢，只好跟學校多休了一個月假。學校那邊自然也沒怎麼管，他們也沒指望自己學校的學生有志向考上大學，人們多半高中畢業就在鎮上開始工作，不然就到別處闖蕩去了。沒幾人真有精力去大學多折磨幾年，回來再接著幹老本行。這裡可不像沿海，父親總說。改革開放鬧得再熱鬧，也都是那些肯鬧騰的人在鼓搗來鼓搗去，怎麼會輪得到這些安於現狀的小百姓們發家致富呢？人們有飯吃，有衣服穿，過年時能弄上一桌子好菜，平日裡在鎮上和鄰居串串門嘮嘮家常，這日子就足夠幸福美滿的了。既然如此，何必還要費那個勁去追求什麼金玉滿堂呢？

但她不一樣。

「怎樣，現在對我媽的看法有沒有改觀？」我問她。

她朝天上伸出纖細雪白的右手，「接觸多了，就覺得阿姨也沒你描述得那麼咄咄逼人、好為人師嘛！」

我表達了我的委屈，她卻將我的委屈塞進玻璃瓶，再隨手扔進海裡。

我讓她讀她的檢討。

她不願讀，就將泛黃的信紙交給我，讓我自己去看。

尊敬的老師：

您好！

老師二字前原本還加了個「陸」字，後來又被她拿筆劃去。

她在檢討書的開頭，承認了自己所犯下的錯誤——是錯誤，不是壞事——並事無巨細地闡述了自己作案的經過。其中包括怎樣一個人從學校側門溜進校園；如何趁王大爺不注意，從門衛室裡「借」走了六樓的鑰匙；怎樣在突降大雨的情形下艱難地跑向教學樓，又是如何一個人在禮堂借用錄影機後與數學老師不期而遇。

這是個與事實大有出入的故事。

我接著看下去。

她向全校老師和學生道歉，因為她辜負了老師們的一片期望，又為同學們「樹立」了一個「負面榜樣」。

「什麼叫負面榜樣？」我問她。

「我瞎編的。」她依舊枕在我的腿上，閉目養神。

她又寫道，她尤其要向看門的王大爺致歉。她之所以能夠成功溜進學校，取到鑰匙，並不是因為王大爺的怠忽職守——「怠忽職守」四字的底下，被她劃上了三條橫線以示強調——而是因為校園整體設計上的漏洞。她甚至開始為王大爺進行辯解，稱大爺沒法兒同時兼顧學校的大門和側門。通過此次親身經歷實地考察，她向學校提出建議，再多雇用一名專門看管學校大門崗亭以外的安保人員。與此同時，崗亭裡的鑰匙也不應當放到極為顯眼的位置。再有就是，需要加強全校教職工的防範意識，以此減輕王大爺的工作負擔。

讀到這裡，我已經不難想像，姓陸的老師在聽到這份檢討書時那咬牙切齒的表情。

她接著開始為自己的行徑提供合理的動機與緣由。

> 我深知自己犯下的錯誤，並將以此自省，不再讓學校老師和同學們失望。即便如此，我仍要懇求學校予我足夠的諒解。我做出此番行為，是有著不得不說的苦衷。事情的起因，是我在國外的親戚寄來的一盤錄影帶，裡面記錄的，則是國外劇團演繹的一出芭蕾舞劇。我自小就對藝術知之甚少，因此，在收到這盤極其珍貴的錄影帶後，出於對知識的極度渴望，我便對這錄影帶的內容朝思暮想，念念不忘。可我家並沒有能夠用以播放錄影帶的機器，我就在強烈求知欲的驅使下突發奇想，打算借用學校禮堂的錄影機進行播放。於是計畫便應運而生。具體的執行過程我此前已經交代清楚，這裡就不再贅述。萬幸的是，我終於得償所願。學校的錄影機品質甚好，與電視機的配合默契有加，這足以說明我們學校雖然地處偏僻，可硬體實力卻完全不輸城裡那些動輒上千師生的大型高中。回到正題。通過這將近兩個小時的藝術學習，我的內心被芭蕾這一表現形式所深深吸引。它的美麗感染了我，引導著我走向追求美、追求藝術、追求人類文明真理的道路。我找到了自己的人生理想，我抓住了從前不曾有過的奮鬥目標。借著這次檢討的機會，我在此立下志向，有朝一日，我也要成

為一名芭蕾舞演員，我也要成為胡桃夾子！

「為什麼是胡桃夾子，不是克拉拉？」我放下信紙。

她閉著眼睛，「一時半會兒想不起來她叫什麼，就這麼寫了。」

「也是這麼念的？」

「他讓我一個字也不許改，原封不動地照著念給全校聽。」說話時，她的下巴就像小雞啄米一樣，有規律地上下晃動。

於是乎，「胡桃夾子」便成為了她在學校裡頗具諷刺意味的外號。

「不過他們想叫就叫吧，」她整個人都挪上了床，「反正胡桃夾子到頭來不也是個王子嘛！」

我點頭表示贊同。

她側身對我，「你是克拉拉，我是王子，正好湊成一對，讓他們儘管羨慕去！」

我感到呼吸不暢，似乎肺裡的問題又開始反復，便急忙用手背去貼臉頰，發現微微發燙。我重新靠著床頭的木板，調整呼吸的節奏。

「他們可湊不成一對——」我說，「王子只是克拉拉夢裡的角色罷了，遲早有一天夢會醒來，王子也會隨之消失。」

她低吟一聲，隨後竟睡了過去。

我既沒去叫醒她，也不敢自己躺下，生怕打攪到她。

我將信紙折好，放到一旁的床頭櫃上，她的腦袋靠在我的腰側，黑色的散發仿佛用毛筆寫出的墨蹟，在充當宣紙的白色被單上留下瀟灑的草書。

雖然仍未到寒冬時分，時間的溪流卻開始結成了冰，我終於無法忍受肢體的疲勞，也平躺下去。起初，我還正常地頭靠在枕頭上，她則躺到了與我肩膀平行的位置。我從她身下扯出被角，又將被子蓋在她的身上。

慵懶的午後時光，一束暖陽照著她的臉頰，翹起的睫毛閃閃發亮。黑髮遮住了她的耳朵，在髮絲間若隱若現的耳垂恰似剛出生的小奶貓與生俱來的粉色肉墊。她面朝著我側臥，鼻尖挨著我的臂膀，雙腿微曲，柔弱的氣息均勻地打在我袖口裡的皮膚上。

胡桃夾子——我看著她，啞然失笑。

她移動，抬手，露出潔白如玉卻又隱約泛紅的手肘。她揉眼，發出同樣似貓一樣的「咕嚕」聲，又重新將手縮進被子裡。

她用臉蹭了蹭我的肩膀，又用黏稠的聲音說了些什麼。

她問，大海是否真的如我所說，一天到晚都是灰濛濛的。

我說，也不一定，要看情況，也得看地點。

「什麼樣的情況下，才不是灰的呢？」她又問。

「當你不看它的時候。」

她「哼」地一下，將臉埋進被褥中間。

有那麼一段時間，她又像人間蒸發一樣，與床上的我斷了聯繫。

我問母親，她最近怎麼沒上家來。母親聳肩，說人家也有人家的生活，不可能時時刻刻都陪在我的身邊。我繼而問她，我到底什麼時候才能回學校上學。母親擺好了碗筷，說等我的燒不再反復，就自然可以放心出門了。

在此之前，我也與母親為那天發生的事情——也就是我生病的起因——做過簡短的供述。既沒有誇大事實，也沒有隱瞞真相，只是將具體過程簡化，再趁晚飯的輕鬆氛圍將其敘述出來。

「既然想看，怎麼不讓人家上家裡來看？又不是看不了。」母親往自己碗裡夾了好些她愛吃的、被切成一塊塊的皮蛋。

我悶聲吃飯。「因為她對你有意見」，這話可不好就這麼說出口。

「怎麼樣？」母親又問。

「好吃。」我張口就來。

「不是問你菜怎麼樣，」母親咽下嘴裡的飯菜，「是問你們看完以後感覺如何。」

「美。」

「她也這麼覺得？」

「我們都這麼想。」

「那是自然，」母親放下了手中的飯碗和筷子，雙手支頤，「女孩子都喜歡漂亮的東西。想當年，我年輕的時候，也和她一樣。」

我抬頭，看著說話的母親，卻怎麼也想像不出她如我這般年紀時的模樣。在我眼裡，她永遠是長輩，眼角看著親切的皺紋也一直是理所當然屬於她的物件。母親怎麼會和她一樣呢？我試圖去理解，卻還是難以打破擋在我自身認知前的那一堵砌得格外牢固的紅磚牆。

母親是母親，她是她。一個是婦女，一個是姑娘。母親對我來說，永遠無法成為一個天真爛漫的女孩，即便她曾經的確如此。

「可一旦真的練起來，就算是再美麗的東西，它也會變成一個魔鬼哦！」母親接著說，「美麗的東西也會遭人恨，因為自己已經不再是單純的美的欣賞者，而是作為一個美的載體，真真正正與美融為了一體。想要傳達美，想要表現美，人就不得不同魔鬼作伴。承受著難以想像的痛苦，原先的愛好變成了折磨，為的就是讓自己成為美的工具——說好聽了就叫美的使者、美的化身。總而言之，為了美本身，人就得承受痛苦。所以啊，別看那些舞者們一個個都是那麼光彩奪目，這背後所付出的心酸勞苦，都是無法僅從美本身所能察覺到的。現在想想，你媽我當年也算是堅持下來了，只是可惜，現在就算再想去承受那樣的痛苦，也沒那個精力去跳嘍！美已經不屬於現在的我啦……」

我立馬否認，稱母親在我眼裡永遠都是美的。

誰知母親聽後又開始哽咽起來，她那松垮的眼袋裡各孕育出一顆晶瑩剔透的淚珠。

「行了，也算是沒白養你這個兒子。」她語調莫名翹起，「不過啊，是人就總會老的。這是自然規律，總不可能永遠都那麼年輕，那麼風華正茂。你也一樣，你和她都一樣。」

母親望著我。

就如同我無法想像年輕時的母親一樣，我也同樣無法想像我和她老去時的模樣。

我不能接受。我不能接受她會變得和現在的母親一樣。母親是母親，她是她。她們的身影，並不會重疊在一起。

「總有一天，你們會各自長大成人，頂天立地，這各種各樣的事情也都會壓到你們的身上，哪還有精力談什麼美呀！當然，你們自然有你們的理想，也有你們的抱負，我作為母親，也肯定希望你能照著自己的夢想去奮鬥。但這人啊，可不能單單只想著夢想，而不去考慮現實。你得吃飯吧？將來得結婚吧？結了婚，就必然得要養家糊口吧？你需要承擔的，是你的責任。而一旦在責任二字面前，夢想就要退居其後。等你承擔了你應有的責任以後，再回頭一看，這夢想，也都已經和你招手揮別嘍！」

她邊哭邊笑，弄得作為子女的我手足無措。

「不過說到底，這事兒還是得賴你爸。」母親一邊抹淚，提到父親時又一邊「咯咯」笑起來，「當初你媽我呀，也可謂是正值事業的上升期。那時候我演的吉賽爾，觀眾可都是一片叫好。你爸當年，就是在單位組織去看《吉賽爾》的時候認識的我呢！有一天我從劇團裡出來，他就蹲在劇院門口等著，手裡還拎著一袋白麵饅頭。你爸那時候，可不像現在這樣。那時的他人又高又瘦，梳著一頭神采奕奕的三七開，帶著一副金邊小圓眼鏡，看著又斯斯文文的，一股子書生氣息，滿腹經文，手裡拎的卻是饅頭！你說好笑不？」

我努力在腦海裡勾勒出那樣的一個人物形象。

「我好奇呀，這麼一個男人擋在我面前，看著也不像是流氓，我就跟他搭話——」母親這時已經不再流淚，「我說，你是誰呀？你爸倒好，原地立正，給我來了個新兵報到一樣的自我介紹。他說他叫羅堅，堅實的堅，大學剛剛畢業，學的是工程專業，現在出來工作，在電力局上班。我問你爸，你跟我講這些，是要做什麼呀？他說他看過了我的演出，認為我跳得很好。他這麼一講，就把我逗笑了。我心想，這哪來的一個毛頭小子，還冒充領導表揚我的工作呢！不過你爸這人呢，本身也老實，沒什麼壞心眼。他接著說，問我願不願意讓他送我回家。我說，你怎麼送呀？他指了指靠在牆上的自行車。我樂得更開心了，說送就送唄！結果嘛，他也沒問我家住哪裡，徑直就把我拉到了外白渡橋。我說怎麼跑這兒來了？他說，覺得我演出太辛苦，就拉我來看看河。我和他並排走著，他推著車，遞給我一個饅頭。從那以後，每逢我有演出，他就會在劇院門口等著，接我下班，去外白渡橋看河，吃饅頭。這麼久而久之，有那麼一天，正好是十二月初，天正冷著的時候，我倆走在外白渡橋上，他突然說，想娶我為妻，昇華我們彼此之間的關係。」

「可是，你們當時是戀愛關係嗎？」我問。

母親搖頭，「雖說不是戀愛關係，但天天這麼處著，我跟你爸心裡都有數，就看誰先開口了。只不過你爸那個愣頭青，就是不捅破這層窗戶紙。好不容易想通了，這一捅，何止是窗戶紙，就連窗戶都給他撞沒了！」

我也不好意思地笑出聲來。

「我也傻了，咣當一下一跺腳，順手接來他遞的饅頭——現在想想真是離譜，明明正在求婚，給我的卻是一個饅頭！更離譜的是，我竟然想都沒想就答應了呀！這麼一路下來，到了文革開始的時候，什麼《天鵝湖》呀、《吉賽爾》呀、《海盜》呀都不讓演了，全都改演《紅色娘子軍》和《白毛女》。我呢，有些跟不上時代了，適應不過來，再加上後來又懷了你，便離開了劇團，專心在家待著。再看看現在，你都長這麼大了！我是再想回頭，也回不去嘍！」

母親重又拿起碗筷，吃起了這中途間隔許久的晚飯。

我略帶愧疚地拿著空碗，從座位上站起來。

「吃飽了嗎？」母親問。

飽了，我對母親說。

我洗好自己的餐具，便回房間，按照程式躺到床上，將被子拉過眉骨。

腦海裡隨即浮現出一處空曠的舞臺，下方的樂池闃無人跡，頂上的照明也無不罷工，陰柔的月光宛若素淨的綢緞，落上舞臺的木質地板。

母親站在綢緞之下，身著一條淡粉色長裙。她踮起足尖，碎步向後退去，緊接著又停在一處，單足站立，原地旋轉，裙紗隨慣性飄浮而起，蕩漾在月光的潮水中。

我沿著一層的觀眾席朝前走，可愈是接近舞臺，母親就離我愈遠。我來到了樂池邊，隔著向下陷去的海溝，站在分離的大陸的一端，眺望著那頭的世界。

母親停了下來，朝這頭的我——抑或這片大陸——做了一個簡單的屈膝禮，隨後再一抬頭，我才發覺母親變了模樣。

母親不再是母親，母親變成了她。

我翻下樂池，走到舞臺的邊緣，仰望著那條浪漫主義的長裙。

她又變成了我。

那是我的臉，是我的身子，是我可憐單薄缺乏美感的男性的肉體。是我，在這頭的世界上，身穿這條長裙的人竟是我自己。原本屬於舞臺的母親去了哪裡？替代母親的她又到了何處？

為什麼會是我？

舞臺上的我開始哭泣。他坍塌，他癱軟，他好似一條被太陽暴曬的蛆蟲，無力地跪坐在地。

他與這長裙並不相配，抑或我自己與它並不相配。

我將浸濕的被頭扯到一邊，扶著床頭櫃的一角，勉強雙腳落地，坐在床邊，原本在飯桌上吃的東西，都被我一併吐得一乾二淨。

我急忙去喚母親，母親趕來，嘴上說我真不爭氣，白吃一頓，一邊又想盡各種法子將我的房間變回原樣。

我頭頂衣櫃的木門，以此減緩內裡的撕裂感。

又過三天，她再次登門拜訪。

巧合的是，這天的她，穿了一條我從來不曾見過的純白蕾絲長裙。

「怎樣，好看吧？」她高興地向我炫耀，順帶關上了房門。

我目不轉睛，說很適合她。

她在我面前隨意地轉了一圈，釋放出一陣細微的桂花香。

「這裙子，是從哪兒來的？」我問她，一邊坐上床，又按往常那樣給她讓了個位置。

她沒有坐下，反而站在床前。

「從哪兒來的你就別管啦！」她也像頭一次見這裙子一樣，兩手揪著側邊的裙擺。「不過你說的話，我可不贊同。」

「哪句話？」我無意中緊盯著蕾絲裙下那朦朧的腿部線條。

「我真心覺得，這裙子很不適合我。」

「怎麼會！」我反駁道。

她用食指擋在雙唇前。

「聽我說，」她細聲細語，「這件，得由你來穿。」

「我來穿？」我咽了咽口水，又連連擺頭。「不行，不行，這怎麼行？」

「怎麼不行？」她說著，就開始脫下裙子。

我急忙低頭，看向她那雙不知到底是何顏色的帆布鞋。

「這事，得悄咪咪做，可不能讓阿姨瞧見了。」她說，伴隨布料摩擦的沙沙聲。「你穿上，保准好看。」

「不行……」我發出虛弱的反抗。

「你不是一直都想這樣來著嗎？」她又說，「既然想，那就去做，別考慮那麼多。」

自己的視線被伸來的白色蕾絲所遮擋。

我強迫自己接過它。

「會穿嗎？」她發出溫柔的嘻笑聲。

我搖頭。

她讓我先脫下自己身上的衣服。

「果然還是不行，」我扭捏地說，「太難為情了。」

「我都脫了，你有什麼好難為情的？」

她伸手就要脫我的上衣，我拒絕了她的幫助，堅持自己動手。

脫剩全身只留一條內褲把守著退回原始社會的大門，她又手把手地幫我穿進了裙子。

「我看看——」她後退兩步，「好看！」

「當真？」我低頭去瞧穿在自己身上的裙子，一是想求證她所言是否客觀公正，二是不敢抬頭去看她身上我從未真正見識過的女士內衣。

「當然！」她彷彿比自己穿著裙子還要開心。

我也開心，只是不太好講得出口。在我的身體上，總是有一把枷鎖，將我死死地銬在由「應該」一詞劃定出的羊圈裡，一旦我邁出一步，天上就會落下一塊巨石，壓得我喘不過氣。

我試著像幻想裡的母親那樣轉圈，卻重心不穩，坐倒在床。

「你看你，這一坐下來，倒更像個淑女了。」她走過來，坐到我身邊。

我逐漸適應了這樣的感覺，內心頓時舒暢不少，好似原本堵在某處的堆積物突然被洪水衝垮。可這樣的好心情持續不長，我的下身竟產生了男性本能的生理反應。

我惱羞成怒，卻又有口難言。

實在可恨至極。

我緊咬下唇，胸腔起伏不定。無可奈何，我死死握住被單，所見是白色裙擺，淚水奪眶而出。

她察覺不對，便伸手將我攬入懷中。我的鼻尖觸到她裸露的肌膚，一時變得更加酸楚。

凡是活著的人，身體就總歸是溫暖的。

或許是出於身上這條長裙的原因，我得以放下一切顧慮，沉溺於她的懷抱之中。

她緘口，我不言。單是沉默，就足以將我的情感化為無形，繼而傳達給她。她對此全盤接受。

就這樣，我穿著長裙，她僅著內衣，我藏於她的臂彎之間，她輕撫我瘦弱的左肩。黃昏的晚霞不小心將多餘的顏料灑進窗臺，使屋內染上了炙熱的橙紅，一如那天見到的太陽。

我愛著這樣一副我所羨慕的身軀，我想與其合為一體，讓自己變為它的一部分。我抱著這樣的想法，將自己的臉頰貼緊她的腹部。多麼柔軟，像極了遮擋住太陽的雲朵。

母親的身影在我的思緒中一閃而過。

不，我意識到，即便是她，總有一天也會老去。再完美的軀體，也終有腐化的一天。

不，不，不。

我發出無聲的嘶吼，感歎著生命的無情與殘酷。

我深深吻上帶有鹹濕淚水的她的小腹。

她的肌膚一陣觸動。

「如果我失去了我的身體，那我還會是我嗎？」我問她。

她的聲音從上方傳來，「如果我失去了我的身體，那我又會是誰呢？」

如果她不再擁有她的身體，那她對我來說，又會是誰呢？

我原先所羨慕的她，又到底是什麼呢？

僅僅只是她的身體嗎？

「就算失去了你的身體，你也還是你呀。」她給出了她的答案。

既然如此，那對我而言，答案也是一樣。

我仰頸，蹭到她微微隆起的胸部。我彷彿退歸回近乎于初生的本能，像個嬰兒一般，依賴著這柔軟的觸感。她用手心揉動我的頭髮，一邊反問我：「倘若此刻的我只剩下身體，那又會是怎樣的景象？」

我問她，即便如此，身體是否還會像此刻這般溫暖。

「我想，應該會吧。」她說。

可是，這也不對。我所覬覦的，的確是她的身體。可此刻的我所依賴著的，歸根結底，還是她這個人。若是單單只有這副仍會發熱的身軀，可無法做到對我的一切都安之若素。

她的身體只是她的一部分，而她所擁有的，正是我所缺失的那一部分。

但現在，就連她作為一個整體，都已然變成了我所需之物。唯有與她相伴，才能使我變得完整。我確信，這所有的所有，這一切的一切，都是他人所鞭長莫及的。哪怕是母親，也無法填補我自身的缺口。

「真羨慕你。」我既是說給她聽，也是說給自己聽。

「別羨慕我，」她卻說，「我與你不同。」

「就是因為不同，所以才讓我羨慕。」

「不，你不明白。」

「怎麼不明白了？」我順著她的身體向上依偎，讓自己的眉角抵在她被人精雕細琢的鎖骨上。

她抬起我的下顎，「你羨慕我，或許有你的道理，可你同樣擁有我無法擁有的東西，但這一點你卻渾然不知。你當然無法理解，我與你本就不同，但你本該意識到的，你本該從一開始就意識到的，難道不是嗎？」

「不，不，我的確不明白，我不理解你的意思。既然我本該意識到的，那你也大可以現在告訴——」

她將自己的唇瓣貼在我的嘴上，吻了吻我。如此突如其來且自己此前從未感受過的奇妙觸覺，打斷了我尚在編織中的言語。頭腦裡的一切都被她所帶走，空無一物。

她覺得有趣一樣，鬆開了我的下巴，將我的頭顱重新攬在她的胸前。

「你不會明白的。」

她說。

天色已晚，她穿好裙子，趕回了家。這一走，便又是三個星期不見蹤影。那天的經過，對她來說，或許只是做著好玩的小小插曲；但於我而言，其產生的影響，遠遠超過天上的月亮之於地球的潮汐。

她不在的這幾周時間裡，某種原本屬於自己的東西被人從身體內抽走的感覺變得愈發強烈，心裡也因此而變得如山裡的洞穴那般空虛。只要輕喊一下，聲音便會回蕩在內心的每一處角落。

我回想起她上次來時的情形。她變了，不知因為什麼，總之就是變了。可具體是哪裡變了？說不上來。或許是因為我看待她的方式變了也說不定。

我捧起課本，眼睛追逐著段落裡的一行行文字，可想的竟是那條蕾絲長裙，以及她裸露的小腹，還有那醉人的一吻。她抽走的是我的靈魂，我篤定，她將那唯一屬於我的東西也一併掠走，占為己有。

「胡桃夾子，胡桃夾子。」我念出聲，妄想從書裡喚出她來，但光是念出此時屬於她的名字，我就不由得心悸不已，「胡桃夾子，胡桃夾子。」

我合上書，走下床，頂著仍舊低燒而沉甸甸的腦袋，可腳下卻輕飄飄的，好似踩著兩個五顏六色的熱氣球，筐裡的小人則一刻不停，忙碌地操控著熱氣球升空的方向和速度。

我借著熱氣球的力，來到客廳，母親正在沙發上做著針線活。

她聽到我房間的開門聲，便轉頭看我，問我出來幹什麼。

透氣，我對她說。

「好點沒有？」

「還好。」我說。

母親繼續織著過冬用的毛衣。

「她媽媽好像是紡織廠的。」我隨口一提。

「誰？」

「就是她。」

「哦。」母親毫無興趣地回應一聲。

我坐到她邊上。

「和她處得挺好？」母親問。

「還行。」

「還行就好。」

電視臺正放送越劇《梁山伯與祝英台》。

我看著母親勤勞的雙手，她則埋頭幹活，好似一時忘卻了我的存在。

「我想學芭蕾。」

電視裡，越劇演員的唱段忽然變得異常響亮。

「學芭蕾？」母親的手就像斷了電的機器，突然卡在固定的狀態。

「學芭蕾，」我說，「我想學芭蕾。」

「學不成了。」

「怎麼會？」

「太晚了。」

「不晚。」我湊近母親。

母親手上的東西放到一邊，又面向我，「晚了，光是基本功就夠你吃苦了。」

「我不怕吃苦。」

「嘴上說得輕巧，」母親停了停，又接著說：「再看看你這身體，光淋了陣雨，就變成這副模樣。肺有毛病，還怎麼上臺跳舞？這跳舞啊，可是個體力活哩！」

我憋著一股氣，又沒法兒找到合適的理由進行反駁。

少頃，母親又問：「那你跟媽說說，你為什麼想學芭蕾？」

「我想成為美的一部分。」

「美？」母親放聲大笑，「你知道什麼是美？」

知道，我說。

「這學芭蕾，就敢保證一定能成為美了？」

我茫然，抿起雙唇。

「你呀，還是老老實實讀書吧！也好少遭點罪，少受點苦。」母親說。

「好好讀書，就不會遭罪了？」

「當然——不然的話，還讀書幹什麼？」

「可這樣一來，還有誰能承擔美呢？」

「承擔？」

「如果人人都不願去受這個苦，又有誰來承擔展現美的這一職責呢？如此一來，不就沒人知道美是什麼了嗎？」

母親用手撫上我的大腿。「願意承擔痛苦去展現美的人多了去了，但我不希望這個受苦的人是你。」

「為什麼？」

「這家裡，有我一個人曾經受過這樣的苦，就已經足夠了。」

「不公平。」我說，「這樣的話，就太自私了。」

母親愕然，「你懂什麼？」

「我當然懂，你只想將美占為己有。」

「所以我才說啊，就算你學了芭蕾，你就知道什麼是美了？」母親將溫柔收回了肚裡，「你就能展現所謂的美了？」

「當然。」

「那你理解的美，是什麼樣子？」

我將自己幻想中的景象栩栩如生地描述一番。

母親聽後，愈發詫異，「這，就是你想學芭蕾的原因？」

我點頭。

「不開玩笑。」

「沒開玩笑。」我說。

「你知道你在想些什麼嗎？」母親斥責道。

我說我知道。

「羅嫄——」母親叫我的大名，「你這個想法，是有問題的。」

「哪裡有問題？」

「你的身體是上天給你的——」母親壓著一股子莫名的氣——又或許是某種更深層次的複雜感情，致使我難以穿越重重阻礙，撥開雲霧，去瞭解這樣一種情感的實質。「你打從我的肚子裡出來前，就已經是一個帶把的娃了，知道嗎？」

「我知道。」

「那以後，就不要再抱有什麼不切實際的想法了，明白嗎？」

「可身體是身體——」

母親不顧我的理論，自顧自說著，「我這可是在為你好，我可不想等你出了社會，被人當成是一個怪胎，四處受排擠！」

「就因為我是男性的身體？」

「因為你本來就是個男孩，」母親斷然說道，「而且日後，也必定要成為一個頂天立地的男人，去照顧你自己的家庭，就像你爸現在照顧我們一樣。」

我不免因母親的蠻橫而心生惱怒，說話時的氣息陡然變得愈發不穩，「可我的靈魂是獨立的！」

「靈魂？」母親冷笑。

「對，我的身體雖是男性，可靈魂卻不受其束縛。我愛成為什麼樣，就是什麼樣！」

「我看你，是發燒燒出問題來了！」

火辣辣的痛感帶來鼓膜探測到的清脆響聲，我捂著臉，跑回自己的房間，將門重重關上。

我妄想使母親也接納真正完整的我的嘗試，最終只證明了我自己的愚蠢。

的確，較之正常男性，我懦弱，我瘦小，我缺乏陽剛之氣。遇上事情，只會像現在這樣，躲在被窩裡哭鼻子、抹眼淚。究其原因，我想，必是因為我自身的不完整性，我出於無奈，被迫與自身的另一部分隔絕開來。

我急需奪回我所缺失的那一部分。

我在被子裡喚著她的名字，期望著她能像胡桃夾子那樣，在關鍵時刻挺身而出，解救我於水火之中。我最終哭到四肢酸軟，昏昏沉沉，可被單卻仍舊濕冷無比，抗拒著我的投懷送抱。

我想念她的肌膚，想念她柔軟的小腹，想念她溫柔的觸感。

她對我而言，究竟是怎樣的存在？我捫心自問。

我認定，她便是我自身所缺失的那部分，而此時的我，迫切地想要將其占為己有。如此強烈的欲望，使我發狂，使我喪失我應有的理智。她早已不再是我初轉學來時，在教室最後排座位上見到的那個女孩。在我的眼中，她作為「她」的那一屬性，已然被我的貪婪所吞噬。此刻的她，只屬於我，作為她的「她」，也僅僅不過是屬於我作為「我」的一部分而已。她已不再是一個單獨的個體，她與我註定要合二為一。

這一切都是命運使然，我暗忖。

臨近晚飯時，我再次走出自己的房間，找上母親，向其致歉。

「以後再也不想了。」

母親欣慰，也自認為不該扇我那一巴掌。

「這事兒，以後咱們誰也別提。」母親提議。

我說好。

一筆勾銷。

又過一周，她再次上到家來。

她這次沒穿長裙，只穿了條普通的黑色直筒褲，上身一件青藍色素襯衫。

母親為我們開了罐黃桃罐頭。

她對我說，近日來，校園裡總是傳出關於我的閒言閒語。

「說了什麼？」

「就是看你病了這麼久，懷疑你犯了什麼錯誤，被勒令退學。」她用鐵勺舀出一塊金黃的黃桃片，放進嘴裡。

我悄悄鑽進她手臂下的間隙，枕上她的大腿。

她接著說：「還有人說，自從我被發現私闖學校，你就沒來上學，一定是和我有什麼關聯。」

「什麼關聯？」

她說不知道。

我將頭面向她的腹部，湊近了聞一聞，還是熟悉的花香。她受癢收腹，左右扭了扭腰。我沒讓她向後逃，反而用手摟抱住她的腰，又將整個面部埋進她的小腹裡。她微微顫抖，不再反抗。

鐵罐頭碰上床頭櫃的表面，她拍了拍手。

頭頂傳來輕柔的撫摸，我感受著她腹部起伏的頻率，一邊傾聽自己均勻的呼吸。

我對她說，她是我的一部分。

「一部分？」她顯然不甚理解。

「一部分。缺了你，我就不是完整的自己。」

「真的？」

「千真萬確。」

「可畢竟我是我，你是你，我和你不一樣。我上次是不是也說過？」

「你的確說過，」我抱緊她，「但我也仔細想了想，只要我們一直待在一起，誰也不離開誰，那我就能夠保持現在的自己。」

「你還是沒明白。」她移走了原本撫摸我頭頂的手。

「我當然明白，是你不明白。你不明白你對我的重要性，你所有的，我沒有，且我在其他人身上，也無法得到。我需要你，你明白嗎？」

「所以，我對你來說，到底是什麼？」

「你就是我，我就是你。」我坐起身，攬住她的頸部，「我們得在一起，我們是一體，你難道不這麼覺得嗎？」

「城裡人，」她許久沒有這麼叫過我，「我到底有什麼，是你沒有的？」

「你，你就是我所沒有的。」我說，「況且，你不是也曾經說過嗎？我有的，你也沒有。那這樣一來，我們二人待在一起，不就正好能夠互補嗎？」

「哪有那麼容易！」她雙手捏住我的臉，故作輕鬆，「城裡人，你呀，可別太依賴我了！」

「這不是依賴——」

「你說的這些，太不現實啦！你要我強調多少遍，我和你不一樣，不一樣的地方有很多，也很根本。你現在不明白，以後可能也不會明白，但這也不能怪你。我知道你在想些什麼，但你總不能一直都躲在我這個小窩窩裡不出去吧？你現在，不過只是在逃避！可萬一哪天，我突然掉河裡去，給淹死了，又或者，碰上什麼流氓強盜，給一棒子砸死了，那你怎麼辦？難不成，也跟著去死嗎？我說過了，你和我不同，你就是你。就算沒了我，你也還是你。你應該是什麼樣子的，就是什麼樣子的。你想成為什麼樣子，就去成為什麼樣子。這些，都是我所無法左右的。就算沒了我，你也是你，你也能活得好好的，哪談得上什麼完整不完整一說？我呀，別看一天天嘻嘻哈哈，也有好多事要發愁呢！怎麼，你也想幫我分擔不成？」

「如果可以，我當然願意。」

她又捏緊我的臉，不讓我發言。「不要那麼幼稚！總而言之，我也不是不想和你待在一塊兒呀，不如說，我當然想和你待在一塊兒！可是，這怎麼可能嘛！」

「怎麼不可能？」

她看著我，哭笑不得，又只好將額頭貼上我的腦門。我們鼻尖碰鼻尖，眼神對眼神，她臉上的表情，就好似將廚房裡所有的調味料通通倒入同一口鍋裡熬制三天三夜後得來的湯底。

她向左一傾，鼻頭蹭過我的鼻翼，抵達我的右耳。她舉起右手，撓著我的頭髮，就像在摸蹲坐在門前的小狗。

「想當克拉拉的話，那就儘管去當，想穿裙子的話，那就儘管去穿，沒人能夠攔得住你。」她在我耳邊說。

「我也想啊！」我又不爭氣地抽泣起來。自從穿過了那條長裙，自己的情緒就變得愈發敏感，我想控制，也無計可施。「可是我不能！我一個人辦不到！」

「你不是不能，你是不敢。」她用手背擦掉我面頰上的淚痕。

「對，我是不敢，因為我只有這麼一個不屬於我的身體，我沒辦法呀！」

「你為什麼不敢？你在害怕什麼？」

「害怕什麼？我在害怕什麼……」

「你想得太多啦！」她說，「你害怕的，無非就是別人怎麼想嘛！別人怎麼想，那是別人的事，何必要擔心呢！」

「可是——」我住了口。

「再說了，就算有了我，你就可以如你所願的那樣隨心所欲了嗎？當然不是！你所害怕的，依舊原封不動地擺在那裡，人們該怎麼想，還是會怎麼想，這一點，可由不得你。」

「可是——」

「我的存在，充其量只不過是給了你一個勉強容身的洞穴，好讓你一頭紮進來，假裝外面的聲音全都消失不見，然後兩個人這麼你騙我我騙你，自欺欺人過一輩子。可我不是洞穴呀！我也是會離你而去的呀！我們是不可能一直待在同一條船上的。這是命中註定，城裡人！」

「為什麼……」

「沒有為什麼，只有怎麼辦。你現在應該想想，該怎麼辦才好。」

「該怎麼辦才好……」我向前靠，讓腦袋架在她的左肩上，一邊呆滯地看著床邊的窗臺。週末正午的太陽，將玻璃窗上的污點印在雪白的床單上。

「下次再來看你。」她說著，一邊輕輕將我推開，又讓我躺倒在床。「祝你早日康復。」她對我說。

我翻看日曆，一學期行將結束。

母親又為我帶回幾本夏目漱石的小說，可我卻怎麼也無法靜心閱讀。

此刻的我，內心是矛盾的。

我既希望她能再來拜訪，卻又害怕與她相見。她所言的確在理，我不該將其看作是我的附屬品。她也是人，她也要生活，她也有自己的想法。我不該出於孩童般天真的心理，將她視為自己的一部分，說什麼要將她占為己有。可我自身依舊不能稱之為完整，這一點仍是不可置疑的事實。

我所能做的，就是盡可能抑制自己對她所擁有的難以被歸類的感情。

我告訴自己，沒有她，我也一定能成為自己。

而要想實現這一目標，就得與她一刀兩斷。

下定決心倒是容易，可一見到她，自己便又輕易敗下陣來。

她行若無事地上我家來，與母親歡快地打著招呼，又一如既往地走進我的房間，坐到我的床上，與我分享近日校內的趣聞。她知道我無心聽，卻仍舊喋喋不休地講著。

我不再像原來那樣靠在她身上，而是倚著床頭，將頭擺向窗邊，故意不去看她。直到她問我什麼，我才敢鼓起勇氣用余光瞟向她那一側。

她微笑，講到有趣的事情時，又不禁開懷大笑，我也笑，只是笑得不易察覺。她邊說，邊揉著我的腿。我讓她揉，卻不吭一聲。彷彿獨自對著一面土牆講完了一肚子的話，她滿意地從床上站起，與我告別。我向她揮手，她便轉身，走出門外，又好心替我關上門。她一走，我就一頭倒下，強忍著聚集在鼻腔內的刺激，壓抑住沸騰在胸腔裡的情感。

據她自己所說，最近一段時間，學校裡有幾名年紀較長的學生，總是糾纏她不放，叫她表演一番「胡桃夾子」的舞蹈。迫于無奈，她只好自行編出一套四不像的動作，沒成想，竟然使那幾名學生佩服得五體投地。除此之外，那位姓陸的數學老師也不再找她的麻煩，甚至連家長也沒叫去，這對她來說，屬實是萬幸。

我現在偶爾也會下樓走走，但範圍僅限於公寓樓外方圓一百米。熟人很多，卻總是對我避而遠之。他們生怕動亂了我的哪塊齒輪，又將我重新打回病床。

我也沒他們想像的那般虛弱！

我開始寫作，胡亂寫些什麼，只要能寫出來就好。也不希望寫給誰看，只是單純地將它們創造出來，將我的內心所想具化為文字，保留在某處。

我記錄下她的每次探訪，記錄下她的一顰一笑，記錄下她分享的有趣見聞，記錄下不同時日裡她身體的溫度。

她每次來，都要向我抱怨兩句學校的功課。什麼被等差數列弄昏了頭，什麼被力學定律搞垮了身子，等等等等，我都了然於胸。我不過是靜靜聽著，不再像原先那般親密要好。

她對我的冷漠淡然從來不加評論，畢竟這是依她所願。

每次離別，她都顯得那麼漫不經心，致使我對此更加耿耿於懷。

終於有那麼一天，我對她臨走前的表示毫無反應，她愣在原地，等待著我說些什麼。

我拉著臉，擺頭看她。她也看我，向我投來稍顯疑惑的目光，仿佛在體貼地問詢我發生了什麼。

「你以後，別再來了。」我對她說。

她問我為什麼。

我躺下，背過身去。

沒再聽見她說話，只聞宛如鉸鏈斷裂的合門聲。

幾分鐘過去，我爬起來，扭頭朝門口看去。無人。

我失望極了，雙手揪緊能抓住的東西，也不知是床單還是被套。指甲隔著面料深深嵌進肉裡，我歇斯底里。母親闖進門來，她著實被我嚇了一跳。

她問我這是怎麼了。

我擦掉淚水，草草整理好淩亂的床鋪，說自己在家憋得久了，需要釋放一下。

她抱住我——自從我開始上學讀書，這是許久以來母親所給予的最富溫情的擁抱——讓我忍一陣子，等過段時間，我的病就一定會好。

可就算這肺病好了，我也還是一個殘缺之人。

我拿起紙筆，寫下此刻的心情。寫完以後，從頭至尾讀過一遍，又將其撕成碎片，再揉成一粒粒小團，就著白開水，一股腦順進肚子裡。有時候，紙片撕得大了，揉出來的紙團自然也就會變大，時常會卡在自己嗓子眼的位置，不上不下。我試著用手去摳，卻怎麼也摳不到，就只好大口喝水，勉強把它咽進去。

事畢，原先的所思所想就通通拋到腦後，假裝是一個正常且完整的少年，走出房門，扮演著自己的角色。

唯獨一點，就是她的確再也不上我家來了。

母親也向我問起這事，說我倆是不是鬧了矛盾。

我說沒有。

沒有就好，母親說，反正我們在鎮上的日子也所剩無幾，她不希望看見我到頭來與這裡的人發生不愉快，留下些令人不悅的回憶。

所剩無幾？

我問母親，這是什麼意思。

母親說，父親工作上有了調動，即將回上海就職。原本是明年二月開始，但鑒於我的病遲遲不好，母親打算帶著我到上海的醫院求醫治病，便打算提前動身，年底就走。

「年底就走？」我說，「那不就是下個月？」

「不光是要給你治病，還有別的事情要去置辦。」母親回答。

我被口水嗆到，不停咳嗽，隨後又應了聲「好」。

確實是好，我心想。那樣一來，就能與她不辭而別，這也是命運的安排。待到她發現我的離去，定會因自己沒有對我多加珍惜而感到追悔莫及。可到那時候，一切都已經為時已晚了！

我躲進房間，對著白牆，一陣獰笑。

不過，我又想到，若是她一直沒有發現我的離去，那該如何是好？

我來回踱步，想來想去，最後想了個明白——

與我無關！

從此以後，她怎麼樣，都與我無關。既然她說我可以獨自成人，既然她說她與我不同，既然她選擇離開我的房門，那她就與我無關。

我打定主意，就這麼辦。不同她告別，也不再與她有任何瓜葛。她是她，我是我。

到了半夜，我又開始反悔，甚至開始對即將面臨的未來感到無比恐懼。我的恐懼成倍繁衍，在我面前堆成一座小山，小山又變成一隻巨大的黑鼠，它用猩紅的眼睛逼視我，一邊發出瘆人的「吱吱」聲。

我總算意識到，自己馬上就要離開她，且不知是否還能再次相見。而她若是不來，我就連見她最後一面的機會也沒有。這該如何是好？我問自己。

我想逃，我想躲進她的身體，誰也喚不出來。可惜，這只是我個人的癡心妄想。從心底裡迸發出的一種強烈衝動，正竭力試圖說服自己跑進父母親的房間，懇求他們留在鎮上。但這也不過是在想入非非。

不切實際。

我陷入深深的絕望之中，恐懼化成的黑鼠指揮起它的兵卒，將我團團圍住。

現實的翎羽越飄越遠，空留我在一處風譎雲詭的幻象當中。

我夢見她躺在我的身邊，一絲不掛地向我展示她的身體。撲朔迷離的煙霧纏繞著她的面龐，她宛然，笑顏猶如月色下泛著銀光的甘露。她側臥，用前臂墊著頭部，我靠進她的身下，額頭抵著她的下顎。

我乞求她，求她不要離我而去。

她不說話，用手抬起我的下巴，使我的嘴貼到她的胸前。她眼前那厚重的雲霧，絲毫沒有減退的跡象。她伸出在外側的手，將我攬在懷裡，又用兩根手指捏了捏左胸的乳頭，再將發硬的乳頭放進我的嘴裡。

我也沒想，便順著她來，本能地吮吸著她的乳汁。可流進嘴裡的液體，並沒有奶香，反而充斥著一股濃烈沖人的血腥味。這血腥味非但沒令我感到厭惡，反倒使我顛狂起來。我緊緊抓住她的身體，不斷揉捏、按壓她的乳房，血腥的液體不斷從乳頭內噴射而出，我忘記了呼吸，只顧著用盡氣力進行吸吮。

她輕喘一聲，標示著液體的耗竭。我卻欲壑難填，蠶食起她的身體。我起先咬住她的乳頭，又進而咬起整個乳房。鋒利的犬齒咬破她少女特有的嬌嫩肌膚，深紅的血液向外滲出。我像一隻如饑似渴的醜陋的野狗，貪婪地伸出舌頭，舔舐著流淌在她皮膚之上由鮮血匯成的溪流。

她不時發出嬌弱且悅耳的叫聲，雙手因疼痛而左右扭曲。

這樣一來，我的身體裡，便流有屬於她的血。

我撕咬她的全身，大大小小的咬痕裂口遍佈她的軀體。她不再出聲，唯有胸腔劇烈的起伏，仍能作為她生命存在的證據。

待到身體的鮮血被我吸盡，我便向上爬去，向那迷霧進發。

她死死地躺在這裡。

我試圖將臉湊進霧中，繼而接近她的面龐。可她卻突然消失不見，好似落入手中的雪花。

我睜眼，身邊沒有她，嘴裡的血腥味卻始終存在。

我起身，窗外夜色正濃，不見一絲光亮。

我走出房間，來到廁所，想要小便，卻發現內褲上沾著粘稠的液體。不去管它，我履行義務般排空體內的存蓄，洗手，照鏡子。我張開嘴，下顎左側犬齒的牙齦有些出血。

回到房間，躺上床，回想起那詭異的夢境。它一定預示著什麼。

第二天一早，我忘卻了前一晚的恐懼，又更加堅定了自己與她分道揚鑣的想法。

我本就應該拋棄寄生於她的自私妄想。

一個月很快就過去，她也守信——幸虧如此——沒來看過我一次。父母已將一切都準備妥當，重要的行李全都裝上了車，那些搬不走的，也已經轉賣給了鎮上的熟人。

我們走出住了一年多的公寓樓，毫無留念地坐上父親找來的卡車，卡車的貨箱上裝有大包小包的行李。父親與車主說好，先將我們一家送去火車站，再付錢讓其幫著把行李運到上海。車主是個老實人，只要有錢拿，什麼都肯做，也不會嫌這個嫌那個的。

卡車的後座比一般車輛要窄，且座位基本毫無舒適度可言。透過花白的後窗，可以勉強看見貨箱的包裹。

駝背的車主啟動卡車，車頭的引擎發出拖拉機一般的噪音。卡車緩緩開動，行駛在離開鎮子必經的土路上。再過不久，興許就能從窗外見到那條清澈的小溪。

我猶豫一陣，回頭朝後窗外看上一眼。只可惜，後窗的刮痕與污漬對我來說都顯得過於深刻，我什麼也看不清楚。

我扭過頭來，朝路的前方看去。

就這樣，我離開了鎮子。

10

鬧鐘響起，早已醒來的我系著下廚用的圍裙，擦了擦沾著水漬的手，跑進房間，掐掉了例行公事的鬧鐘。

上午八點。

我打勻兩個雞蛋，放入鐵鍋中翻炒，撒上食鹽和胡椒粒，裝盤放到一邊，又煎了兩條培根，三塊鱈魚柳。按理說，今天的早餐已經大大超出了平日裡我一人的份量。

我雙手撐腰，看了看那盤炒蛋，又看了看擺在同一個盤裡的培根和魚柳。恐怕還是不夠。

我再次打開冰箱，上下翻找一陣，取出一根新鮮黃瓜，掰開半根，切片。另外半根用保鮮袋裝好，重新放回冰箱的隔層。一個色澤紅潤的番茄，對半分開，再同樣切成細片。用烤麵包機小火烤上九片去邊咸吐司，烤好的麵包沿對角線切開，最後夾進黃瓜和番茄片，製成六個小三明治。

應該夠了。

我用奶鍋煮了半升牛奶，又沏好紅茶，一齊端上吧台。

我打開客廳的音響，往唱片機裡放上1974年DECCA錄音的《蝴蝶夫人》。

今天陽光正好，屋子裡也暖了不少，三月即將過去，冬的幽魂也終要被春日的暖風吹到別處。我半靠在沙發上，聽美國上尉唱起《星條旗》的旋律。

上午八點五十五分。

門鈴被人按下。

我跑到門前，牆上掛著的話筒旁有個藍色的小按鈕，我摁動它，以便打開一樓公寓入口的大門。

一分鐘過後，公寓的房門又被人敲響。

我轉開門鎖，朝里拉門，門外站著克拉拉。

我頭一次見她將卷髮規矩地紮成標緻的馬尾。

她走進門，如入無人之境，又好似走進五月份傾銷棉褲的大賣場。今天的她穿了件略顯老舊的奶油色皮夾克，下身則是一條純黑無褶A字裙，配與上周相同的那雙白色球鞋。

她塗著顏色讓人想起Tabasco辣椒油的口紅，可臉上的雀斑卻十分惹人注目，其顯眼程度，簡直就好比站在水族館的玻璃缸前看到一隻正在潛水的大象。

她循著香味跑到廚房的吧台，指著幾盤早餐。

「隨便吃，給我倆做的。」我對她說。

她拿起我早已備好的金色刀叉，刀叉是一次在超市買保鮮盒時用額外的積分換購而來，卻一直用到了現在。而當初買的玻璃保鮮盒，早就不知淪落到哪裡的廢品回收再生廠裡去了。不過客觀來講，這保鮮盒較之廚餘垃圾，大可說是幸運很多。它得以順利進入回收工廠，接受它的重生，搖身一變，又是個嶄新的商品，被人明碼標價，擺在貨架上。第二次「盒」生。

沒有真正的垃圾，只有放錯的資源。

曾幾何時，我偶然在路邊的宣傳欄上看到過這句話，便一直將其留存在記憶的某處。

人也是一樣，我想。而這點，也正是這一再尋常不過的公益標語所深深震撼我的原因。

我們只是被放錯地方的人們。

「沒想到，你還真有一手。」克拉拉嘗過炒蛋後，如此誇獎道。

「哪裡，」我坦言，「這都只是些最簡單的東西，是人都能弄得出來。」

她「嗯」了一聲，又轉而拿起一塊沒有手掌大的素三明治。

「沙拉醬？」她咬下一口，半舉著三明治，問我。

「沒錯。」

她問我有水沒有。

我說，有紅茶，有牛奶。牛奶是熱的，紅茶剛沏好。她歡呼，說要喝紅茶。我只好又將紅茶端回廚房的吧台。

我也開始吃起來。

「說正事，」克拉拉咽下嘴裡的魚柳，「那人聯繫了沒有？」

「聯繫了，」我說，「不過是個女人接的。」

「女人？」

「說是他秘書。」

「他還有秘書？」

「我也好奇來著。」我接著說，「那秘書告訴我，讓我過段時間再打電話過去。這幾天，他抽不開身。」

「又是抽不開身？」

「又是抽不開身。」我攪拌起自己杯中的奶和茶。

上一個如此難以聯繫的人，恐怕就是她的姐姐了。

「那接下來怎麼辦？」克拉拉又問。

「先休息一周，一周後再看。」我說。

克拉拉用餐巾紙抹去嘴角上的油漬。

與她一同前往崇明調查華東奇石協會，一轉眼，就已經是一周前的事了。

那天夜裡，我與她在警衛間裡，僅僅只聊了不到一個小時，就因各自的疲憊到達了峰值，便只好各回各床，早早睡下。萬幸的是，小克萊伯的一張唱片正好放完。

第二天起來，我和她洗漱完畢，在客廳享用了服務生送來的早餐。我對她說，我想回公寓一趟。

「莫非是有什麼掛念的事情？」

「那倒沒有。」我說，「只是，一直待在你這兒，心裡總感覺不好受。」

「隨你。」她說，「改天，我也去拜訪一下。」

「你昨天不是已經去過了嗎？」

「那只是在樓下，又沒上去。」

「上面沒什麼。」我實話實說。

克拉拉吃起用漂亮的瓷碗盛著的蔬菜沙拉，「對你來說沒什麼，對我來說可就不一定了。」

就這樣，她才會出現在此時的公寓裡。

「就沒什麼評價？」我問她。

她環顧一圈，「小。」

我笑。

「小到放不下一匹斑馬。」她又補充。

我問她，為何非要在公寓裡放一匹斑馬不成？

「興趣。」她說。

「這麼說，你家裡有？」

「沒有。」

「那這興趣？」

「想想而已。」她又說。

我也拿起一塊三明治。麵包烤得有點焦了，不知她是否也這麼覺得。

「不過，味道很好。」她又說。

我說聲謝謝，「你已經誇獎過了。」

「不，我說的不是食物，是房間。」

「房間？」

「對，房間。我喜歡這裡的味道。」

「什麼味道？」

她想了想，「沒有香薰，只有油煙、清新劑、沐浴露、牙膏、洗潔精、消毒水和廚餘垃圾混雜在一起的味道。」

「看來不是什麼好味道。」

「不過我喜歡。」她說。

我往奶茶裡放糖。

「下午去兜風吧？」

「兜風？」

「兜風。」她用刀叉切出一小塊培根。

我問她為什麼。

「總不能一直待在這裡吧？」

「你不才說喜歡這裡的味道嗎？」

「味道是味道，這人啊，就得出去走走。」

「那麼，這次拜訪可算滿意？」

「當然滿意嘍。」

照她的建議，我們用完早餐，她坐上沙發，待我更衣，又關上音響，便起身隨我一同出門。

她駕車，我坐側。

「去哪兒？」她問我。

「方向盤在你手裡。」

「你想去哪兒？」

我說不知道。

她啟動，將車開出地庫。

我問她：「想到去哪裡了？」

「沒有，」她打開敞篷，「但不管怎麼樣，車輪得轉起來。不然的話，在車庫裡還怎麼兜風？」

保時捷開上路，車裡放著平克・佛洛德樂隊的專輯。

「開敞篷，車速不能太快。」她向我介紹，「車速快了，眼睛必然不好受，更別提欣賞風景了。」

我說是的。

「這車，是你自己買的？」我問她。

她單手扶著方向盤，右手則在大腿上打著節拍。「當然是自己買的。」

「我還是要問，你的這些錢，都是怎麼賺來的？」

「偷來的。」

「偷來的？」

「你可以現在就報警，不然的話，我也可以直接開車送你去警局。」

「那倒不用。」我說，「只是我現在有點分不清，你說的話，到底哪些是真，哪些是假。」

「那就是搶來的。」

我叫停她的說笑。

「錢若是想掙，其實很容易。只要你有能力。」

「光是有能力這一點，就夠不容易的了。」

她將車駛入最外側的車道，「人人都有能力。」

「人人都有能力。」我重複著，「那為何這社會就非得有什麼貧富之分？」

她笑而不語。

「像我，我就沒能力，只能當個音樂老師。」我又說。

乾爽的風打在臉上。

她向右轉，拐進原先的法租界。「誰說沒能力的人才能當音樂老師？教書育人，怎麼就不是一種能力了呢？」

「可問題在於，」我試圖為自己開脫，「我缺的就是能夠起到教育作用的能力。即使我盡心盡力，想讓學生接受音樂的薰陶，他們也全然不會將音樂當作一門藝術看待。音樂對他們來說，不過是消遣，就跟嚼口香糖一樣。待到甜味消耗殆盡，就一口吐掉。可是呢？他們失去的，卻是音樂真正的精髓。而我卻沒法兒使他們有所領悟，我沒有這個能力。對他們來說，我的一切努力，都只是在勸說他們把嚼完的口香糖咽進肚子裡，簡直就是咄咄怪事！如此一來，說我失責也不為過——當然，僅僅從作為一名音樂教師的角度出發。像我這種在學校裡可有可無的角色，又怎能談得上什麼有能力之人呢？」

「這可不是你的問題。」

「那是誰的問題？」我反問她，「沒錯，學生們不願將消遣當成嚴肅的課題看待，這的確是他們的問題。可我卻沒辦法將他們的不願改轉化成情願——這原本便是教師的職責——這就是我的問題。」

「可就算沒有教書的能力，你身上總會有其他的能力，只不過有時就連你自己也意識不到而已。」

「那從你這個外人的角度來看，就能看出我這麼一種——或多種，若是可能的話——隱藏的能力了？」

「或許。」

或許，又是或許。

「舉例說明？」我問。

她想了想，「通靈。」

我好似受到了侮辱，便以白眼抗議。

「除此以外？」我又問。

「有趣。」

「這個不算。」

「獨來獨往，形單影隻。」

「獨來獨往是沒錯，可這怎麼能代表我有能力呢？」

「孤獨也是一項本領。」她說。

「那可真是悲哀。」

「在你眼裡什麼都是悲哀。」

「那你可要說說，孤獨究竟是怎樣的能力？」

保時捷駛過弄堂。

「能夠承受孤獨，就代表一個人有能力獨自處理所面對的問題。你不需要依賴於他人，獨立成個體，就算世界末日、人類滅絕，你也能作為唯一倖存的人類，過好你該有的一生。這就是能力。」

「可孤獨也有別。」我質疑道，「有人是主動尋求煢煢孑立獨善其身，而有人則是不得不適應孤獨的狀態。」

「你屬於哪種？」

「不好說。」

「或主動或被動，都無太大影響，只要你最終適應孤獨，就代表你獲得了這項能力。」

我仰頭，看向空中一朵豎直向上膨脹的白雲。

「可人類終究是社會性動物，沒有誰是一開始便能適應孤獨的。」我說，「總是單打獨鬥，可沒法兒在野外生存下來。」

「有道理，」克拉拉贊同道，「不過這就屬於先天論和後天論的探討了。」

「總要有什麼決定性因素，使得我開始習慣孤獨。」我說。

她趁紅燈時的空隙點起一根細煙，吸上幾口，再將煙灰彈進小煙灰缸裡。

「你屬於後天論。」

「算是。」我說。

綠燈亮起，引擎轟鳴。

「但你也得承認，這的確是你的能力，不是嗎？」

「轉念一想，確實如此。」我說，「可這樣的能力，似乎並不能使我家財萬貫。」

「因為你不想。」

「我怎麼會不想？」我看向她，「沒人會跟錢過不去。」

「你的意思是，全社會都是拜金主義？」

「不要什麼事情都上升到全社會這麼廣泛的範圍。」我捏捏鼻樑，又繼續說，「不愛錢的人固然數不勝數，他們要麼擁有自己的理想，要麼只希求平凡的日子。總而言之，不愛錢的理由五花八門。但我們無法否認，要想實現夢想，要想過上平凡的日子，人最基本的需求必須先被滿足。」

「馬斯洛？」克拉拉插話道。

「沒錯，馬斯洛——可若是要滿足這些基本需求，你就必然繞不開錢。這可是現代社會的規則。換句話說，人們的基本需求無不可以直接與金錢劃上等號。金錢就是根本，是你活下去的根本，也是你繼而實現更高等欲望和夢想的根本。」

「但我可以肯定，你並沒有淩駕於金錢以上的欲望。」

「怎麼說？」

「若是你的任何欲望——讓我們按照你的說法去假設，這所有的欲望都可以被簡化為最初級的對金錢的欲望——都達不到驅使你做出行動的強度，或者說，無法產生你去獲取財富的動機，那你就算再有能力，也不會多麼富有。一如你現在這樣。這麼講，你認同嗎？」

「差不多。」我說。

「那麼現在，可以總結一下現有的命題：第一，欲望產生動機，動機導致行動，行動決定狀態；第二，行動的結果取決於個人的能力；第三，你擁有你自己的能力；第四，你並不富有。由此可得，你並沒有什麼確切的欲望，或是你的欲望沒有強烈到足以產生驅使你做出行動從而改變貧富狀態的動機。」

「其實有時候，我對你還挺好奇的。」我對克拉拉說。

「好奇哪方面？」

保時捷已然快要駛向黃浦江畔，兩旁的人行道愈發熱鬧起來。人們不約而同，朝坐在車廂裡的我們行著注目禮。

我還不太習慣處於關注焦點的感覺，人們的視線好似被火燒熱的針頭，紛紛刺入我的皮膚。

我在副駕駛的座位上，向下移了移身子，妄想使自己藏進車身，好讓離家出走的安全感重又回到我的身邊。簡直就與將頭埋進沙子裡的鴕鳥無異，我自嘲地想道。

我一邊躲藏，一邊回答：「我對你的所有瞭解，就像幾塊從包裝盒裡掉出的拼圖碎片。我只能從碎片上的零星圖案，去勉強猜測這拼圖上畫的到底是一片雪林，還是一汪清泉，抑或拿著鐮刀的惡魔正在收割人們的頭顱。我跟在盒子後面，撿拾不斷掉落的碎片，每當獲得的資訊更加完整時，我對你的認知也就不停地重新洗刷一遍又一遍。有時我以為你是這樣，卻發現你原來是那樣，到頭來，卻怎麼也猜不准。」

「所以，你是想要去瞭解我的嗎？」

「我自己也說不清楚。」

「那現在，又是什麼在困擾著你？」她問。

「你看，我所知道的你，不過是你的大致情況。我知道你寫作，知道你家境優越，開著保時捷911，自己在上海有套房，卻在外面住高檔酒店的總統套間；對自己的形象不怎麼在意，有些蔑視規矩，視煙如命，偶爾展現出多少程度的利己主義——」

她就像聽到我一本正經地聲稱地球是平的一樣，笑得格外響亮。

我接著說：「父親是法裔廚師，你卻在中國土生土長，說一口流利的中文和法語；音樂品味廣泛又多樣，某種程度上來說，有些令人難以捉摸；腦子裡裝的知識同樣亂七八糟，我知道的、我不知道的事情你都能對其侃侃而談；對某些問題的看法十分激進，甚至有些與傳統道德背道而馳；駕駛技術嫻熟，好於我所認識的大部分女性司機；遇上突發狀況也能冷靜應對，處於未知的情形中時，總會抱著隨遇而安的態度，不慌不忙，從容不迫；直覺敏銳，喜歡觀察人類；而現在，我又開始發覺出你的哲學背景。」

「所以呢？」她聽完，如此問我。

「所以啊，我意識到對於你，我還有很多需要瞭解的事情。比方說，你在哪裡上的大學？大學裡面學的是什麼專業？有沒有固定的戀人？對於這些，我還真是一概不知，而且原先的我，竟然也從沒想過要去多加過問。」

「因為你習慣獨來獨往。」她對我的症狀做出診斷，「這是你的能力，你不需要與他人多做瓜葛，所以也就不需要對他人多加關注。他人的意義，在你這裡，就好似西伯利亞的電風扇，可有可無。」

「不能說你是錯的，」我看著車外的各式異國建築，以及出沒於建築腳下那些花花綠綠的遊客們，「可我偶爾也會對別人產生興趣，你嘛，也算其中一個。」

「實在是榮幸。」

一旁的富豪短促地鳴笛，催促路口橫穿車道的行人。

「畢竟，只穿浴袍喝咖啡的女人可不多見。」我又說，「既然都說了那麼多，可否再容我打聽下，你的大學生活？」

「Sydney，」克拉拉蹦出一個英文單詞，「在那兒上的學。」

「怎麼會想到去悉尼？」

「不知道，說去就去了。」

「還喜歡？」

「喜歡，就當是去感受一下南半球的海風。」

「鹹嗎？」

「鹹。」

「學的是什麼？」

「電影研究。」

我有些不解，「電影研究，學出來是做什麼的？」

「電影研究，學出來不搞電影，難道去放高利貸？」她語帶諷刺。

我讓她不要在意。「電影研究也會學到哲學基礎？」

「電影是形式，內容卻千差萬別。」

我說我大概懂了。

保時捷繞著外灘開上一圈，克拉拉將車停到附近的車位裡。

「何必非要來這麼一個全是遊客的地方？」我問她。

她沒回答，合上車的頂篷。

「克拉拉，」我叫她的名字，「我現在也突然開始思考，自己為何會變成現在這樣。」

「你是說？」

她調低音響的音量。

「我是說，你所謂的獨來獨往。」

「是因為她嗎？」

「我想，那只是其中一部分原因。」

「何以見得？」

「我那天晚上也同你講過，現在的我，記不清她具體的容貌。我想，究其原因，必定是因為我只顧著自己，從而忽略了對她——作為他人的她——的關注。」

「你始終把她視為自己的一部分，對嗎？」

「沒錯，可她作為我的那一部分，早就已經不復存在了。那一部分已經死了，徹徹底底地死了。」

「不單是你的那一部分死了，就連作為他人的她，也已經死了。」

「是啊……」我輕歎，「有時想來，還是會覺得不可思議。那個作為她的她，也終於離我而去了。可是，當我收到那封郵件的時候，在我讀懂那些文字的一瞬間，僅僅是那麼一瞬間，我卻感受到了自己許久未曾感受過的如此真實又強烈的生氣。這樣一種生氣緊緊環抱住我，仿佛迎接我的，並不是她的死亡，而是她的重生。可能也就是從那時起，我的生活便發生了變化。各種離奇的怪事接二連三地發生在我身上，她又好似浮游在世間的幽魂，將我拖入遠離現實的幻象之中。也就是那時，我下定決心，想要弄清這一切出現的原因。我聯繫上自稱是她姐的郵件寄件者，約好在咖啡店見面。也是在那個時候，我遇見了你。而你的名字，冥冥之中，又恰好是克拉拉。」

「你懷疑我的出現，也是這一連串離奇事件的一環？」

「不能排除這一可能性。」我說。

「我看得出來，」她突然說，「我看得出來你現在的腦子裡在想些什麼。」

「哦？」

「你在想，我們是否應該繼續下去，還是就此打住，不去觸碰我們無法掌控的事情。」

「直覺？」

「不單單是直覺，」她再次啟動引擎，「從你說要休息一周的時候，我就看出來了。」

我咬了咬牙根，眯著眼看克拉拉轉動著方向盤，駕車原路返回。

「我承認你說的沒錯，」我對她說，「我確實是個將他人的存在有意淡化的人。事實上，我很怕維繫與人之間的感情。不管是與朋友也好，還是和家人也罷。我時常會擔心自己在這段關係中的角色，也害怕破壞現有的穩定。我不敢加深彼此的關係，當自己真的從人際交往中感受到快樂的時候，我又會擔心，這樣一種快樂不過只是鏡花水月。從中產生的不安，就會如潮水般沒過我的身體。久而久之，我開始選擇逃避，儘量避免與人產生過多的聯繫。這樣一種心理，不知你能不能理解。」

「我想我能理解。」克拉拉說。

「這次的事情，起因也是我的一廂情願。我渴望通過她伸來的橄欖枝，與生前的她再一次產生聯繫。可當我幾天前掛掉那位女秘書接起的電話以後，我突然意識到，自己若是愈發深入下去，就會牽扯到越多的人進來。我自然會感到害怕。」

克拉拉瞄我一眼，又繼續看路，「你害怕的，應該不只是這個吧？」

我咬住內頰，深深吸氣。自己準備的一套說辭，騙得了自己，卻騙不過她。她不留情面地撕開我的外殼，逼迫我走出。

「你要是不說話，就當是默認了。」她對我說。

「容我再想一想。」

她將我送回公寓，卻不打算上樓。我們站在樓下，她雙手插在皮夾克的口袋裡，讓我考慮好了，再給她電話。

「我可不希望你臨時變卦，導致我的書稿胎死腹中。」她對我如此說道。

我說我明白。

我上樓，回到公寓。早上的奶茶依舊原封不動地放在吧台，等待著有人能品嘗它的醇香。

我害怕的，當然不是嘴上說的那樣。

我灌酒似的喝光涼透的奶茶，去廚房的水槽洗了杯子，換好衣服躺上沙發，盯著電視機的黑色螢幕。

我害怕的，是自己離真相越來越近。一旦摸清楚這一切的源頭，真相即將浮出水面，就意味著自己不得不再次面對她的影子。正所謂陰魂不散，便是如此。我渴望見到她，我渴望抓住她彌留於世的裙角，去滿足我極其私人的念想。正是這樣一種想法，驅使著我撥通了不同的電話號碼。可我卻總是忽略了某種隱藏在自己與日膨脹的欲望之後、卻無法被清除的事實。我想要找尋的，我渴望捕捉的，僅僅不過是她的影子，是她尚未死去的生的殘影。若是我找到了她，究竟又會發生什麼？自己恐怕將要親眼見證她邁過死的門檻，徹底地抹去那些已然過期作廢的、作為「她」而存在的生前的影像。這是一個階段，是人們所必經的一個過程。夾在生與死之間的荒漠，她腐爛的身體，以及重歸自由的靈魂。我將見證她的重生。

我害怕，我當然害怕。

我害怕見證她的重生。

「這車性能看著不錯。」克拉拉難得坐在副駕駛一側，饒有趣味地摸索著馬自達323的中控台。

「我替小藍謝謝你的誇獎。」

「小藍？」

我雙手拍了拍方向盤的上方，「給它取的名字。」

「有意思。」克拉拉說，「原先撞壞哪兒了？」

「車屁股。」我說，「整個後備箱都陷進去了，乍一看就跟為地球擋下一顆隕石似的。」

「現在完全看不出來。」

「煥然一新，簡直就像接受了重生一樣。」

不得不說，今天去修理廠提車的時候，就連我自己都被小藍的嶄新面貌所大為震驚。以至於我一坐上愛車，便興致勃勃地聯繫克拉拉，接她出來碰頭，順帶還上此前帶我兜風的人情。

「多少排量的？」克拉拉問道。

「1.8，」我答，一邊駕車前往奧胖子的咖啡店，「機頭是日本原裝，不過有時碰上陡坡，偶爾還是會顯得動力不足。」

「已經很好啦。」

「當然，比起你的911，我這小藍也只是小巫見大巫。」

「尾翼是你自己裝的？」

我看了看青綠色燈光的儀錶盤，此時的車速控制在五十邁上下。「不是，原本就配的。」

「有沒有改裝過？」

「沒有——」我想了一下，「除了在車裡多加了兩個高音喇叭。」

我一邊說，一邊伸出右手，指向副駕駛側的A柱位置。後加的高音喇叭，就安裝在A柱與車門的夾角處，也就是與後視鏡位置齊平的車門內側。

「想聽點什麼？」我朝近幾年以來車裡載過的唯一一位女乘客殷勤地問道。

她說隨便。

我單手換擋，減速，停在紅燈前，扳下頭頂的遮陽板，上面套著一個黑色的CD收納袋。我取出西貝柳斯的作品集，放入中控台的唱片口裡。

憑我的記憶，曲目依次是《芬蘭頌》、《卡累利阿組曲》、《塔皮奧拉》、《圖翁涅拉的天鵝》，以及《悲傷圓舞曲》。

克拉拉捏起一根細煙，正準備開窗，卻被我制止。

「還請不要在我的車裡抽煙。」我對她說。

她抓了把頭髮，將細煙扔進車門的扶手裡（323側門的扶手是個小凹槽）。

我向她解釋，一來我這車的排風系統不好，煙味會一直留在車裡，久久不能散去（有前車之鑒，但說來話長）；這二來，就是車的隔音本身就不好，若是還要開窗，自己的耳朵肯定受不了。

她打個哈欠。

我忙著掛檔，踩離合。

她又開口：「想通沒有？」

「還沒，」我說，「現在不急，一周的時限，還有兩天。」

「誰定的時限？」

「我給自己定的。」

「真行。」她說，頭靠在323流線型的織布座椅上。

車拐進*Lonesome Town*所在的街道，咖啡店的大門卻上了兩張廁紙一樣白花花的封條。

「這是怎麼回事？」

我氣憤極了。這感覺就好比被至親的戀人所背叛，一聲不響離我而去，僅留一張潦草的紙條，向我告知她遠去的事實。

我發出不耐煩的低哼，克拉拉讓我停車。

我停在路邊，克拉拉開門下車。她走到店門前，我打開雙閃，也緊跟著上前。

封條竟然是消防大隊留下的。

「這下倒好，」我說，「原本想請你吃意面的。」

她朝緊閉的玻璃門上哈氣，創造出一團顆粒質感十足的白霧。接著，她又往白色的水霧上點出兩個眼睛，外加一個上揚的嘴角。

我掏出手機，找出奧胖子的號碼，給他發送訊息，問他店裡是怎麼回事。

「換地方。」克拉拉在身後用拳頭頂了下我的肩膀。

我們各自從兩側上車。

換地方。

「這個點，吃什麼比較好？」我問她。

她系上安全帶，「不知。」

「早餐店大多關了門，吃正餐又顯得太早。」

「可惜附近找不到吃brunch的店。」

「那吃什麼好？」

「嗯，想吃漢堡。」她說。

「出來吃漢堡？」我不情願地問她。

她擅自操縱中控台的按鈕，打開音響。「漢堡怎麼了？」

「行，漢堡就漢堡。」

我一腳油門，開始在路上尋覓速食店。

少頃，我又問道：「披薩怎麼樣。」

「不行，就要漢堡。」

我皺眉，不再去看路邊的那家連鎖披薩店。

「為什麼是我？」她冷不丁問道。

「什麼？」我不明所以。

「我說，」她撥弄著空調出風口的格欄，「今天為何要叫我出來？」

「不知道，」我坦言，「也沒什麼特別的理由，只是想找你出來聊聊天，僅此而已。你若是不願意的話，下次不叫就是。」

「我自然願意——只不過，我好奇，你就沒有別的選項？」

「別的選項？」

「我是說，萬一我臨時有事，那你找誰聊去？」

我想都沒想，「那就不找。」

她若有所思。

我左右環顧，試圖尋找巨大的「M」字，或是留著花白鬍子的老頭人像。

平時滿大街的速食店，怎麼一到想找時，就一個也碰不到？

「雖說你喜歡獨來獨往，但平時就沒什麼常來往的朋友？」克拉拉問。

腦海中浮現不出一個能稱得上「朋友」的朋友。

「那位店主算是一個，」我提起奧胖子，「但交情不深，只是常常碰面，才熟悉起來。除此之外，在學校的同事也抬頭不見低頭見，但都不是能在休息時叫出來聊天的對象。不知是他們不喜歡我，還是我不喜歡他們。我也搞不清楚，反正就是興趣不合。他們喜歡聊的，我都不感興趣；我所喜歡的，對於他們來講又過於枯燥古板。再有就是，那個出版社的編輯。我和他其實是大學同學，並基於此建立的朋友關係。但這關係並不牢靠，也就是一有急事需要借錢，對方就憑空消失的程度。」

她「嗯」地點頭。

「我算什麼？」她又問。

「我把你當成是我極少數的朋友之一，可謂是毛鼻袋熊一類的珍稀動物。」

克拉拉原本還想說些什麼，我的手機卻率先震動起來。

「幫我接一下。」我讓克拉拉從我口袋裡拿出手機。

她照我說的做，將手機放至耳邊。

「是誰？」我問她。

她以同樣的口氣詢問對方。

對方顯然以為打錯了電話，克拉拉不緊不慢地解釋她是我朋友。

噢！原來如此！——我彷彿聽見電話那頭說。

「是那個店主。」克拉拉告訴我。

「跟他說我在開車，接不了電話。」

「他在開車，接不了電話。」

「你問他，店裡是怎麼回事。」

「他問你，店裡是怎麼回事？」

沒過一會兒，克拉拉又轉述說：「哦——咖啡店被人舉報，說有重大消防隱患。消防隊上門察看以後，發現煙霧探測器是為了對付檢查的偽造品，根本起不到應有的檢測報警作用。再加上後廚消防門長期被物品堵塞，牆角的滅火器過於老舊，完全無法正常使用，便當即查封店面，要求停業整改。」

「怎麼能幹出這種事情！」我感到後怕，又感到惱怒。不管怎麼說，奧胖子也算是自己的熟人。一個熟人竟幹出如此愚蠢且不負責任之事，甚至將客人們的性命置於危險之中，簡直是天理難容！

該封！我心想。

「他質問你，怎麼能幹出這種事情？」充當傳話員的克拉拉不帶感情地將我的憤怒打包起來，交到電話那頭的奧胖子手中，讓他親自簽收。

「嗯——你也不知道煙霧探測器是假的。」克拉拉重複道。

「算了算了，就當是個教訓。」我說。

「他說算了算了，就當是個教訓——你問我？對，沒錯，我就是。」

「就是什麼？」我納悶，瞟了一眼克拉拉。

克拉拉放下手機，並將其握住。「他問我是不是那天在他店裡抽煙的人。」

「哦。」

她又把手機貼回耳側。

「這樣嗎？」她笑道，「改天吧，改天再說。現在有要事要做。——沒錯沒錯，就是跟他一起。——什麼要事？吃漢堡，我們要去吃漢堡。」

我聽著克拉拉與電話那頭的交談，傻愣愣地看著擋風玻璃外的路面，一時竟忘了要去尋找速食店。

她突然面向我，嚇得我右手一滑，誤把前擋雨刮給打開。許久未工作的雨刮器，發出指甲劃過鏡面的刺耳噪音。

「他問你，還有別的事沒有？」

我趕忙將雨刮器的撥檔打回原位，「我搞不懂，怎麼會突然就被舉報了？而且還是以消防隱患為由，到底是誰會主動關心一家咖啡店的消防安全呢？」

「他說他搞不懂，到底是誰舉報了你的店。」

也許是我行駛的方向不對，這一帶怎麼也看不到一家能吃上漢堡的餐廳。

克拉拉又說：「原來如此——興許是附近的競爭對手，又或是碰上了有強迫症焦慮症的客人。」

我咂嘴。

她也學我，朝著電話那頭咂嘴。

奧胖子借克拉拉的口，向我問好。我也讓他好好反省，之後便讓克拉拉掛掉電話。

「想吃上漢堡，可真不容易。」我對她說。

手機又響一聲，克拉拉拿起來看了看，又照著念：「事成了以後，記得請我吃飯——這是什麼意思？」

「誰知道。」

我轉向另一條街道，往人流密集的地方駛去。

功夫不負有心人，在旅遊景點的附近，總能找到類似的速食店。

一家佔據二層樓面積的麥當勞。

我將馬自達停進所屬於購物商場的一層停車場。身穿白色圓領毛衣的克拉拉踩著棕色尖頭靴走下車，昂首挺胸地推開麥當勞的玻璃門。我們走到一樓的點餐台。機器後面站著一個看著不大的女服務員。她帶著麥當勞的黑色員工帽，上身一件紅色工作服，笑容憨態可掬，真摯動人，仿佛走進的不是麥當勞，而是她自己作為新人的婚禮殿堂。她彬彬有禮地向我們打聲招呼，問我們想吃點什麼。

「一份鱈魚堡兒童套餐，外加一份巧克力聖代，一份大薯條，一杯中可樂，可樂不加冰。另外，再單點一份雙層起士堡。」克拉拉猶如朗誦詩文那般念出一連串餐品，女孩一邊點頭一邊操作點單的機器。

兩人的目光都轉向我。

我研究天花板下的功能表，深思熟慮過後，點了一個香芋派，配上一杯熱牛奶。

女孩朝我微笑，表示接收到我的信號。克拉拉用零錢——所謂零錢，就是一百一百的整鈔——付款後，女孩遞來機器吐出的小票，從櫃檯下翻出一個託盤，讓我們在一旁等候取餐。

我從克拉把手上要過小票，查看價錢，再將屬於我的那一部分交還給她。

她收下錢，整理肩膀兩側的頭髮。

我不禁念出兩句——腦海裡隨即能想起的兩句——詩來：

Thou wert too like a dream of Heaven.

For earthly Love to merit thee.

克拉拉瞪著眼看我，收銀的女孩轉過頭看我，就連排隊點餐的顧客也盯著我看。

「怎麼了？」我小聲問同伴。

「你怎麼了？」克拉拉反過來問我。

我說：「聽你點餐的語調，有感而發。」

「拜倫配漢堡，妙哉妙哉！」

「中文說得真好，鸚鵡！」我誇讚道。

「先生，您的餐好了。」女孩推過滿滿當當的託盤，打斷我們二人的你唱我和。

我負責端託盤，克拉拉負責找座位。一樓的空座位不多，且幾乎被三三兩兩的客人分散成單座。見此情形，克拉拉只好帶我走上二樓。二樓採光良好，室內通透，擦得光亮的落地玻璃前擺著好幾個二人桌，有兩桌沒人坐。一桌靠角落，另一桌則夾在兩桌客人之間。我想坐角落，可她卻坐進了中間的那桌。我無奈，只好端著食物與她同坐。她挨著落地窗，我則背靠過道。

她拆開兒童套餐贈送的玩具，是個會搖頭晃腦的卡通貓。

「好久沒吃過麥當勞了。」我一邊感歎，一邊打開黃色的紙包裝盒，倒出裡面的香芋派。

她收好發育不良頭重腳輕的卡通貓，將番茄醬擠到託盤的餐紙上。「偶爾吃上兩次也無妨。」

「倒不如說是妙趣橫生。」我咬下一口，滾燙的香芋餡便從餅皮的裂縫中向外逃竄。

「不想她了？」

不好回答。

「這不是想與不想的問題，」我說，「就算我不去想，她也一直會在某處，潛移默化地影響著我。」

「為何這麼認為？」

我笑，「借用你原先的比喻，她就像丹麥的老國王，總是想要提醒我什麼。」

「一周也快要過去了吧？」克拉拉用塑膠勺吃起聖代。

「沒錯。」

「不再去聯繫一下那個鼓搗石頭的？」

我拿起熱牛奶，「克拉拉。」

「怎麼？」

「我知道，你有你的需求，可經歷這些的人畢竟是我不是你。你只是個記錄者，是個旁觀者，你不會因為深陷於此而擔心受怕，夜不能寐。所以我希望，你也能稍微理解一下我。」

「我當然理解，可正是因為理解你的心情，所以才必須再三強調這些事情，不讓你鑽到殼子裡去。」

「我並不是要鑽到哪裡，只是需要仔細考慮一番。我繼續下去，對自己有什麼好處，對她又能有什麼影響——」

「這些都是藉口。我知道你在害怕什麼，但你所害怕的，無非都是你強加於自己的東西。也許出於種種原因，才導致了你現在這個樣子。但不管怎樣，我不認為這就是對的。你想去做，那就放手去做。」

「天真，太天真了！」我哈哈大笑，「你說的話，簡直與她如出一轍！」

「因為她是對的。」

「這種事情，哪有什麼是非對錯？」我將香芋派放回託盤，「我怎麼想，那是我的事；可我能做什麼，那就不是我的事了。能力，能力，歸根結底，還是能力問題。我做不到的事情，那就是做不到。不管怎麼努力，都沒轍。約束著我的，我也沒法兒去控制，只得由著他們搭好羊圈，我再悠閒地在裡面走著。我有草吃，不擔心被狼抓去，就已經心滿意足了！克拉拉，我忽然覺得，現在這樣已經挺好的了，何必還要費那麼大功夫，去做些無謂之舉呢？怪就只怪當時的我被她離去的消息衝昏頭腦，一時衝動，才想到要弄這麼一出。什麼離奇事件，什麼詭異奇石，什麼怪誕幻象，不過都是我的臆想罷了！不過你也毋需擔心，你想知道的，我也都會毫無保留地告訴你，讓你寫得痛快。我們相識往來的目的，不正是如此嗎？當然，我現在已經把你當成了我的朋友，我也希望我們時常能像這樣聚在一塊兒。但石頭的事，就讓它過去吧！」

「你在違背自己的內心。」她說。

「只有我才瞭解自己的內心，」我向後一靠，「你再怎麼認為，都只是你的猜測。」

「她已經死了。」

「沒錯，她已經死了，不需要你來提醒我。」

「你害怕她復活，對嗎？」

我身體一震，後背發涼。

「對，就是這樣。」我向其坦白。

「可她已經回來了。」克拉拉不帶一絲情緒地說，好似天氣播報員告知明天要下雨一樣。

我對此不置可否。

她接著吃她的鱈魚堡。

那天夜裡，是我頭一回強迫自己，將記憶中朦朧的場景轉化為客觀無情的語言，再以一個旁白者的口吻講述出來。哪怕此前在幻象中與她重逢，都不過是感官上的抽象體驗。而一旦將這樣一種抽象體驗架上手術臺，從中間橫剖一刀，使其鋪展開來，再將其拆成零件，為其分門別類，進行系統的分析，那這樣一來，抽象體驗就儼然變成了客觀事實。

客觀事實。她曾經存在的客觀事實，我曾親身參與的客觀事實！

過往的回憶如被丟入森林的星火，一旦燃起，就勢不可擋，直至森林化作灰燼，只留下一片焦土。

在總統套房的第二天早上，我睜眼望著天花板牆角上的的石膏花紋，切實感受到某人接近的腳步。

每一天都是新的一天，可我和她卻始終徘徊在某處，仿彿兩片心有靈犀的落葉，漂浮在風平浪靜的湖面之上。

誰又能懂呢？

我得做選擇。

我必須做選擇。

而選擇，就意味著要放棄。

週三，我放下女秘書接起的電話，扶靠在陽臺的欄杆上。樓下的兩個小男孩正互相踢著皮球，女孩們則在一旁的草坪上跳著皮筋。

——這才是該有的樣子。

有人說。

所有人都這麼說。

我必須做選擇，一如既往。

「克拉拉，我必須得說，」我看著她拿起兩根薯條，「你這個人，恐怖得很。」

她用滅煙頭的手法拿薯條去蘸番茄醬。「你可是第一個這麼說的人。」

我捧起溫熱的牛奶杯，看著她，又接著說：「要知道，有時候，人要學會適應。不管是社會法則也好，還是生存條件也罷，你都得去適應。」

「我完全贊同，可這與我們所談論的話題又有什麼關係呢？」

「關係固然有，所以我才會拿出來說。」

克拉拉解決掉手中的薯條，捏起餐巾紙的一角，擦了擦指尖的鹽粒。「不管怎麼樣，你不想再繼續下去了，是嗎？」

「暫時不想了，」我說，「未來怎麼樣，還不好說。」

「既然如此，」克拉拉道，「那以後我們也就沒有繼續接觸的必要了。」

「什麼意思？」杯中的牛奶激起層層漣漪，「你不寫稿子了？」

「不寫了。」

「不寫了？」

「沒有寫下去的必要了。」她以平常的口吻說，不像是在鬧情緒。

我近乎是扔一樣地將牛奶杯砸向託盤，幾滴白色的玉珠掉落而出。

她行若無事，像翻開包裹著古代瓷器的棉布一般，打開雙層起士堡的白色包裝紙。

我瞠視著她，她卻垂著眼瞼，目光集合於手中的漢堡處。

左手邊的座位上，一位頭紮麻花辮的女士雙手撐著下巴，不時朝我們這桌瞥上兩眼。

時間慢悠悠地走著，我的腦子裡好似被人掛了個時鐘，細長的秒針一刻不停，發出「哢嚓、哢嚓」的響動。

餐廳裡放著輕快的音樂，更顯得像是一樓女服務員的婚禮現場。而我只是眾多賓客中的一員，碰巧與不認識的女子同坐一桌。二人各自做著彼此的事情，有意不去打攪對方。

我到底為何要參加這麼一場婚禮？更何況，我與新娘無親無故，儘管她的笑確實笑到了我心裡，可我們畢竟還是萍水相逢，哪有腆著臉去參加陌生人婚禮的道理？

「豈有此理！」我總算按耐不住自己五味雜陳的心情，憋出四個字。

克拉拉好似在演奏樂器一般，用直頭塑膠吸管——麥當勞沒有彎頭吸管，某種程度上講，這一點倒是顯出了長江舟渡的優勢——去喝不加冰的中杯可樂，一邊發出空靈飄渺的「咕嚕」聲。

腦子裡不知為何又冒出幾句拜倫的詩來：

It in the heart a hope to dear,
That sound shall charm it forth again;
It in these eyes there lurk a tear,
'T will flow and cease to burn my brain.

這回，沒人能再聽見我所念的詩文。

克拉拉嚼了嚼嘴裡的食物，好似正在咀嚼樹葉的長頸鹿。

「豈有此理！」我再次抗議。

她向右歪頭，仍在津津有味地品嘗嘴裡的樹葉。

我皺了皺鼻子，伸手過去，從她那兒順來三根薯條，兩短一長，也不蘸醬，一股腦全塞進嘴裡。我又學她嚼樹葉的樣子，憤憤不平地用牙齒將三根薯條碎屍萬段。卻不料技術不夠嫻熟，一口咬到舌根。我吃痛眯起右眼，用手去捂臉頰——儘管咬的是舌頭，不是臉。

看來長頸鹿的進食技巧，要想模仿起來，還真是頗有難度。

我喝下一口牛奶，試圖撫平我那可憐的舌頭所受的創傷。

右手邊的座位上，兩個穿著高中校服的學生一人手捧一杯甜筒，高個的男生向齊劉海的女生炫耀，自己八月份將隨家人一同前往北京，並計畫觀看奧運會的鐵人三項比賽。

女生舔著甜筒就要塌陷的霜淇淋尖，小聲說，不明白鐵人三項有什麼好看的。

男生咬下一口甜筒的脆底，告訴女生，因為鐵人三項不需要門票。

我雙手插進夾克口袋，弓著背，盯著桌面看。

桌沿一處被人用筆留有一小串黑色字跡，上面寫著惡毒的語言，咒罵一位元黃姓人士。

我不認識這位元姓黃的人，也不知他究竟幹出過什麼傷天害理的事情。但有人對其恨之入骨，這點我倒是了然於胸。

對面不斷傳來吸管的演奏聲、包裝紙的摩擦聲以及難以察覺的咀嚼聲。

我決定做出最後的挽救。

我不動脖子，只抬眼，「真不打算與我聯繫了？」

嘩嚓、嘩嚓，包裝紙的一角被她折起，「也不能說再也不聯繫，只不過——」

我略微抬頭。

她繼續說：「只不過，你也知道，我也是個忙人，時間有限，可不大能陪你四處遊山玩水。」

時間有限？

「當初約你的時候，你不是說你有的是時間嗎？」我問她。

「那也要分情況。」她舔了舔嘴角，「原先你約我，那屬於是正事。正事的話，必然有大把時間去做。可要不是正事，那我就沒那麼多閒工夫了。若是你不知道的話，我現在告訴你，我這人，可是個徹頭徹尾的工作狂喲！」

我放棄抵抗。

「我愛我的事業。」她最後總結道。

算了，哪怕就是再也不來往，又何妨呢？我本就習慣獨來獨往，自己的生活原本就不需要所謂的「朋友」角色。她想怎樣，就讓她怎樣得了！

只要我的既定生活節奏不被人所打亂，那一切就都相安無事。

我需要保住我此刻的生活。若是沒了羊圈，我也就失去了屏障，說不定哪天，就被哪裡來的野狼叼走去了！

——不過，若是能有位牧羊女出現，時不時將我帶出羊圈，那自然是再好不過。這樣一來，我既能去享受更加豐盈肥美的草場，又能依舊保證自身的安全。

她享用完了自己豐盛的早午餐，正用疊成小塊的餐巾紙抹去嘴唇的油漬。

我暗自咬牙，表面卻不動聲色，掏出手機，撥通一個常打的號碼。

富有個性的民歌彩鈴充當起對話的前奏曲。

不料，這前奏曲令人突兀地停在了副歌部分，一個男人的聲音問：「哪位？」

我稍有些意外，隨後才開口：

「你好，我是原先那個來問石頭的。請問，此前幾次接電話的那位元女秘書去了哪裡？」

「女秘書？」男人稍作停頓，「你說春子？」

「春子？」

「啊，對，那是我老婆。」

「哦——」我說，對面的克拉拉總算變換了表情，「那你是？」

「我是她老公。」

廢話！

「那請問，」我接著說，「你老婆的老闆，現在方便聽一下電話嗎？」

「我老婆的老闆？這又是誰？」男子又開始納悶道。

「就是出售奇石的那位老闆。」

「啊——你說的是我啊！還什麼老闆不老闆，真搞笑。而且，我也早就不搞石頭的買賣啦！」

「我早就有所耳聞。」我說。

克拉拉用長槍一般的眼神緊盯我不放。

「是聽我師傅說的吧？」男子用粗獷的聲音問，與他師傅完全是天壤之別。

「沒錯。」

「見過我師傅了？」

又是廢話！

「見過了。從她那兒打聽到你的聯繫方式，此前也試過聯繫幾次，可每次都是那位秘書——就是你夫人——接的電話。」

「是的是的，前陣子比較忙，不好意思。」

「沒事沒事——這次聯繫你呢，主要是想確認一下，原先在上海一家報紙上刊登收購黑色奇石告示的人，是你沒錯吧？」

「可不止那一家咧！」

「這麼說，的確是你發的？」

男子肯定。

「先生怎麼稱呼？」我問他。

「陸勝貴。陸是大陸的陸，勝是勝利的勝，貴是富貴的貴。」

陸勝貴，陸生龜？

「陸先生，是這樣的——我呢，想和你瞭解瞭解這黑色奇石的相關信息，你看可以嗎？」

男人發出為難的喉音，「這麼跟你講吧，原先你也知道，我早就不幹這破石頭的買賣了。」

「知道。」我說。

「這報紙上的公告，也不是我本人想發的。」

「這是什麼意思？」

他繼續道：「這是我家那老爺子天天念叨著，我才只好發出來試試，沒想到真有人找上門來。怎麼，你手裡頭有這塊石頭不成？」

「我手上沒有，不過對這石頭頗有興趣，所以才想著既然有人求購，那這人必然對這石頭有所瞭解。」

「那我可得讓你失望了。」男人說，「我對這塊石頭，其實也是知之甚少。」

「你剛剛說，你家老爺子經常念叨這塊石頭？」

「是啊！」男子像是一名步入中年的家庭主婦，在公園裡與人抱怨超市的洗衣粉價格上漲，「一天到晚念叨個沒完，總說什麼在夢裡見到了這塊石頭，他覺得此事必有蹊蹺。又因為知道我原先倒賣過石頭，就逼著我四處打聽。」

「夢裡？」我開始意識到這世態的嚴重性，不容小覷。

「老爺子最近總是做夢，夢裡到底發生了什麼，我們誰也弄不清楚。不過老爺子每次醒來，都跟發了瘋似的，雙目充血，語無倫次，雙手還總是在那揮來揮去，搞得我們一家人都不得安寧。到後來，老爺子走火入魔，甚至動用了廚房裡的菜刀，逼我去調查什麼黑色的立方石頭。我答應下來，也照著做了。我把報紙上的告示拿給他看，他才老實一點兒。不光是上海，我在全國各大城市的報紙上，都有發佈過同樣的告示。」

「我在網上怎麼找不到類似的資訊？」

「我沒發到網上。」

「這是為何？」

「這是我們業內的行事風格，只要是求購石頭，都一律將資訊刊登在報紙的公告欄裡。這樣效率雖說低了點兒，不過總比放到網上好。要知道，若是放到網上，就更容易被不同的人看見。若是讓潛在買家知道了這石頭本來的收購價，還怎麼願意花大價錢從我們手上買走呢？不過我們每個賣家，一般都有各自的進貨管道，只有在萬不得已的時候，才會對外求購石頭。」

我一邊條件反射地接下克拉拉遞來的薯條，一邊接著發問：「那告示上的圖片，又是從哪兒來的？」

「我按老爺子的描述，在網上隨便找的。」

「是黑曜石嗎？」

「應該是，不過老爺子也沒說他夢到的究竟是黑曜石，還是橡膠板。」

「你們就沒仔細問過他老人家的夢境嗎？」

「問過，當然問過！可他怎麼也不願細說，就算是說了，也說不清楚。我看這老頭，多半就是瘋了。可也不能放著他不管，是個麻煩事。」

「能去見見他老人家嗎？」

「你？」男人有些遲疑。

「對。」

「這石頭到底是個什麼寶貝？」

「一時半會兒說不清楚，」我左手扶額，「總之，這石頭很重要，拜託了。」

他喘聲粗氣，「你準備什麼時候來？」

「近期，可能下個月。」

「再過幾天就是下個月了。」

「沒錯，所以是近期。」

「行，知道我們住在哪裡？」

「四川？」

「綿陽——等你到了，再跟我聯繫。」

「好，」我說，「你老爺子跟你，應該都不是當地人吧？」

「不是。」

「老爺子原先是做什麼的？」

「高中教書的。」

腦袋裡響起天花板上的彈珠聲。

「還有什麼事嗎？」男人又問。

我觸電般回過神來，「沒了，謝謝。」

「不用。」

我咽了咽口水，放下耳邊的手機。克拉拉在等待我對這通電話有所表示。我合上眼瞼，深呼吸，再次睜眼。

一切都太過巧合了，巧合到令人懷疑。

我推開椅子，原地起身，旁若無人地埋頭往樓下走。

有誰在後面喚我，我卻將其置之度外。

我來到一樓，推門而出。路上滿是熙熙攘攘的人群，以及大大小小的車輛。我擠開身前的行人，招來幾聲抱怨與謾罵。我對此束之高閣。也不知正走向何處，我只是低頭走著。向前，向前，再向前。什麼也別管。

什麼也別管。

一個久違的親切聲音說。

我開始奔跑起來。

我甩開臂膀，邁開步子，不停地跑。儘管呼吸開始斷續，儘管腰椎開始叫喊，我依舊在跑，好似身後追著一群飢餓的母獅。

人行道上的人們就像要躲避一頭憤怒的公牛那樣，為我讓出前行的道路。

我需要保持清醒。我對自己說。

有人吆喝，有人說笑，有人罵罵咧咧。孩童在哭，小狗在叫，天邊飛過的噴氣客機發出劃破長空的嘶鳴。

「小心！」

推著嬰兒車的年輕母親喊住了即將沖向推車的我。

我及時伸手扶住嬰兒車的兩端，向後弓起身子，才沒讓自己碰著車裡熟睡的孩子。

孩子的母親責難似的瞪著我，我連連低頭認錯。她推著孩子快步離去，我總算冷靜下來。

竟然不知不覺，就跑上了外白渡橋。

這裡是父母相戀時期的幽會場所。

我對著橋外的水面大吼一聲，引來一陣不小的騷動。人們用雙腳在我周圍造出一圈空地，他們繞行而走，同時又瞥眼窺視著我，好似在看柏油馬路上被車輪壓扁的巨型蝸牛。

「何必要如此呢？」

時隔許久，她又一次出現在我的眼前。

迷霧後的短髮被風吹起，擺向一側。

「我該怎麼辦才好？」我問她，「我到底該怎麼辦才好？」

她摟住我，將我的額頭抵在她的肩上。「我已經和你講過了，我的事情，就讓它隨風去好了。你又何必要如此緊追不捨呢？」

「不是我在追你，而是這一切都在追著我啊⋯⋯」

她拍打我的後背，「若是陷得越深，就越逃不出去。這裡面，可複雜得很呢！」

「可是，你說過你需要我。」

「我的確需要你，可那完全是我的事。至於你，你又是否真正需要我呢？我對此提出質疑。」

「我當然需——」

「事已至此，你還要說這種話嗎？」

電話響起，她突然消失。

我原以為打來的會是克拉拉，可接起後，才發現是另一個曾經聽過的聲音。

「喂？」

我竭盡全力保持鎮靜，「說。」

「最近過得怎樣？」

我忍受著耳內的刺痛，「你怎麼樣？」

「總算輕鬆一點，」她說，「你近來可有空？」

「怎麼？」

「你不是有事想和我聊聊嗎？現在正好有機會了，順帶還想讓你見個人，說不定你會感興趣。」

「什麼人？」我問。

「電話裡怎麼也不好說清楚。不過吧，這人，你和她應該都認識。想必他也知道不少你想瞭解的事情。怎樣，什麼時候有空？」

「能不能過段時間再說？最近可能有別的安排。」

「這可就難辦了，」她說，「人家下周就要回美國去了，時間不等人。」

我已無力多言，「在哪裡見？」

「就在鎮上。」

我緘默片刻，才說：「我爭取。」

彼此掛掉電話，我雙手搭在欄杆扶手上，凝視著波光粼粼的河面。

「你還是答應下來了。」

她重又現身。

我問她：「最近這些日子，都去了哪裡？」

「我可是哪裡都沒去，準確的說，是哪兒也去不成。」

「什麼叫哪兒也去不成？」

她輕笑道：「你是不是覺得，此時的我，在離開了原本的肉體以後，就能變得無拘無束了？可是你錯了，完完全全地錯了。即使沒有了肉體，我也依舊被人禁錮，我哪兒也去不了。沒有肉體，就代表著無法行動。徒有意識，而無法行動，那就不能被稱之為是真正的自由。說白了，此時的我，不過只是自己的影子而已。」

我轉身，去抓她的手。

「我已經死了，」她接著說，「故去的人，可無法死而復生。我們只是死了，死了就是死了。而你卻還活著。活著的人，可不能把希望寄託於死後的世界。若是抱有這樣一種不切實際的幻想，而試圖將生的一面糊弄過去，最終只會被證明是徒勞無果。人死了以後，什麼也得不到，也什麼都帶不走。而那些你無法帶走的東西，將會一直留在生的世界中，永不消亡。說來可笑，我們帶不走的東西，卻遠比我們自己要存留得更久！」

我緊閉雙眼，她抽出被我抓住的手，又用另一隻手一起反包住我的手。她柔軟的雙手，其觸感與溫度竟是如此真實。

可就算有多麼真實無比，人們的夢境也終要醒來，夢中的王子也同樣會隨著夢本身的遠去而消失得無影無蹤。清醒的過程就好比是一張經過仔細測算的過濾網，將美好的事物過濾出去，留在夢中。人一旦清醒，就要面對現實。現實常常事與願違，可我們卻毫無還手之力，只得默然接受。不得不接受。

可就是有人自不量力，想要與現實分庭抗禮。我們反抗，我們鬥爭，我們失敗，我們妥協。

到頭來，還是會一敗塗地。

她已經死了。我不斷告誡自己這一現實。

「城裡人，」她叫我，「我已經死了，可你還活著。」

我說我知道。

「活著就是資本。」

她說。

我睜眼，發覺握住自己的，是克拉拉的手。

我跪在橋上，狼狽不堪。

「突然就跑走了，你的香芋派該怎麼辦？」

我借她的力，費勁地站起身。

「想好了？」她又問我。

「想好了。」我說。

「電話打得如何？」

我拍了拍膝頭的灰塵，「聯繫上了，都聯繫上了。」

「那可真是好極了。」

「先回趟鎮裡，」我說。「接著再去四川。」

「什麼時候動身？」克拉拉問。

「越快越好。」

她點頭，領著我往回走。

「我父母年輕的時候，也曾像這樣肩並肩地走在這座橋上。」我像是在對她說，又像是在對自己說。「當時的我，怎麼也想像不出父母年輕時候的模樣。或者說，我不願去想。一想到他們也曾年輕過，就不由得想到自己也會有老去的那一天。我害怕——我幾乎對什麼都感到害怕——但我害怕的不是自己老去，而是她。也就是那個時候，我才意識到人類的身體是多麼得脆弱無力，不堪一擊。我們的身體限制了我們的生命，它為我們的思想加以時間的束縛。可我們一旦失去了身體，又真的能被稱之為活著嗎？」

「那就要看你如何去定義生與死了。」克拉拉說，「若是空有身體，卻沒有意識，無法思考，又能稱其為活著嗎？想想醫院裡躺著的那些植物人患者，從醫學層面上看，他們的確仍舊活著；但若是從作為人的角度來說，那他們就已經死了。」

我們站在路口，等待綠燈。

「至於失去肉體但意識尚存的情況，」她繼續說，「從科學出發，你的存在就早已被一口否定；可是，作為使你成為你的核心——也就是你的意識和思想——依舊存在，我就可以認定你仍舊活著。只要你還能進行正常的思考和交流。」

「可是，沒有了肉體，就意味著你無法去感知，也無法將思想化作言語，更無法基於思想去做出行動。沒有了行動，就代表著無法獲得新的經歷和體驗。缺少了這些，人就很難去獲得新的知識。這樣一來，是否還能被看作是一個功能完整的人呢？」

綠燈亮起，原本停滯不動的人群，又開始成一個整體進行運動。

「要這麼說的話，這世上根本就不存在什麼完整的人。我們可都是些殘次品。要麼這兒有毛病，要麼那兒少東西。有的人缺乏思想，腦子只是個空罐子，需要讓別人往裡面灌輸實物；有的人天生眼疾，感知不到特定的顏色，別人見到不同顏色時所擁有的特定感受，他永遠也沒法兒理解；有的人嘛，長期記憶出了問題，自己永遠只活在同一天裡，更別提儲存積累新知識了。那麼這些人裡，有哪些算得上是真正完整的人類？」

我想了又想，最終得出結論：「都稱不上完整。」

「那他們算得上人嗎？」

「當然。」我說。

「那不就是嘍？」克拉拉笑道，「所以啊，成為一個人，不一定非要完整，哪怕缺了幾個看似重要的部分，他也仍舊是人。只要他是人，他就得努力活著。」

「為的是什麼？」

「從生物學上看，為的是我們基因的延續；從哲學的角度而言，為的是我們生而為人的意義。若是不努力活著，就沒了成為人的意義，甚至連自己肚子裡的大腸桿菌都不如。」

「可要是沒了身體，是否還有努力活著的意義？——如果失去肉體，就意味著得到永生的話。」

「你的意思是，既然得到了永生，就不再需要努力活著？」

「差不多。」

我們回到了那家麥當勞所在的購物商場。我被自己折騰得精疲力盡，便將車鑰匙交於克拉把手中。

「這麼想來，要是人的意識獨立出肉體，便缺乏了繼續成為人的理由。」克拉拉坐上駕駛座，一面說著。

「但我們依舊是人？」

我靠進副駕駛的座位，自己很少坐上小藍除駕駛座外的其他座位，所以這也算是個新奇的體驗。只不過，就這麼將愛車的駕駛權交到別人手中，自己還是稍微有些放心不下。

「不能再將其那麼膚淺地視作是人，」克拉拉插入鑰匙，點火，「你所保留的意識和思想，代表的是特定的個體，作為你的你，或是作為我的我。它可以是名叫克拉拉的我，也可以是名叫羅嫣的你。但克拉拉和羅嫣，都不一定非得是人。只要我們的意識獨立出來，我們也可以附著于牛的身體，或是蝙蝠的身體，這樣一來，我們就不再是人，而是作為牛或是蝙蝠這一物種而存在。只不過，我們的意識所代表的，始終是我們自己。」

我系好安全帶，隨後認真思考起克拉拉的觀點。

她用手去調整後視鏡的角度，過後又扳直了座椅的靠背。

「即使不再是人，也可以活著。」我自顧自念叨著。

「沒錯，」克拉拉看著我說，「只要你還能意識到自己的存在，那你就是活著。」

「那你說，」我再次問道，「要是人死了——身體死了——以後，會發生什麼呢？」

「這個，只有死過的人才會知道吧？」

「說的也是。」

「活著的人，只管去想活著的事。死了的人，再去考慮死後的事。兩不衝突。」

我伸手，搭在克拉拉的右手上。

「那你說，」我再問她最後一個問題。「死去的人，還會復活嗎？」

她望著我，露出如星辰般閃爍的微笑。「現在想去哪兒？」

我考慮一陣。

「去看海。」我說。

國家圖書館出版品預行編目

胡桃與影：胡桃夾子之死 / 張祖銘著. -- 臺北市：
獵海人, 2023.04
面；　公分
ISBN 978-626-97026-5-7(平裝)

857.7　　　　112005312

胡桃與影　胡桃夾子之死

作　　者／張祖銘
出版策劃／獵海人
製作銷售／秀威資訊科技股份有限公司
114 台北市內湖區瑞光路76巷69號2樓
電話：+886-2-2796-3638
傳真：+886-2-2796-1377
網路訂購／秀威書店：https://store.showwe.tw
博客來網路書店：https://www.books.com.tw
三民網路書店：https://www.m.sanmin.com.tw
讀冊生活：https://www.taaze.tw

出版日期／2023年4月
定　　價／新台幣420元